U0037502

大唐赤夜歌

卷一・山鬼謠

鹿青 著

目次

楔子

大唐帝國波詭雲譎，妖魔鬼怪出沒人間；鮮花著錦的盛世幕後，人類與妖族的衝突正不斷上演。為撥亂反正，朝廷在六部之外特設府衙，專掌陰陽伏妖事宜，是為司天台。

玄宗年間，皇帝篤信道術，司天台迎來了鼎盛時期，司天台監李延年欽點天下除妖門派，將其中最負盛名的六個宗派收歸麾下，專為其掃平妖患、剷除異黨，是為「六大門」。

就在這個既是治世也是亂世的年代，江湖上出現了一股神祕力量，四處集結群妖，與六大門的勢力相抗衡。沒有人知道它的幕後主使是誰，但凡有井水處皆有其傳說。這個神祕組織的出現不僅再次引起世局動盪，更揭開了帝國歌舞昇平的面紗，暴露出其底下的百孔千瘡。

晨鐘敲響，正是天寶十一年……

第壹章、寒梅

壹

詩中云：「攜酒上春台，行歌伴落梅。醉罷臥明月，乘夢遊天台。」江浙城北的天台山，既有瑰麗的神仙傳說，又有松泉相映的禪境，常使文人騷客們魂牽夢縈——但並非每個人都對此地悠然神往。

這日，寒食剛過，清風和煦，吹得天空的顏色近乎透明，一名十三、四歲的小沙彌獨自行走在迂迴的山徑上，走著走著，卻驀地被一樣東西砸中，痛得大叫起來。

接著，耳畔響起一串愉悅的笑聲。

小沙彌頓時有些懵了。

在他心目中，他們這座山就是個和尚村，來來往往全是枯燥禿頂的男人，整日不是誦經就是打禪，聽得人昏昏欲睡，哪來這麼清脆的笑聲？更別提乘風而來的，還有一股狡猾的暗香。

此香清而不淡，冷而不冽，幽雅中帶著幾分疏傲，唯梅花獨有。

小沙彌被這甜甜的風一薰，心中的怒火頓時消了大半。他抬起頭，露出一張細眉大眼，十分耐看的俊臉，尤其是左眼下方的硃砂痣，更襯得他目光湛亮，氣質出塵。

正陶醉間，腦袋又挨了一擊，連忙向後躍開，這才躲過了第三次偷襲。

「光天化日，朗朗乾坤，有本事就出來！別在那裝神弄鬼！」他惱道。

須臾，上方傳來噗哧一笑：「看你呆頭呆腦的樣子，反應倒也不慢……」

小沙彌捂著腦勺，循聲望去，發現一名少女就坐在不遠處的樹梢頭。她的眼神汪汪的，好像浸了蜜一樣，兩隻粉嫩的腳丫子在空中晃悠，右手還握著一顆巴掌大的果實，顯然就是剛才打出的「暗器」。

「怎麼？有好吃的分你，還不高興啊？」。

小沙彌不去瞧她，只道：「我還以為是野猴在撒潑呢，原來是位女施主，真是失禮了。」

「呸！你才是野和尚呢！」少女說完，翩然落在對方身前。

小僧這才看清楚她的容貌：下頷尖尖，膚皓勝雪，白衣翩躚，腰懸短劍。更特別的是，她還有一頭淡銀色的長髮，直直地披在腦後，沒有半點珠飾點綴，星眸微轉間，宛如月光傾落，如此綺麗的畫面，直接把小沙彌給瞧呆了。

「看什麼看？」

「我沒有！」

小沙彌見少女嘴角撩起邪魅的笑意，急忙撇過臉去，但鼻間聞到的盡是少女身上的奇異幽香，不禁心神一蕩。

「那你說，我生的好看嗎？」

「阿彌陀佛……」小沙彌索性閉上雙目，以免多作遐想。

「喂！本姑娘問你話呢！剛剛不是還能說會道的嗎？」

嚶嚶軟語，吹得小沙彌耳根一陣酥麻。他雙眼緊閉，一張臉卻飛得酡紅，宛如佛龕前低垂的香燭。

「女施主是飛天伎樂*下凡，有幸得見，是前世修來的福分。我正在向菩薩道謝呢。」

少女愣了半晌，接著捧著肚子大笑起來。

「哈哈，這話倒有趣！我說你啊，真的是和尚嗎？」

她笑得喘了，伸手抹去眼角的淚珠。

小沙彌睜開眼，指著自己光溜溜的頭頂，彷彿在說：「妳瞧，這不是千真萬確嗎？」

少女見他姿勢逗趣，又是噗哧一笑。

「小僧法名妙因，敢問女施主打哪裡來，欲往何處去？」

「什麼女施主不女施主的，難聽死了。」少女嗔道。「聽好了，我叫梅梅。」

雖說本朝風氣開放，但姑娘家一般很少會自報閨名，何況對方還是個陌生男子。妙因

＊飛天伎樂：佛教中天帝司樂之神，又稱香神、樂神、香音神，見於敦煌石窟壁畫。

乍聽之下不禁一愣。

「姑娘可是姓梅？」

「什麼姓不姓的？那種無聊東西，我才不稀罕呢。」梅梅冷哼。「你難道不喜歡我的名兒嗎？」

「不是、不是……」

妙因雖感到奇怪，卻覺得對方這種自然率真的態度頗為可愛。尤其將「梅梅」兩個字細細咀嚼一番後，更是覺得清新又親切。凌寒獨開，暗香沁人——嗯，取得真好。

梅梅見他把圓圓的腦勺搖得跟波浪鼓似的，臉色這才轉陰為喜，問道：「你不關在廟裡，一個人跑來這荒山野地做甚？」

「寺中規矩多如牛毛，要早課，要坐禪，還要挑水砍柴，再不出來透氣，人都要憋死了。」妙因吐了吐舌。

在這名素不相識的少女面前，他終於可以毫不遮掩地說出心底話了。

「既嫌辛苦，你還俗不就得了？」梅梅忍著笑問。

妙因卻忽然肅起神色：「姊姊有所不知，咱們國清寺最厲害的，不是佛法，而是降妖伏魔之術！當年，就連渡海而來的倭國法師鑒真都曾專程到此求道，而我投入六大門，正是為了成為首屈一指的除妖師！」

「六大門？」

「所謂亂世起，魔道出。妖怪不僅會傷人性命，還會蠱惑人心。因此近年來，江湖上才會崛起這麼多的除妖門派。所謂『六大門』，指的就是六個受到司天台重用的正道門派：塗山派、天道門、玄月門、青穹派、靈淵閣以及國清寺。」

妙因振振有詞，語氣裡滿是自豪：「佛門子弟普渡眾生，自然不能落於人後。等我長大，一定要和師父一樣，掃魑魅，蕩風雲，為天下蒼生除害！」

「這麼說，你見過妖怪？」

妙因心虛地笑了一下：「這……我聽師父說的。」

「師父？」梅梅嗤笑，兩片薄薄的唇像樹尖微顫的嫩葉。「你師父滿口歪理，活到七老八十也沒人要，有什麼好羨慕的？依我看，他才該拜你為師呢。」

被那雙明湛的視線給逮住，妙因竟暫時忘記了呼吸。直到察覺胸口悶悶的，這才低頭，緊張地亂咳一通。

「妳迷路了嗎？……要不，我送妳下山？」

「我不走。」梅梅臉色忽沉，生氣道。「若連個說話的伴也沒有，我寧願被困死在這山裡，永遠走不出去！」

妙因一愣：「妳這麼美，想找人說話，哪個傻瓜會拒絕？」

他心直口快，言語間全無忌諱，梅梅被他逗得破顏一笑。

「此話當真？」

「自然不假。出家人不打誑語嘛。」

「那麼，我有件事想拜託你。」梅梅說著，身子向前微傾，目光帶著一點羞澀。「我聽說每年的上元節，長安城都會舉行熱鬧的慶典，有巨燭燈樹，還有歌舞百戲，熱鬧極了……我做夢都想去！」

「這個容易！」妙因笑道。「待我功夫練熟，就能出外行走江湖了。到時候，一定帶妳去。」

「那好，咱們拉勾，失信的是小狗！」

梅梅的雙眼清澈水靈，瞳孔在陽光下給人一種五彩變幻的錯覺。妙因看著看著，什麼離情斷欲，五戒十善，通通拋到九霄雲外了。且不知為何，就在兩人目光相接的剎那，他心裡忽然升起一股衝動，想把自己過去的經歷全都一股腦兒告訴對方，就連對方問起一些看似毫不相干的瑣事，包括寺院的地形，平時的防衛如何布置，他也都知無不言、言無不盡。

可正當兩人聊得正興，梅梅突然話鋒一轉，問道：「你之前說，佛要普渡眾生，那麼妖呢？」

妙因真沒想過這個問題。

他眉峰蹙起，認真思考了半晌。

「妖雖無心，畢竟也在六道眾生之列。世尊開示：世間萬相本無分別，所有痛苦煩惱皆是源自欲望。只要放棄執念，斬斷俗世的牽絆，誰都能超脫苦海，到達西方極樂。」

「管他是東西南北哪一方呢。我是無望了，你也休想！」梅梅說著，笑意漸深，突然伸出食指，在對方臉上一戳。「實話告訴你吧，我就是那害人不淺的妖精，如今你已落入了我的掌中，沒救啦……」

此刻，兩者正並肩坐在草地，中間只隔了半條手臂的距離。妙因聽到這話，一顆心差點從胸腔裡蹦出來。他不禁睜大眼睛看向對方。只見她肌膚瑩白如玉，顴骨和琵琶骨在空中劃出一道完美無瑕的弧，猶如峭立風中的雪梅，說不出的明媚動人。

「不信你瞧。」

梅梅信手一指，不遠處那株結滿花苞的流蘇樹頓時炸開，成為一片花海。風吹過，就跟三月颸雪一樣。

有幾片落花沾上了妙因的僧袍。他頓時嚇得連嘴都合不攏了，梅梅卻咯咯亂笑起來：「放心，我不會吸走你的元神的。否則，誰陪我去看花燈啊？」說著，又將對方的手貼在自己胸前，去感受那沒有心跳的溫度。

「……妳是妖！」

妙因連滾帶爬想逃，卻被梅梅逮住了衣擺。

「你不是要當天下第一的除妖師嗎？遇到我這小小的梅花妖，怎麼就怕了？」

真是禍從口出！妙因又驚又悔，背上霎時出了一片冷汗。他平時聽師父講課，本就只聽進了四成，一時情急，更是連如何念咒驅邪都忘了，腦中閃過千萬個念頭，卻不知該如何是好。

怔忡間，又聽梅梅道：「從今往後，你別敲什麼木魚了，也別唸什麼臭經了。咱倆想上哪就上哪，豈不逍遙快活？何況……你剛才自己說過，只有傻瓜才會拒絕我啊。」

她風姿嫣然，語言又天真，實在不像冷血無情的妖魔。妙因心中忽然興起一股莫名的哀傷。他本就是敏感多思之人，一時克制不住，竟怔怔地掉下淚來。

「你哭什麼？難道就那麼不想跟我在一起？」

梅梅一問，妙因連忙將眼淚吞回去。

「不，不是那樣的……我只是想，如果跟姊姊走，就是對不起師父。妙因雖不才，卻絕不能背叛他老人家，所以，只好對不起姊姊了……今日，無論要殺要剮，妙因都甘願承受。」

梅梅曾殺過許多人，卻是頭一回被男人以這種理由拒絕，也是頭一回嚐到求而不得的滋味。她不明白，自己的媚術怎麼就失靈了？難不成這和尚真的道行精深，有金光護體不成？想到這，她的笑容徹底消失了，抽出腰間短劍，指住對方咽喉。

「臭和尚，你真的不怕死？你現在不跟我走，我就割了你的手腳。到時，別說你師父，就算親娘也認你不出！」

白晃晃的劍鋒就在眼前，再往前遞幾寸，便要小命歸西。到此關頭，妙因反而看開了。他深深望著周圍的一草一木，彷彿想將這些美景嵌進腦海裡，一起帶往荒涼的幽冥。

最後，視線定格在梅梅的臉上。他嘆口氣：「能死在姊姊手裡，妙因這輩子也無憾了。」

「呸！還嘴硬！」

可或許是因為困惑不解的緣故，梅梅話雖狠毒，卻遲遲沒有動手。一僧一妖就這樣在僻靜的山崖上對峙起來。

也不知過了多久，山的另一頭忽然傳來一陣低渾而肅穆的鐘聲。

那聲音雖平淡，卻具有一股別樣的穿透力，穿過層巒疊嶂而來，聽在梅梅耳裡，就彷彿萬蠱蝕心，刺得她頭疼欲裂。才捱了片刻，她便忍不住呻吟起來，就連手裡的劍也跟著「匡噹」落地。

「臭小子，你算計我！」

「我沒有……！」妙因慌了。他雖已在國清寺度過了數個寒暑，卻從沒想過古剎早晚報時的鐘鼓居然還有驅邪除煞的功能。

他瞥了眼腳邊的短劍，意識到這正是自己逃命的好機會，可才剛拔起腿，便又忍不住回頭看向梅梅。

只見少女痛苦地瑟縮在地，一頭純銀的秀髮色澤變得越來越淡，幾近透明，就彷彿整個人快要消失了一樣。瞅見這一幕，妙因的心臟也跟著抽緊了。他登時放棄了逃跑的念頭，轉而走近對方身畔。梅梅以為他想趁虛而入，下意識抽身躲開，可下一刻，自己的手卻反被對方抓住了。

妙因將她從地上攙起，帶著她一路向前跑，越過山坳，直到來到一座懸崖邊。

峭壁的後方是座瀑布，山頂雲遮霧繞，空水氤氳，風景異常清幽，妙因每回偷偷溜出寺，多半都是來這兒透氣。更重要的是，瀑布的轟鳴聲成功掩蓋了寺廟的鐘響。少了梵音的刺激，梅梅終於可以喘口氣了。

她蹲在崖邊，盯著身旁的少年，眸中閃過不可置信的光芒。

「你這是做什麼？」

妙因也是氣喘吁吁。他抹了把額角的汗珠，定了定神，才道：「阿彌陀佛……自然是三十六計，走為上策。」

他見梅梅雖恢復了正常的樣態，可身子依然顫抖不休，猶豫了半晌，隨即解開杏黃色的袈裟，將衣裳披在了對方身上，問：「這樣可有好些？」

梅梅點點頭。她一邊施法抵禦體內襲來的寒氣，一邊緊緊挨著對方。隔了片刻，忽然抬頭，用異常認真的口吻道：「你也別高興得太早。縱使我現在殺不了你，你也絕對逃不掉。你的心，你的命，遲早是屬於我的。」

「我……這不是沒想逃？」妙因囁嚅著，臉上一陣陣發燙。

事到如今，他索性不再心存顧忌，任由對方將軟綿綿的身軀倚靠在自己肩頭。兩人就這樣相互依偎著，直到最後一絲光亮自西山隱沒，遠處忽然飄來陣陣呼喊，還伴隨著乍隱乍現的火光。

「師兄！妙因師兄！你在嗎？」

妙因聞聲立刻跳了起來：「是我師弟他們！」

梅梅見他神色慌張，以為他是怕兩者親熱的模樣被外人瞧見，會壞了他的聲譽，可當妙因牽起她的手時，她發現自己錯了。

過去一百年間，她曾遇見過無數個男人，沒有一個禁得起她的誘惑。然而，就算成了裙下之臣，那些人覬覦的依然只是她的美貌，她的身子，而非她皮囊之下的那顆「心」。每當她碰觸到那些人時，他們齷齪的想法便會一一流入她的腦海，令她感到煩惡欲嘔。唯有眼前這個少年不一樣。他的心像泉水般清澈，沒有一絲綺念。

「我知道有另一條路可以下山。妳快走，別讓他們發現了！」妙因的聲音很緊張，卻很篤定。他掌心的溫度順著手臂一路傳遞過來，梅梅覺得自己的胸口快被燒著了。

這個小光頭，居然真的在擔心自己。

此刻，她陷入了一種奇異的恍惚，整個世界都被拋諸腦後。她不理會對方的催促，掂起腳尖，直接吻上了他的唇。

妙因人生中的第一個吻，還參雜著半涼半甜的花香。他頓時醉意茫茫，頭重腳輕。

「記住，你是我的……」

恍惚間，似乎有這幾個字飄進耳裡，可當他好不容易回過神來，只見眼前樹影搖曳，月色茫茫，哪裡還有人影？

妙因急得團團亂轉。

而就在此時，一個提著燈籠的身影突然從山路的另一端冒了出來。

那是名看上去和妙因差不多歲數的瘦小沙彌，披著寬大的袈裟，看起來隨時都要被絆倒。

「師兄，不好了！我代你罰抄經文的事已經被師父發現了！咱們現在可怎麼辦……」

但妙因根本沒在聽師弟說話。他臉色蒼白地盯著遠處的山巒，好一會兒才張了張口，道：「妙峰。你來的路上，有看到人？」

妙峰說得正起勁，突然被打斷，不禁愣了一下：「山裡黑漆漆的，哪來的人？」

妙因聽了這話，心潮起伏，胸臆間塞滿了各種滋味，也不知是喜是悲。

「師兄，我真不是故意穿幫的……」妙峰見對方一臉呆傻，也沒反應，忽而害怕起來。「我錯了，我認錯，別嚇唬我啦！」

他嗓子本就尖細，這下拔得更刺耳了。妙因突然一個迴身，朝師弟的頭頂狠狠敲落。

「我讓你叫！我讓你叫！你當我耳聾嗎？」

「嗷嗚！饒了我吧，師兄！」

「蠢貨！連這點事也辦不好，回頭看我怎麼收拾你！」

「……我下次不敢了，真不敢了！」

「這麼大個人，除了叫還會幹嘛？以後出去，別說我是你師兄！」

妙峰護著脆弱的腦袋閃到一旁，妙因毫不留情地繼續追打，似乎想把積壓在心底的情緒一股腦兒發洩出來。可剛逮住對方，忽然感覺有個堅硬的物品抵在心口，戳得他肉疼。伸手在懷裡摸了幾下，居然從衣服的內兜裡摸出一根髮簪來。長柄末端刻了一朵臘梅，白色的花蕊在月光下粼粼生輝。

妙因眼前一亮，心臟彷彿被一隻溫柔的手握緊了。這個剎那，他彷彿又嗅到了那股狡猾的暗香……

而此時的梅梅其實就藏在那株繁花錦簇的流蘇樹上看著這一切。她瞧見妙因的表情，嘴角不由得微微勾起。待兩名少年轉身離去，她依舊望著對面的山坡出神，直到一陣陰風吹來，背脊驀地攀上一股寒意。

她不用回頭，心中已有了計較，朝身後的黑暗懶懶地道：「你來了啊。」

須臾，風的嗚噎停止了，空中飄來一道低沉暗啞的聲音：「汝辦妥了？」

「少主讓你來的？」梅梅反問。「她有帶話嗎？」

對方沒有吭聲。

梅梅早就習慣對方惜字如金，可不知為何，今晚，這樣的沉默卻令她感到十分煩躁……她不耐煩地轉身，只見月光斜斜落下，在墨色的夜空中勾勒出一條若隱若現的影子。

當那團東西移動時，周遭的空氣就會跟著捲起旋風，風牆的中央，依稀可以辨識出一張年輕男子的面孔。平板的五官宛如面具，既沒有一絲紋路，也沒有表情，就連稱不稱得上是一張臉都難講，令人毛骨悚然，即是民間俗稱的「風魅」。

「汝先說。」

梅梅扁起小嘴：「小琅，你什麼時候也學得如此狡猾？定是大鵬把你教壞的。」

「少主交代某，問清楚。」

「是啊，即使她叫你去死，你也會毫不猶豫，對吧？」

「某死不了。」風魅的回答依舊毫無起伏。

梅梅忍不住翻了道白眼：「我是說打比方……算了。總之，該打探的消息我都打探清楚了。」

若妙因那小子給的消息可靠，那麼下回，她們便可悄無聲息地潛入國清寺了。

「汝放走了他。」

比起質疑，風魅的語氣更像是在陳述事實。可儘管如此，梅梅的表情仍不自然地抽了一下。

「那又怎樣？」她沒好氣道。「我又不是每次都殺人。」說完，將目光投向頭頂的夜空。那一剎，漫天星辰盡皆落入她的眸底，既華麗，又蒼涼。「少主下山後，很多事情都要變了。」

「變好。」小琅緩慢卻堅定地說道。

梅梅此時正望著渺渺星河出神，也不知有沒有聽到對方的回答。過不一會，她才又恢復平時那副天真活潑的神情，眨了眨眼，朝對方還以一笑。

「是啊……少主說過，她絕不會負我們。我信得過她。」

「來歸。」小琅言罷，化作一團急風，朝南方飛去。

梅梅展開輕功緊隨其後，起落間，腳下的樹杈竟連晃也沒晃一下。兩者轉眼便雙雙隱沒在濃稠的夜色中。

第貳章、妖狐怨

壹

位於邵伯湖畔的寒光觀明面上是道觀，實際上卻是江南一帶最惡名昭彰的盜匪窟，其成員平日橫行鄉里，強取豪奪，種種卑劣行徑令當地的百姓不堪其擾。

然而，就在某個平靜的春日裡，附近民眾一早起床便發現，向來喧鬧的道觀竟然人去樓空。更詭異的是，觀中的金銀財帛一樣不少，只是案几倒塌，牆上還留有斑斑血跡，簡直就跟妖星入宅似的。

這聳人的消息一夕之間便傳遍了揚州城的大街小巷。一日黃昏，一名少女到茶肆躲雨，無意間又聽到有人在針對此事發表高論。

說話的老漢身材枯瘦，但手長腳長，看上去靈活矯健，像隻白毛猿猴。

他雙腳紮穩馬步，左手當胸橫架，右掌推出，虎虎生風，說道：「那大俠這麼『嚇』地發掌，如箭離弦，再蹬腿擰腰上步，回勾一帶，就把那惡徒扔進了揚子江裡！」

「好！打得好！」老漢面前擺著一排春凳，上面坐著五、六個眼睛發亮的孩子，見了這一幕撫掌大樂。餓了，就順手抓起食案上的瓜子放嘴裡嗑，連屁股都捨不得挪一下。但也有人叫：「錯了，錯了！打倒大惡棍『獨眼龍』的，不是人，是妖怪！」

老漢甕生甕氣咳了兩聲：「小孩子家，食物可以亂吃，話可不能亂說！誰不知道，寒光觀那幫人，自稱道士，實際上卻四處拐賣孩童！所幸王法似爐，終於有人挺身而出，還我唐一個清明公道。如此英雄，豈能和妖邪混為一談？」

「那就是司天台派來的咯？」

老漢搔搔下巴，略一沉吟：「司天台直屬御前，能夠號令天下除妖師，就連『六大門』都得聽其調遣，估計是不會插手管這種小事的……」他並不因為面對的是一群孩童就敷衍了事，反而很認真地分析起情由來。

然而，大夥兒討論得熱火朝天之際，旁邊卻忽地岔進一道犀利的嗓音。

「老頭子，說你的書，別胡扯聒噪……朝中那些大人物，豈是咱們能夠議論的？」

發話的正是老漢的妻子，茶肆的老闆娘。她從後廚端出一大鍋甜湯，一勺勺地舀出來，分盛給孩子們。

這群左鄰右舍的小崽子最愛來這裡聽故事，大家常在同個屋簷下，幾年下來，不是親人也勝似親人了。

「沒事。」老漢乾笑，「閒來無事，嘮嗑兩句，惹不了麻煩。」

老闆娘瞪了他一眼，掉頭走開，將湯碗端到角落的少女面前。

「童言無忌，客人別見怪啊。來，嚐嚐這個。」

「謝謝大娘。」

少女約十七、八歲，身材嬌小，五官淨秀，白瓷般的肌膚吹彈可破，模樣甚是招人喜歡，可惜就是太過單薄，和時下流行的富態美搭不上邊。另外，她的氣質和一般的閨閣女子也是大不相同。細看便會發現，她白皙的掌心實際上爬滿了硬繭，身上的短襦也洗得失了顏色，只有一雙烏溜溜的眸子最為耀眼，不住朝四下瞥去，給人一種機靈敏銳，久沐風霜的感覺。

老闆娘見她肚子扁扁的，彷彿一陣風就能颳走，心頭有些不忍。

「小娘子是外地人吧？天色不早了，外頭又下著雨不方便，不如，今晚就住下來……」

「店家不必勞煩，我坐一下就走。」

「這樣啊。」老闆娘一笑，心想：「真是個有教養的好孩子。跟那種成天嚷著要變成除妖大俠的小猴子簡直沒法比。」

少女送走老闆娘的背影，目光落到面前的那碗冰蓮百合湯上。只見木瓢上方漂浮著一顆拳頭大小，拖著長尾巴的圓球，正衝著她吐舌頭，扮鬼臉。

這類半靈體的小妖正是民間俗稱的「魑魅魍魎」，或者「精魅」。他們法力低微，和朝開夕落的花朵一樣，經常出沒在人們的生活周遭，卻也最容易被忽略。只有天生具有靈根，或者修為達到一定程度的人才能看見。而其中，又屬玉石化靈而成的金魅最愛調皮搗蛋，估計是因為這裡小孩子多才會吸引其前來湊熱鬧。

少女的表情相當冷靜，顯然早已對這種事見怪不怪了。她先是出指將那小東西給彈開，接著才低頭開始大快朵頤。

然而，嘴巴這頭還在忙，那一頭，老漢沉睿的嗓音再次飄進耳裡。

「誰也不曉得那夜觀裡到底發生了什麼，可據說，唯一活下來的是名看門小廝，被找到時，人已經瘋了，嘴裡不斷胡言亂語，說什麼『阿離不見了』、『不是我』……」

「阿離？」

「莫非，就是那位大俠的名字？」

老漢笑得賊兮兮的：「欲知後事如何，且待下回分解。時候不早了，你們這幫小鬼，若不想被赤梟抓走，就趕緊回家去！」

「什麼嘛？」

「太賴皮了！」

話都說到了這個份上，群孩哪肯輕易罷休。老漢想攆人，卻被他們一哄而上，抓胳膊的抓胳膊，抱腿的抱腿，吊成了一串大粽子。

一片歡騰喧鬧的氣氛下，誰也沒注意到角落裡那少女霍地站了起來。她扔了幾文錢在桌上，快步走出屋外。

天空還在浠瀝瀝地下著雨。她一聲不響地在夜路上走著，雙腳落處沒有濺起一滴泥水，若不是月光照下來，照出一條瘦瘦的影子，還真會以為是撞鬼了。

少女名叫鈴。這名字報出去，江湖上無人識得，但她的師父可就不一樣了。剛才老漢的話就是證據——上至貴胄豪紳，下至市井頑童，無人不知「赤梟」是個可怕的魔頭。自十多年前開始，坊間便處處流傳著關於她的傳說。有人說她是閻王麾下的厲鬼，也有人說她是天上降下的災星，就連父母親也會拿這話來嚇唬孩子：「再敢調皮，小心被赤梟吃掉喔……」

更重要的是，儘管各種變文裡描述得繪聲繪色，司天台屢次出兵卻都無法將赤梟及其黨羽剿滅，足見其「道高一尺，魔高一丈」。

大魔頭的徒弟自然也是不好惹的。

鈴下山後所做的第一件事，就是回到小時候居住過的寒光觀，將那些從前欺侮自己的惡霸狠狠教訓一頓，順帶打聽好友阿離的下落。可沒想到，這麼一來，竟莫名其妙被人冠上了「大俠」的名號，搞得她現在就連上街喝茶都變得如此尷尬。

走著走著，鈴拐進邗江邊的小弄。

這片里坊和別處明顯有別，即使入了夜依然熱鬧非凡。朱甍碧瓦在暮色裡若隱若現，流轉的絹燈和鶯聲燕語交織出一股雲遮霧繞的美感。鈴獨自走在路上，還有不少鮮衣著錦的浮浪少年朝她拋擲彩勝，嘻笑搭訕。

但鈴絲毫沒有理會他們。只見她先是躍上路邊的一輛油壁馬車，隨即提氣輕縱，竄上屋脊。待車裡的人探頭出來查看時，她早已消失無影。

她如一縷青煙般落入其中一間雅致的院子裡，剛推開格扇窗，便聽見屋裡傳來女子清冽的聲音：「都說了，我今日沒心情！」

「不是……這位霍郎君已經連續上門兩個月了。妳如此不賞臉，傳出去多不好聽呀！」

「那窮鬼愛找誰找誰去，我才懶得管！」

「但人家就執意見妳一人……不如，妳就去會會他，讓他及早斷了念想，省得日後糾纏不休。」

「想省心，妳自己去見！」

「妳這孩子……！」

聽著鴇母氣呼呼離去的腳步，門口的女子冷笑一聲。她氣定神閒地走到鏡台前坐下，抬起水蔥似的五指，輕輕撫過披帛上的流蘇。

這女子和鈴年紀相仿，身穿一襲蜜合色薄透紗襦裙，露出白藕般的玉臂以及綠色綾羅緞抹胸。體態豐盈，面若芙蓉，尤其那雙眼眸，帶著幾分欲說還休的嬌態，端的是風情萬種，教人看一眼便捨不得移開目光。

她便是時下揚州第一名妓江離。

一旁正在倒茶的綠裙婢女看見鈴從窗外閃入，嚇了一大跳。踉蹌間，一個腳滑，整個人向後栽倒。幸好鈴眼明手快，及時伸手將她撈住。

「妳沒事吧？」

「沒事……」

少女一臉震驚地望著鈴，似乎想不透對方是如何瞬間來到自己面前的，直到聽見江離喚道：「綠芙……」方才回過神來。

「提醒過妳多少遍了，怎麼遇事還是這麼冒失？」

綠芙臉上一紅，連忙彎身撿起掉落的茶具：「都是我不好，這就去重沏……」

「不必了。」江離緩緩摘下頭頂的步搖擺在案頭，語氣不溫不火，「累了就早點回去歇著。至於今夜的事，什麼該說，什麼不該說，自己好好掂量。」

「是。」綠芙訕訕地吐了吐舌，「那麼姊姊，我先回去了。」

門上門閂，確認外頭再無他人後，江離這才轉向鈴。同時，她身上那股慵懶的氣質也跟著一掃而空，取而代之的是的氣勢洶洶的表情。

「我不是警告妳別亂跑了嗎？如今城裡到處都在瘋傳寒光觀的事情，妳知不知道？若是被人發現……」

「不亂跑，難不成還住下來啊？樓下那位霍郎君不把我生吞了才怪。」鈴打斷對方，一邊從包袱裡取出一串葡萄，說道：「給妳的。快嚐嚐，別生氣了。」

江離接過葡萄，狠狠瞪了鈴一眼：「至少該告訴我，那天到底發生了什麼吧？」

「別聽他們亂講，不過都是些八竿子打不著的謠言罷了……」

「妳真的殺人了？」

「這倒沒有。」鈴隨口答道，「只是某些人，估計從此以後連握筷都有問題了……諒他們也不敢再作怪。」

「也是……妳就是心軟。」江離嗤笑，低眉剝了顆葡萄，「若換做是我，早將他們煎皮拆骨了！對付這幫披著人皮的畜牲，何須手下留情？」

她咬字不重，語氣卻沁出森森寒意。愜意的氣氛霎時煙消雲散。

下一刻，鈴放下手中的葡萄，抬起頭，目光深深凝向對方：「若妳想走，我今晚就能帶妳離開。」

江離看著對方慎重的表情，咬了咬牙：「我何嘗沒往這方面想過……可許多事都已成定局，我們誰也回不了頭。與其一輩子躲在陰影裡，我寧願背負現實活下去！」

這番話不僅是江離前半生的寫照，更突出了她看似柔弱，實則堅忍的性格。而鈴自然是懂的。過了半晌，她終於坦然一笑：「好。那也沒關係，我總看著妳。」

紅燭暖氈，夜色如墨，此刻的畫面雖然溫馨，卻又被重重的時光所割裂。兩名少女伸手相握，江離壓抑的情緒幾乎就要決堤而出。她本出身富戶，父輩代代行醫，卻在七歲那年遭人擄走，輾轉落入了寒光觀那幫惡棍手裡。

道觀的首領是名獨眼的老道士，性情殘暴，經常逼迫手下的孩子為他偷搶行騙，所有人都在背後都罵他「獨眼龍」、「獨眼鬼」。

當年，江離曾在鵝毛大的飛雪中乞食，也曾為了幾個餿饅頭被人沿街追打，嘗盡了世道顛覆，人情冷暖。若非遇見了鈴，她想，自己大概早就橫死街頭了。

雖說對方和她一樣，都是被拐賣來的孩子，但和她不同的是，鈴從小便是孤兒，性格比同齡人早熟許多，既自信又可靠。有她在身邊，江離總是能感到安心。她曾一度相信，她們會一直在一起。

然而，八年前的某日，兩人在回道觀的路上碰上了妖襲。當時情況混亂，待江離反應過來時，背上已多出了一條深深的爪痕。而鈴卻為了救她，獨自去引開妖怪，從此一去不返……鈴失蹤後不久，江離就逃離了寒光觀，但很快又被牙販子盯上，賣到了青樓裡。

這些年來，她費盡苦心，好不容易才在揚州的歡場裡闖出了點名氣，可卻再也沒聽說關於好友的隻字片語。隨著年紀漸長，她內心早已不抱希望，更不敢奢想兩人竟還有再見的一天……因此，幾天前的深夜，當鈴突然現身在她房裡時，江離一度懷疑自己瘋了。

然而，更離奇的還在後頭。

對方告訴她，自己當年離開寒光觀後，在野外遭遇妖襲，被一位神祕高人所救。對方不僅傳授她武功，還將她帶到了一個名為「赤燕崖」的地方。那裡收留的，全部都是妖怪。

江離還記得自己當初聽到這段話時，胃裡激起的那種冰涼不適的感覺。

「……妳說的這些妖怪，難道不會吃人的元神？」

「好奇的話，下回我帶幾個來給妳認識。」鈴挑眉笑笑。

「生死攸關，誰在和妳開玩笑啊！」

但鈴彷彿沒有聽見她的話。她將目光投向窗外的夜空，眼裡帶著夢一般的神色，就連語氣也藏不住一絲眷戀：「自從遇見師父後，我便在赤燕崖住了下來。那裡有玉樹環繞的青獲山，有四季水暖的天階池，森林中到處都是精魅，村子裡的大夥兒都和家人一樣生活在一起，既熱鬧又自在，也沒有戰爭和瘟疫，比起人類的城市不知好上多少呢……」

在江離的記憶中，對方極少露出這樣的表情。她望著那雙閃閃發亮的眼眸，不忍繼續逼問下去，但心裡終究還是有些不安。

妖怪的世界，她全然不了解，但有關赤梟的流言，多少還是聽過一些的。據說此人精通妖術，法力無邊，率領著手下群魔四處興風作浪，短短幾年間便犯下許多大案，被司天台列為頭號通緝要犯，甚至就連六大門都拿她沒輒——難道說，這便是鈴口中一心追隨的對象？

月影朦朧，江離將思緒從回憶裡拔出，拿起案頭的剪刀，將焦黑蜷曲的燈芯剪去。憮憮一息的紅燭瞬間被挑亮起來。

明火下，她見鈴臉色蒼白，不由得再次擰起眉頭：「妳小時候的瘡疤，如今還疼嗎？」

「已經沒事了。久久才發作一次，睡一覺就好……」鈴一副不願多提的樣子，想轉過身，卻被江離拽了回來。

「別動！讓我看看。」接著，她便不由分說解開了鈴的衣裳。

只見她左臂後側，靠近肩胛骨的皮膚爬滿了一圈圈妖異的紫色暗紋，四周血管突起，在燭光的照耀下顯得格外怵目驚心。

這種俗稱「黃泉脈印」的疤紋乃是由妖毒所引起，不但會逐漸侵蝕人的身體，據說還會帶來各式各樣的災厄與不幸。儘管鈴絕口不提自己的身世，但江離推測，對方小小年紀便流落街頭，恐怕也和這令人聞之色變的病症脫不了關係。

即使江離出生醫藥世家，詳讀各類方書，也不知該如何解毒。她仔細觀察疤紋，接著又替鈴把脈，直到摸到脈象平穩，一顆心才總算落地。

鈴抽回手臂時，嘀咕了一句：「至於這麼緊張嗎……」就被她怒斥：「像妳這般缺乏警覺，遲早把自己坑死！」她嗔怒的模樣宛如桃花壓露，若對面坐的是個男人，估計早就神魂顛倒了。

鈴也曉得對方都是為了自己好，於是沒再爭辯，只道：「行……我以後會多注意，都聽妳這郎中的。」

「那妳先告訴我，妳這趟下山是為了什麼。」

「也沒什麼……」鈴抱起一顆軟枕，懶洋洋道：「師父有個老朋友，逝世多年，託我去國清寺上香祭奠一番。」

直覺告訴江離，對方的這句「沒什麼」背後肯定有鬼。然而，一時半會兒也問不出答案，只得暫時作罷。

折騰了大半宿，兩人也都累了。鈴道了聲晚，旋即靠牆閉上了眼睛。

她從小便有個習慣：睡覺時從不橫臥，一定得坐著才行。

江離曉得，這是為防睡夢中有敵人突然靠近。從前在寒光觀時，鈴每晚也總是這樣守在她身旁。

「她當真完全沒變，不像自己，早已變得面目全非……」她注視著角落裡那張既陌生又熟悉的睡顏，心中又是安慰，又是酸楚……

鈴睡著後，房裡頓時陷入一片安靜，倒是江離自己躺在榻上輾轉反側。她盯著上方的屋樑，腦中不斷閃過童年時期的種種情景。

自從遇見鈴的那日起，她的人生便起了巨大的變化。她終於看清了——自己再也不屬於那個青磚砌瓦、瀰漫著草藥香氣的大宅院，從前的幸福不過是一場夢，而夢醒後的滿腮紅淚，夜夜驚魘，才是她的命。

但同時，她又極害怕死去，因為她比誰都清楚：人唯有活著才有被利用的價值。她決心要攀住希望擰成的繩索向未來前進，即使眼前是地獄也在所不惜。

她想起小的時候，自己什麼也不懂，鈴總是處處回護她。後來，她以為鈴死了，傷心之餘，還曾對天起誓：「若是有來生，換我照顧妳。」

她萬萬沒想到，這個來生這麼快就來了。

貳

次日，鈴醒得很早。她一向淺眠，自從離開赤燕崖，已經很久都沒有安安穩穩地睡上一覺了，雖然只有短短幾個時辰，卻感到精神抖擻。

小窗微亮，床上的美人兀自睡得香甜。她望著這幅養眼的畫面，悄悄從床上爬了起來。老實說，當她得知江離成為青樓名妓的消息後，猶豫了許久才決定出面相認。畢竟，她已不再是當年那個無牽無掛的小女孩了。

就在半月前，她師父忽然病勢轉沉，並在臨終前透露了一個驚人祕密——原來，她的真實身分其實是塗山派的前任掌門韓君夜。十七年前，由朝廷保管的禁忌祕笈《白陵辭》遭竊，她被冤枉為兇手，在逃避司天台追殺的過程中跌落山崖，從此雙腿殘廢，不得不隱姓埋名。

這消息為鈴帶來了巨大的震撼。她知道師父從以前便患有腿疾，行動不便，也知道她痛恨司天台，處處與朝廷作對，卻從沒想過這一切背後居然藏著這麼深的陰謀！

韓君夜至死都不曉得當初到底是誰設局陷害她的，但在她生命的最後關頭，她非常鄭重地交代鈴，一定要守護好赤燕崖這片淨土，同時更要小心六大門的手段，因為在這個江湖上，最可怕的從來不是妖魔鬼怪，而是一顆顆欲壑難填的人心！

當年跌落山崖的傷對韓君夜的身體帶來了無法挽回的重創，以至於每到冬日，氣溫驟降，她都會因為雙腿劇痛而無法動彈，不得不閉關休養。直到去年冬天，膝蓋瘡腫化膿，引發癰疽，終於一病不起。一代傳奇「赤梟」就這麼隕落了，可這個消息不能告訴任何人，否則一旦被六大門知曉，極有可能會為赤燕崖帶來滅頂之災，後果不堪設想。

這也是鈴此次下山的真正原因。

以她的性格，要她對這段往事當作沒聽見，那是絕不可能的——她下定決心要揭開當年的真相，並對害死她師父的人展開復仇！

除此之外，司天台也好，六大門也罷，只要敢對赤燕崖動手，她全都不會放過。只要將這些勢力給打倒，梅梅、雲琅，以及她在赤燕崖結識的夥伴們，就再也不用因為妖怪的身分而遭人迫害，過著躲躲藏藏的日子了⋯⋯

但這個計畫太過凶險，未來，只要是她身邊的人，都極可能被捲入腥風血雨中。她尤其不希望江離因為自己而受到牽連。

因此，經過一番猶豫，她最終仍然沒有叫醒對方，而是從懷裡取出一張飛鳥形狀的符紙，小心翼翼地擺在床頭，旋即躍窗而出。

自前朝隋煬帝開鑿大運河後，揚州因其交通便利，物產豐饒，一下躍升成為江南最富庶的港埠，千帆絡繹不絕，胡商巨賈雲集，城內更是繁華無比。但眼下的鈴卻沒有心情欣賞這些風景。

正如她對江離所說，她計劃的第一步便是去國清寺，為韓君夜的一名故友夢悟大師上墳，順便打探一下六大門的底細。

當年，韓君夜墜崖後，所有人都以為她死了。夢悟大師還特地為此上書司天台，想為好友伸冤洗雪。但不出半年，他自己也跟著離奇暴斃。這件事是鈴好不容易打聽到的，便決定從此處開始著手調查。

離開赤燕崖時，她和梅梅約定，由對方先去國清寺探路，兩人再到揚州會合。可直到現在，梅梅都還未出現，就連負責傳信的雲琅也不知所蹤。鈴覺得事有蹊蹺，決定上街打聽，看看國清寺近來是否發生了什麼變故。

然而，她後腳才轉出煙花水巷，前方便傳來兵刃相接的聲響。抬頭看去，騷動原來是出自短橋對面的酒樓。

這間「胡祥樓」乃是揚州數一數二的大酒樓，菜色精緻，價格昂貴，平時進出的都是些達官貴人，室內不僅焚著味道清新的熏香，過道兩側還以紗簾為幕，隔出好幾間雅座，每間都有自己專屬的觀景窗，客人們毋須起身便能將甘棠湖的瀲灩波光盡收眼底，可謂是別出心裁。然而眼下，樓內不斷傳出瓷器爆碎的聲音，酒客們抱頭鼠竄，掌櫃的在門前呼天搶地，看上去連想死的心都有了，風雅的氛圍早已蕩然無存。

只見二樓圍欄邊，四名綁著圓樣樸頭的男子和一名黑衣人激鬥正酣。

這種闊少之間大打出手的原因，十有八九都和爭風吃醋有關。鈴本打算看一眼就走，誰知，還沒擠出門檻，便察覺到風中傳來一股淡淡的妖氣。

她倏地轉身，正好瞅見一柄長劍挾著尖風從頭頂劃過，金色的劍穗盪出優美的弧形，玉佩交擊，宛如泉水叮咚。

鈴瞳孔霎時一縮——她沒看走眼，那上頭刻著三道火焰，正是青穹派的標誌！

青穹派位列六大門，以煉丹術聞名於天下。

所謂的「煉丹」，並非是像古時的帝王那樣，為了長生不老而服用硃砂、五行散等藥物，而是製作各種戰鬥所需的丹丸。有些丹丸服下後能夠看穿妖怪的幻術，有些則能夠提高除妖師本身的速度和內力，在黑市上，光是一顆往往便能夠喊到百金以上的價格！

而那把劍同樣也是寒光凜凜，一眼便能看出其價值不菲。只見它的主人瀟灑地一抖腕，寶劍在半空打了個挺，毫不猶疑地朝對手腰間刺去。

「妖孽，受死吧！」

「噹」一聲，長劍擊碎了飛來的琉璃盞。酒花像冷刀子砸在人臉上。

剛才出手的男子名叫駱展名，旁邊仨是他的師弟——陳秦、蕭逸以及顏荊羽。四人在江湖上算是頗有名望的後起之秀，人稱「青穹四劍」。

和青穹四劍對陣的黑衣怪客雖手無寸鐵，但身法詭異，雙眼染著血色，彷彿恨不得將對手活剮了。

他「噌」地竄過屋樑，五指勾成爪勢，尖長的指甲迸出一點猙獰的紅光，對準敵人腦門插落。可惜，此招雖毒，動作未免過大。駱展名早有準備，腳步輕斜，已貼身閃過。黑袍客反被陳秦的桃木鞭隔空掃中，從橫樑摔落下來。

打地滾起時，頭頂的兜帽削落，露出一張稚氣未脫的臉龐。然而，這張俊臉已經徹底被憤怒和憎恨給扭曲了，兩側的尖耳高高豎起，眉宇間只剩下滿滿的妖氣，宛如地獄爬出來的惡鬼一般！

「該死的是你們！別以為我忘了……當年，就是你們帶人襲擊的青丘。我要為我爺娘報仇，納命來！」

「哼，妖邪凶物，哪有什麼情感可言……還不速速現出原形！」

「少廢話！我青丘一族的百條性命，今日就要你們用血來還！」少年一邊說著不符合年紀的狠話，一邊露出青色的獠牙，身後竄起的兩條尾巴如烈焰般來回掃動。他不管蕭逸和顏荊羽的長劍正指著自己的要害，下一刻，一記飛爪再次掃向敵人正臉。

這種表現，說好聽叫「渾身是膽」，說難聽就是「乳臭未乾」。

在樓下觀戰的鈴眼皮不禁狠狠跳了一下。

但事情並沒有往她預料的方向發展。少年並沒有被插成肉串。千鈞一髮之際，他將身旁的木几猛地挑起。那張雕花楠木茶几好像長了靈性一樣，一口氣翻了個四腳朝天，愣是卡住了兩面襲來的劍鋒。再使出蠻力一絞，對面兩人的長劍來不及拔起，竟被他連几帶劍甩了出去。

這下變起倉卒，青穹四劍不僅失了兵刃，更是顏面掃地。駱展名反應最快，眼波微閃間，劍尖分花，已朝對手胸腹刺去。

青穹劍法向來以凌厲著稱，又暗含五行生剋變化，少年左腿有殘疾，好不容易才避開這三劍。氣息還未平穩，蕭逸已從後方攻到，左手拈起一張黃符，甩向空中。

勁風衝來，少年感覺全身寒毛都炸飛起來，瞳孔倏地一縮。可就在他以為自己在劫難逃時，半空的黃符突然一分為二，悠悠蕩蕩地飄落在地。緊接著，寒光自臉上颯然掠過，正是鈴揮刀格開了陳秦的桃木鞭。

此時，她臉上戴了面具，對面四人只見一條鬼影從斜刺裡突然襲來。陳秦提聲斷喝：「你是誰？」

鈴懶得回答，掌中刀穿出，直接將對方的桃木鞭削去了一節。那鞭子上頭刻有符籙，堪稱降妖利器，但在人面前，左不過就是塊漂亮的木頭疙瘩。青穹四劍見狀，表情俱是愕然。

但鈴也並非有心和對方拼個你死我活。她此番出手，不過是為了製造空檔，好讓那隻狐妖趁機逃脫。

可誰知，那位爺不知是吃錯了什麼藥，竟巍然不動。鈴頓時有種被人賣了的感覺……

「眼前這四個傢伙，可不是軟柿子，一旦惹上了，不是說走就能走的！」這念頭才剛從腦中閃過，只聽駱展名厲聲道：「來者何人？報上名來！」

事到如今，只好硬闖了。心念急轉間，鈴直接刷刷刷三刀搶出。

這三式大開大闔，蕭逸瞳孔一震，喊道：「師兄當心！別中了狐妖的妖法！」

妖法沒有，但駱展名卻退開了兩步。刀劍相交的霎那，對方手腕一挫，居然借力滑開了他的劍鋒。平如秋水的刀身化成殘影，直接晃花了他的眼睛。

隔壁的顏荊羽尚不明白發生了什麼，想仗劍再上，卻被駱展名喝止了。

「住手！」

比起堂堂正正的落敗，這種差之毫釐的結果往往更能逼出一個人內心的恐懼。此刻，駱展名只覺得遍體生寒，喝道：「老二、老三，你們都退下！」

兄弟四人一向以他馬首是瞻。陳秦和蕭逸縱然心有不甘，卻仍依言放下武器。駱展名這才將目光轉回鈴身上。

幾人在鬧市裡出手，本來只是想殺了那隻陰魂不散的狐妖，不料事情竟會變得如此難辦。所幸，那個面具人似乎也沒想和他們糾纏的意思。江湖上混久了，大夥兒心中都有默契——人不犯我，禮讓三分。

駱展名長眉一剔，對著鈴身後的狐妖道：「吾等本該替天行道，但念在你道行尚淺的份上，今日暫且放過。下次別再撞到我手上！」

這話分明是給對方台階下。可少年卻毫不領情，冷笑：「你們吃著朝廷的狗糧，吃得腦滿腸肥，還宣稱是替天行道，就不怕遭報應嗎？」

「你……！」顏荊羽氣得七竅生煙，但敵人的嘴比他更狠、更快！

「休想逃！哪怕我死為厲鬼，也不會放過你們！」

正所謂光腳不怕穿鞋的。出門在外，不怕高手攔路，就怕撞見瘋子。青穹四劍被這麼亂七八糟一通詛咒，都感覺背心涼颼颼的。駱展名更是眉頭緊皺。

「你既毫無悔意，駱某奉陪到底就是。但在此處動手，難免傷及無辜。明日午時，咱們西城外白楊木林見，想要我們兄弟四人的命，屆時儘管來取！」說完，又瞟了鈴一眼，這才轉身悻悻離去。

參

出城不久，就會抵達駱展名提到的那片白楊木林。此處偏僻，放眼望去，樹影幢幢，長草半枯，即使在光天化日下，仍能感覺到一股寒氣。

但再冷，也冷不過某人的臉。

「妳是誰？竟敢阻撓我！」

鈴尾隨少年出城，是怕青穹派的人暗下黑手，可沒想到，這條白眼狼竟反過來對自己惡言相向。她火氣上沖，直接將他掀了個筋斗。

見對方跌了個嘴啃泥，這才覺得心裡舒坦許多。她蹲下身，好奇地打量眼前的少年。「雙尾狐？倒是罕見……我還以為你們早絕跡了呢。」雖然從頭到腳都髒兮兮的，給人種霧裡看花的感覺，但從身型輪廓判斷，左不過十三、四歲年紀。「嘖，原來是個小鬼啊。」

「臭娘兒們，妳說什麼！」少年炸毛了，從地上跳起，一拳掃來。

鈴輕巧閃過，笑道：「小瘸子，有你這麼跟恩人說話的嗎？」

「命是我的，誰要妳來多管閒事！」

少年生平最恨的就是別人笑他跛足。鈴的話就像尖針般朝他痛處扎去，令他怒不可遏。

但他拼命揮舞拳頭，卻始終沾不到對方的衣角，只將自己折騰得滿頭大汗。

「鬧夠了沒？」到最後，鈴也無奈了。她見對方年紀幼小，不願跟他計較，只問：「你何必去招惹青穹派的人呢？」

但少年氣昏了頭，根本不理會她的話：「哼，妳也是六大門的人嗎？有本事殺了老子啊！」

鈴表面上不為所動，心底卻又是好氣又是好笑。

世上的妖形形色色，可按源流粗略分為四類，分別為魑魅魍魎、凡魂精怪、自然之靈以及上古妖獸。其中，魑魅魍魎泛指所有吸收天地精華而形成的半靈體小妖，例如：風魅。凡魂精怪種類更多，包括修得靈識的動植物，例如：貓妖、犬妖，以及那些本體為器物，卻因長期受人類怨念浸染而化靈的妖怪，例如：傘妖。自然之靈則是那些誕生於山川河澤，具有操控當地自然現象之力的妖怪，例如：雪女、雨師。和魑魅魍魎相比，後兩者雖擁有固定的本體，能透過修行延長自身的壽命，但終其一生卻只能自生自滅，唯有那些誕生於遠古時代的妖獸才具有繁衍後代的能力。而青丘狐族雖然在過去百年間逐漸凋零，卻也是「山海經」中所載九尾妖狐的後代，屬於妖界中歷史悠久的「名門望族」，當之無愧的「上古妖獸」。

這也是為何她初見對方時會如此訝異的原因。

然而，即使是這種血脈純正，自出生起便繼承了父母靈根的妖怪，在未經訓練的情況下，仍然不可能是除妖師的對手。

雖說鈴也憎恨六大門，可她畢竟年紀稍長，不像眼前的少年那麼壓不住性子。她正思索著該如何勸退對方，腦中忽地閃過一束靈光。

「憑你這三腳貓的能耐，明日上門挑戰，不是明擺著去送死嗎？」她故意揚聲道：「不如，讓我考校考校。」說完，「噌」的一聲，拔刀出鞘。

這把刀名為「雪魄」，外觀樸實無華，卻是柄能削金斷玉的利刃。

「拿去吧。」鈴將刀扔給對方，旋即側身幌進，提起右掌，靈敏地朝對方撲去：「看好了，這叫『白蛇游江』！」

少年接住武器，擰身就退，卻沒能躲開這鬼使神差的一掌。他肩骨被掃中，一陣酸麻，轉頭瞥見鈴的表情，怒道：「再來！」

這回，他使出了先前對付青穹四劍的輕功身法，竄高走低，乘隙而攻，在林霧籠罩下，宛如多重分身的鬼魅。

鈴留神閃避，誇了句：「好快的『雲雷步』！」

少年聽她道破自己的家傳絕技，微微一怔：「這名字妳從哪聽來的？」

他不知鈴在赤燕崖長期與妖怪為伍，因此感到意外。鈴卻笑道：「從前我一個玩伴教我的。他叫『祝炎芘』，你聽過沒？」

祝炎茈乃是狐妖中鼎鼎大名的人物，曾單槍匹馬闖入晉朝皇宮，殺死了當時專權的晉孝武帝，法術深不可測。此事在妖界無人不曉，少年自然不陌生。

「少吹牛了！」他輕蔑道，「祝炎茈將軍何等神威，怎會理妳這種黃毛丫頭！」

鈴挑起眉梢，回了句：「我以前拔過他臉上的幾根鬍鬚，你說他理我沒有？」

少年不信，還想反唇相譏，可就在他分神之際，鈴已飛步搶上，閃轉騰挪間，喝道：「接招，這是『靈狐出穴』！」少年的額髮被風激得飛起，連忙仰面避過。

但鈴這一抓乃是虛招，還未使老，右掌已乘隙拍向他腰脅。

少年上身翻了半轉，踉蹌間，小腹又中了一腿。

「注意，第三招要來啦！」話音未歇，鈴左手駢指，掃向對方眉心，正是一招「玉兔守月」。

少年迴刀反刺，鈴斜臂繞開，已扣住他的脈門，順勢將刀奪了過來。接著，她故技重施，抬起足跟，一招「雲鶴亮足」將對方絆了個跟斗。

少年膝蓋扣地，揚起臉，只見鈴用雪魄刀指著自己前額，表情似笑非笑：「這下你可認輸了，小狐狸？」

他的胸口彷彿被人狠狠撞了一下，腦中再次浮現當年青穹四劍帶人圍攻青丘，屍橫遍野的畫面，滿腔熱血衝上顱頂，令他幾欲發狂。怒到極處，遂不顧一切地撲了過去。鈴被他的瘋狀震住了，竟也沒想到躲避，手臂頓時被狐妖的利爪撓出兩道深深血痕。

一時間，兩人都愣住了。

少年看見殷紅的血花沿著鈴的衣襟逐漸擴開，直覺退了幾步，卻被一條樹根絆住，「噗通」坐倒在地。

鈴血流滿地，心中卻隱約明白了什麼。她忍痛蹲下去，直勾勾地望著少年的眼睛。

「妳別過來啊……」他慘白著臉道，「是妳自己逼我的！」

「你怕死？」

「我不怕！妳殺了我吧！」少年倔強地扭過頭。

豈知，等了半天，等來的卻不是冰冷的刀子，而是忍俊不禁的笑聲。

少年惱羞成怒：「妳笑什麼？」

「我笑你蠢！」鈴板起臉，一副恨鐵不成鋼的語氣。「你不是口口聲聲說要報仇？你看過死人報仇嗎？」

少年啞口無言，恨恨地瞪著對方。

「我可以幫你。」鈴又接著說，「但有個條件。」

「什麼條件？」

「此事倒也不難，就怕你不敢。」

鈴故意露出一副為難的表情，想測試一下對方的反應。果然，少年聽到這話，立刻兩眼放光，一躍而起。「少瞧不起人！男子漢大丈夫，上刀山、下火海，有何不敢？」

「好，那就這麼說定了！」鈴順坡下驢道，「你只需向我磕三個響頭，再叫我一聲師父，我就助你擺脫這血海深仇！」

「師父？」少年皺起眉頭，一臉困惑。

「就是你尊我為師，以後我讓你做什麼，你就做什麼，不許偷懶，也不許頂嘴。」

「他娘的……這不就是賣身嗎？」少年傻住了。眼前的少女至多大他個四、五歲，憑什麼使喚他？何況對方還是個人類！但轉念又想，自己武功低微，明日決戰恐怕凶多吉少。雖說一死萬事皆休，但若不能為父母親族報仇，自己苟活著還有什麼意義？

在妖怪的觀念裡，長幼尊卑什麼的都不重要，唯有弱肉強食才是真理。所謂強者為王，拳頭夠大才能獲得他人的尊重。因此，就算是滿腔熱血的少年也不得不逼自己嚥下這口氣。

他對上鈴挑釁的眼神，咬牙想：「等大仇報卻，老子再回頭跟妳算這筆帳！」終於跪了下去，將額頭砸在地上，喊道：「師父！」

鈴愜意一笑：「乖徒弟，起來吧。」

少年抬頭，眼睛猶如兩口黑洞洞的井：「答應我的話……妳可千萬別忘了！」

鈴的本意其實是想讓少年知難而退，卻不料，對方心志堅定，居然到了連尊嚴也可以捨棄的地步。如此一來，她心中反而有些過意不去了。

「正事待會兒再談，」她放軟語氣道。「先告訴我你的名字。總不能一直喊你小狐狸吧。」

「我叫瀧兒。」少年悶悶道。

「我叫鈴。」

「好俗氣的名字。」

聽見這句嘀咕，鈴剛才好不容易萌生出的一點溫柔頃刻煙消雲散。她捉住對方耳朵，用力向外擰，教訓道：「對師父講話，給我放尊重些！」

瀧兒痛得跳了起來：「哇，妳這女人賊兇惡！我瞧，以後還是叫妳惡婆娘好啦！」

鈴嘴角抽了抽：「臭狐狸，有種再說一遍！」

有了先前的經驗，瀧兒這回學乖了，斜身巧縱，成功躲過了對方的一腳。

來到下午，鈴包紮完手臂的傷，就去抓了幾隻麻雀回來。師徒倆在林裡升了堆火，吃起了烤鳥大餐。飯後，鈴開始傳授瀧兒方才那幾招的口訣和心法。

由於生長環境的關係，她從小學的外門功夫相當雜燴，除了一般的拳腳兵刃外，還摻雜了不少妖怪的絕學在裡頭。例如，她的輕功就是跟居住在赤燕崖最高峰的孔雀精孔達所學的，暗器則是蠍子精薛蕾所授。但她所使的「赤燕刀法」，以及她教給瀧兒的這套「赤陰掌」，都是韓君夜成為「赤梟」後潛心苦思所創。她在自己生命的最後一段歲月，將畢生心血醞釀成這兩套武功，其中不僅參照了塗山派本門的功夫，還融入了各種妖怪行立坐臥時的動作，每招每式間都隱藏著常人難以意料的變化，端的是精妙無儔。更難得的是瀧兒學習的速度。他悟性極高，許多關竅都是一點就透，就連鈴也不禁嘖嘖稱奇。

「今日就練到這吧。」她笑道，「再過幾年，青穹派那群人皆不是你的對手了！」

瀧兒聽了這話，臉色卻沉了下來：「我才等不了那麼久呢！明日就要和他們來個了斷！」

鈴見對方抓耳撓腮的模樣，嘆了口氣：「你先去把身上洗乾淨了，別的都好商量。」

樹林外便是揚子江。鈴將瀧兒趕去河邊洗澡，自己則坐在石上，開始自我檢討起來。

她背負著極為重要的任務，本該一心不亂才對。可今日，卻莫名其妙撿了個徒弟回來，偏偏還是個脾氣又臭又硬的小流氓，這分明就是在自討苦吃嘛……

此外，她很清楚，如今的自己勢單力薄，根本不是六大門的對手。正因如此，才打算先隱藏身分，查明十七年前的真相，再利用這點回頭對付敵人。然而，這會兒才剛下山，便為了救瀧兒得罪了青穹派，明日兩邊若真鬧上了，這爛攤子還不知該如何收拾呢……

正傷腦筋間，瀧兒濕漉漉地回來了。刮去一身泥垢後，灰溜溜的少年登時變得英氣颯爽，唯有眉宇間那層冰冷陰鬱的氣息，始終沖刷不去。

隨後，這對師徒又繼續相互對招，一練便是好幾個時辰。兩人在黑暗中皆能目視如常，因此一個不注意就忘了時間。等鈴再次抬頭，東方天空已泛出了魚肚白，新的一天悄然而至。

午時，青穹四劍果然依約來到了白楊木林。

雖說是平民出身，但六大門背後到底勾連著朝廷，那派頭果然和一般的江湖客無法同日而語。四人皆是一身石青大袖雲紋袍，漢白玉的腰帶，衣冠華貴不說，劍鞘還是用鮫綃織成的，繡滿了紅色的火焰，既結實耐用又能彰顯身分，足見青穹派對門面有多注重。

報上姓名後，蕭逸還對瀧兒講起了規矩。

「只要你單打獨鬥，勝過我們兄弟中任何一人，就算你贏。但你那頭自然也不能有人幫襯，否則就算認輸，得任由對方處置，如何？」

躲在一旁的鈴心想：「這話分明就是說給我聽的嘛。」但她聽聽也就算了，而瀧兒的字典裡更是從來都沒有「規矩」二字。

只見他下巴微揚，冷冷道：「廢物就是囉唆，派誰都一樣，快出招吧！」

對面四人聞言紛紛面色一變，其中最沉不住氣的顏荊羽當即挽劍一提，步出陣列。

「小雜種，今天不宰了你，我就不姓顏！」

瀧兒唇邊勾起一絲冷笑：「姓顏的，你劍可握好了？」

顏荊羽在昨日的戰鬥中不慎兵刃脫手，本就深以為恥，如今又被這個始作俑者拿來嘲笑，簡直就是火上澆油。

他眼中兇光一閃，從袖囊裡取出一粒火紅色的藥丸，直接仰頭吞下。那乃是能夠提高力量的「赤霄丸」，才一服下，便見顏荊羽臉色潮紅，雙手肌肉賁起，頭頂還冒出一絲絲的蒸汽，彷彿神靈附體似的。下一刻，他也不管對手是否準備好，右手長劍竄出，上來便是一記殺招。

瀧兒目光一悸，向後急縮。而就在這個剎那，淬礪無匹的劍鋒已劃破了他的胸前衣衫。即使瀧兒膽大包天，也不由驚出一陣冷汗。

這傢伙的速度，也和昨天差太多了吧！

但眼下已容不得他多想了。回首間，他雙足往樹上一蹬，左掌走偏，擊向對方面門，正是鈴教他的一招「靈狐出穴」。

狐妖本就是靈活狡獪的妖怪，又加上強敵當前，生生逼出了他血脈中的凶性，這掌推出，竟隱然有高手風範。

但顏荊羽亦非省油之燈。只見他矯捷地避開攻擊，旋即提氣搶進，藉著丹丸的效果，幾招間已穩穩占住上風。而當他看見瀧兒矮身往樹後鑽去時，臉上更是浮現出兇狠的冷笑——想逃？門兒都沒有！

可轉過樹叢，他忽然發現一件怪事：這附近的地面竟布滿了坑洞！

他一愣，旋即反應過來。原來，剛才的搏鬥中，敵人故意將他引至昏暗的樹影裡，為的就是混淆他的視線！畢竟，狐狸最擅長的就是掏洞，而且還是那種相互通連的地穴！

「哼，雕蟲小技而已！」

黯淡的光線下，顏荊羽瞇起雙眼，觀察著周圍的穴洞，準備等瀧兒一鑽出地，就將他插成狐狸肉串。

然而，他光顧著腳下，卻沒留意到，身後有雙充滿惡意的眼睛正虎視眈眈！

下一刻，瀧兒如孫猴子從天而降，「砰」的一掌擊中敵人後心！即使他修為尚淺，顏荊羽仍被打得骨骼發疼，連臉都白了一層。

「小畜生！你敢陰我？」

「你才是畜生呢！你祖宗八代都是畜生！」瀧兒滾地而起，不甘示弱地回敬。

此時，一旁觀戰的蕭逸突然道：「師弟，用『六道冰籠』收拾他！」

顏荊羽立即會意。他翻轉手腕，將瀧兒逼開兩步，隨後飛身點足，輕巧地接住同伴拋來的東西。

「六道冰籠」乃是青穹派著名的降妖法器，無論法力多麼高強的妖怪，一旦被吸入其中，不到半個時辰便會魂飛魄散，化為血水，連重入六道輪迴的機會都沒有。如此厲害的法器，鈴也只聽師父提起過，從未親眼目睹。

只見那冰籠不過巴掌大小，顏荊羽將其置於掌心，喃喃誦咒，不出片刻，它竟自己飄到了半空中，緩緩舒展成一朵六瓣蓮花的形狀，還煥發出琉璃一般的七彩霞光。

用這種殺手鐧對付一個手無寸鐵的孩子，簡直就是在吃豆腐了。

果然，短短數息之間，瀧兒這塊「豆腐」就差點被囫圇下肚了。席捲而來的冰雪令他感覺自己彷彿被困在一個精奧的劍陣當中，無論如何也闖不出去。若非顏荊羽修為尚淺，駕馭法器的技巧不夠純熟，再加上他還有些逃竄的天賦，恐怕早就一命嗚呼了。

驀地間，寒光陡閃，左腰已被冰柱命中。瀧兒撲倒在地，眼看就要被頭頂的光芒緊緊罩住。

然而，顏荊羽顯然還想將獵物戲弄一番。只見他操控著六道冰籠走上前，攏起的雙掌間逐漸凝聚出一道閃閃發亮的巨大冰刃，朝瀧兒胸口刺落。

而就在這生死俄頃之際，瀧兒也不知從哪爆發出一股蠻力，竟憑著一雙肉掌直接挾住了冰刃。

他的爪力極大，尋常刀劍非被他硬生生折斷不可，但六道冰籠所結成的玄冰鋒銳無比。

血光飆灑間，瀧兒的中指已被削去一節。

萬幸的是，這道攻擊也被帶偏了，深深嵌入後方的樹幹當中。趁著落葉蕭蕭迷人眼，瀧兒一腳將敵人給勾倒。這正是昨日訓練時害他吃足苦頭的那招「雲鶴亮足」。但今日，倒楣的終於不是他了。

「噗」的一響，利爪入肉，顏荊羽掩面慘叫，浮在空中的冰籠也跟著重新合上。

駱展名等人不防有此一變，嚇得衝上前來：「師弟，你怎麼樣？」

顏荊羽雙目火燒火燎，心卻如墜冰窟之中。他緊緊抓住駱展名的手臂，問道：「大師兄，為什麼……我什麼都看不見了？我的眼睛毀了，是不是？」

駱展名見顏荊羽臉上多出了兩道血窟窿，整顆心都揪成了一團：「別擔心……我去找最好的大夫為你診治，你不會有事的！」

但話音剛落，後方便傳來刻薄的冷笑：「別白費力氣了！」

駱展名暴怒，腿一抬就邁到了瀧兒面前，朝對方腹間踹去。

他的武功遠高於顏荊羽，就算瀧兒沒受傷，也根本避不開這一踢。

下一刻，瀧兒悶哼一聲，身子向後平飛了出去。再抬頭時，駱展名、陳秦、蕭逸已將他團團圍住，三人均是滿臉怒容。

肆

「待我將你化為血水，看你還笑不笑得出來！」

駱展名向來溫文儒雅，可一想到小師弟被這狐妖害得身受重傷，不禁目眥俱裂。

但瀧兒也不怕他。早在滅族之夜，他的心便死透了，本想豁出去再多罵幾句，才剛開口，鮮血便堵住了喉嚨。

「我要死了嗎……」他喃喃自嘲。

就在此時，頭頂上方忽然傳來一道清冽的聲音：「老天爺可不敢收你！」

駱展名反應神速，長袖飛揚間，已將兩枚黑黝黝，狀如鳥羽的暗器打落在地。可即便如此，背心亦沁出了冷汗。敵人靠近，他竟毫無察覺。若非剛才那句提醒，這來路不明的暗器恐怕已要了他的命。

眨眼間，樹林中又接連飛出六、七枚黑羽鏢，分別瞄準了青穹三劍的要害。乘著三人手忙腳亂之際，樹梢落下一條纖細的身影，擋在瀧兒面前。

「太慢了吧，惡婆娘！」瀧兒呲牙咧嘴道。

「我看你一個人應付得挺好的啊。」鈴將瀧兒從頭到腳打量一遍，不疾不徐道：「還能走嗎？」

「這個自然。幾個孫子，難不成還能把老子怎樣？」

瀧兒雖然嘴硬，但從他粗喘的呼吸聽來，顯然受傷不輕。鈴自然也注意到了。她不禁微微皺了皺眉，銳利的目光刺向對面三名男子：「你先走，我一會兒就趕上。」

此時的她已戴上面具，換上了夜行衣。青穹三劍見又是她出來攪局，臉色都很難看。既然對手已不再是妖，六道冰籠也就沒有用武之地了。

下一刻，空中爆出一串短促的急響，正是雪魄刀和三人的兵刃漸次相撞所發出。

鈴挑開陳秦的桃木鞭，一招「破翼」騰身而起，以驚人之速朝駱展名肩頭砍落。瀧兒則趁著幾人纏鬥的空檔，撒開雲雷步，向後狂奔。蕭逸想追，卻被快刀削中小腿，跌了個趔趄。

「三弟小心！」

駱展名身子幾乎未動，劍卻快得令人屏息，寒芒吞吐間，已抓準破綻刺了出去。鈴連忙出刀在長劍中段一點，「噹」的一聲，借力縱開。寒鐵相逢的剎那，駱展名感到一股冷冽的氣息從對面湧來，宛如冰川乍碎，萬徑吹雪，人不似人，妖不似妖……他心口一突，忍不住又問了一次：「你到底是誰？」

鈴心想：「真是個傻子。我都帶著假面了，難道還會說實話不成？」

「既然你這麼想知道，那我便告訴你吧。我是塗山來的。」

駱展名見她武功路子雖然古怪，招式間卻確實有幾分塗山派的影子，疑心大起。

「塗山乃武學正宗，哪有你這樣的邪門功夫？」

「笑話！」鈴嗤笑，「世上武功焉有正邪之分？拿來欺負弱小，自然是邪魔歪道，用來打臭道士，卻是光明得很！」

她話中諷刺意味如此明顯，駱展名怎會聽不出來？他凜起神色道：「我輩受朝廷敕封，奉司天台之令除妖衛道，天理所在，何來欺負弱小一說？」

鈴最厭惡的就是這種自以為是，以偏概全的說詞了。她見對方一臉正氣、玉樹臨風地杵在那，眼中閃過一絲鄙夷：「難道你就沒想過，這些話是誰教你的？究竟是天理還是人欲，只要稍加思考，答案便一目瞭然，只是你不願承認罷了。」

駱展名臉色微凝，手中長劍逼得更緊了。

平常時候，刀給人的印象總是剛猛有餘而柔韌不足。然而，鈴所使用的赤燕刀法卻偏偏帶著一股極致的輕靈，表面如花影繚亂，實則殺機暗藏。駱展名走闖江湖十多年也從未見識過如此詭譎的武功。

走到三十來招，雪魄打出一記輕飄飄的旋，兩枚黑羽鏢從刀影中飛出，分別擊中駱展名的肩膀和陳秦的左胯。趁著二人縱開之際，鈴身形搖盪，已從他們中間穿插過去。

暮春江畔，青草離離，葉尖綴滿了晶瑩的露珠，遠遠望去宛如翡翠鋪地。鈴不理會背後傳來的叫囂，逕自展開輕功朝水邊奔去。三人你追我逃，鬥得不可開交。忙亂間，誰也沒留意到遠處的一株枯樹底下佇立著一道黑影，正用冷酷的目光窺視著這一切。

鈴奔到河畔，正好有船家搖船經過，船艙中奔出一名少年，正是瀧兒。

鈴的輕功已臻上乘，足尖微點，便如驚鴻般掠過水面。陳秦看見敵人即將逃走，忍不住破口大罵。

對面的瀧兒嚥不下這口氣，也跟著罵回去：「死雜毛！狗腿子！再亂吠，包準你毒液攻心而死！」

駱展名和陳秦聽了這話，互看一眼，齊齊色變：「不好，暗器有毒！」

駱展名當機立斷，揮劍砍下岸邊的樹籐。他將藤條的一端纏住樹腰，另一端則牢牢繫在了劍柄上。接著，他像擲魚叉般舉起劍，朝江心射了過去。這劍還真就不偏不倚地叉中了小船的艙頂。這一幕把鈴和瀧兒都看傻眼了。

瀧兒想上前拔劍，但那劍竟和生了根似的，紋絲不動。

另一頭，駱展名交代陳秦回頭照應兩名受傷的師弟，自己則踏上索橋，朝鈴的方向奔來。

「——該死！」鈴沒想到，對方生得一副正人君子的模樣，卻是這般死纏爛打。兩人沿著藤索且戰且走，逐漸逼近船舷。底下的小船受到顛簸，也跟著左右搖晃，眼看就要翻覆。

「你再過來，我就不客氣了！」鈴眼神瞇起，警告對方。

駱展名氣得差點吐血。他向前一把拽住對方手腕，狠聲道：「反正我是活不成了，今日你若不交出解藥，大不了咱們同歸於盡！」

他這一抓拚盡了全力，鈴感覺自己的骨頭都要被捏碎了。拉扯之際，船身又晃了幾下，鈴的面具被風揭起，待發現時，已經晚了。駱展名與她目光相接，見是個眉清目秀的小娘子，不禁怔住。

「妳……」他的聲音裡透出驚詫，抓著對方的手指也鬆開了。

事情發展到這一步，鈴索性豁出去了。她解下腕間玉鐲，不由分說地往駱展名手裡塞，佯怒道：「又不是什麼名貴之物，送你就是了，別老眼巴巴地望著。」

駱展名墨玉般的瞳眸一縮，總算意識到自己的失態。他握著那只鐲子，收也不是，不收也不是，頓時窘在當地。

鈴見他面露遲疑，趁機提醒：「駱少俠，你要的東西，我都已經給了，信不信由你。」

駱展名這才低頭一看。只見玉鐲光滑的表面有處細小的缺口，伸手輕扳，底下的空匣便露了出來，滾出兩粒清香撲鼻的白色小丸。

駱展名心中大喜，也沒懷疑解藥的真偽，逕自轉身，朝鈴深深一揖：「多謝姑娘賜藥！」

鈴的臉色瞬間冷了下來：「你還是快回去找你那幾個寶貝師弟吧，恕不奉陪。」說完，頭也不回地躍上小舟。

駱展名心繫同門，恨不得立刻插上翅膀飛回兄弟們身邊。但拔劍上岸後，卻又忍不住回頭望去。

只見那黑衣少女立在船尾。清麗的臉龐在逆光下宛如淨雪般剔透，照在氤氳的江面上，恍恍惚惚，予人一種可望而不可及的感覺。至於那名搖櫓的漢子，看似尋常艄公，蓑衣底下卻彷彿藏有三頭六臂一般，木槳輕撥水面，小舟便穿過層層白浪，如箭矢般順流急下。

伍

眼看駱展名的身影終於消失，瀧兒一瘸一拐地走到鈴身邊。

「那幾個雜毛可真夠難纏！」話罷，朝水面狠狠啐了一口。

「你的傷不礙事吧？」鈴問。

「我好得很呢！多虧有後面那位大哥。」瀧兒指向那名搖船的艄公。

此人高大魁梧，滿面虬髯，雖鶉衣百結，卻自有一股威嚴。剛才那場惡鬥中，他不但沒吭聲，甚至連眉頭都沒皺一下，只是專心擺渡，直到此刻，和鈴目光交會，眼神才流露出笑意。只見他身上的「蓑衣」緩緩張開，竟是一雙碩大的金色羽翼！

「大鵬，你聽，那小子在誇你呢！」鈴笑道。

「小兄弟過獎了。我剛才不過是給他服了本門的『燕山露雪丸』。」

「對啦，就是妳給臭道士的那藥！呸呸呸！把這麼好的東西給他，真是糟踐了！」瀧兒不禁心疼起來，「那幫廢物，嚇得屁滾尿流的，還以為自己真中毒了呢！」

他撿起鈴剛剛使用的暗器，朝掌心吹了口氣。

幻術解開後，幾枚黑羽鏢盡數化成枯葉，隨風飄散。

「這算什麼？」鈴微微一笑，「你的幻術若再練得高明些，以後上哪均可暢行無阻。」

瀧兒受到鼓舞，雙眸興奮地亮了起來。這也是鈴頭一次見他露出與實際年齡相符的笑容。正如黑雲翻墨未遮山，漏下的幾縷陽光將他整個人由內到外都打亮了。

小舟緩緩駛過山邊，不知不覺間，已是日暮。殘霞如煙，鈴獨自坐在船尾，聽著奚落的蟲鳴，望著火紅的江水從身邊潺潺流過，漂向不知名的遠方。

少頃，有人走來，一聲不響地從後方給她圍上了披風。回頭一望，正是大鵬。他居高臨下地看著鈴，眼神中除了對晚輩的寵溺外，也有責備。

「少主，在下知道妳許久未涉江湖，自然有很多事想做。可妳明知自己毒印未癒，為何還把僅存的兩枚丹藥都給了方才那位少俠？」

「六大門的人素來狡詐，我不這麼做，如何瞞得過他們？」鈴眼波微閃，有些無奈。

但同時，她也不得不承認，先前和青穹四劍的那場戰鬥，實在是挺刺激、挺痛快的。自從師父去世後，她心裡頭一直堵得慌。雖說在真相大白以前，不好隨意出手，以免引火燒身，但駱展名等人自己送上門來，確實替她出了口惡氣。

大鵬似乎看穿了她這個想法，露出了不以為然的表情。

遙想當年，他和鈴初次相遇時，對方還不過是個十來歲的小丫頭，卻為了尋找師父需要的一味藥草，不惜單槍匹馬闖入百妖齊聚的惡鬼沼澤，還在那裡待上了三天三夜。自那時起，他便看清了自家少主的性格——表面冷靜，骨子裡卻比誰都來得倔，只要她認為是對的事情，便會堅持到底，無論別人再怎麼勸解也是無用。

鈴被瞅得有些心虛，輕輕咬住下唇：「東西都已經給出去了，總不能要回來吧……我以後注意點就是了。」

少頃，她起身進了船艙。可一個剛走，便換另一個出來了。

瀧兒走到舷邊，望著遼闊的江面發呆，忽然問道：「鵬大哥，你和惡……鈴姊姊很熟悉嗎？能不能告訴我，她到底是個怎樣的人？」

大鵬搖船搖到一半，深深地看他一眼：「我和你一樣，受了少主的恩惠。從那時起，我就一直跟隨她，如今算起來也有六、七年了。」

「這麼說，她的武功是你教的咯？」

「怎麼可能？」大鵬微笑，「少主的功夫乃是娘娘親自傳授。」

「娘娘？」瀧兒如夢囈般喃喃，「難不成是皇后娘娘？」

「這位娘娘神通廣大，比起宮中的娘娘更加令人敬服。少主由她悉心調教，自然也是人中龍鳳。」

瀧兒聽了這樣的形容，心裡更加迷惘，但對方語氣鄭重，他也不好繼續追問。

此時已是初更，月亮從雲後探出，照得江面寒光閃閃，彷彿有千萬隻流螢在飛舞。

大鵬道：「小狐兄弟，既然少主這麼喜歡你，你就留下來吧，彼此也好有個照應。別瞧咱少主生得柔弱，她對待我們這些妖可是最講義氣的。世人皆道妖本無情，唯有她把我們當作家人，真心相待。能跟在她身邊，那是種福分。」

瀧兒沉默了。說實話，他也不曉得自己今後該何去何從。

然而，經過這場惡戰，他終於徹底看清了——憑自己目前的實力，想找青穹四劍報仇，無異於癡人說夢。只有變強了，才能替死去的族人復仇！

「鵬大哥，謝謝你……但我連自己該去哪，該怎麼活都不知道。留下來，只會給你們添麻煩。」

瀧兒倔強慣了，就像隻受困陷阱，遍體鱗傷的猛獸，無論對誰都是張牙舞爪。但此刻，他想到天地之大，竟無自己的容身之處，卻不禁紅了眼圈。

大鵬看著逆風中顫抖的少年，微微一哂。

「那又如何？我們不是神仙，又怎能預知未來？但神仙也好，像我們這種凡夫俗子也罷，日子總得過下去。」

話很淡，道理卻深。瀧兒忍不住停下心，細細咀嚼起來。

「放心好了。」大鵬又說，「少主表面不說，骨子裡卻是個熱心腸的人，她既然收你為徒，就不可能再把你撇下。」

自從遭遇滅族慘禍後，瀧兒就再沒聽過這樣暖心窩子的話了。若非鈴突然從船艙裡奔出來，他恐怕下一秒就要淚灑江面了。

鈴快步走到船尾，目光緊盯著闃黑的夜空，說：「來了！」

瀧兒大感好奇，連忙眨去淚光，抬頭朝她指的方向望去。只見遠處的黑暗驀地颳起一道旋風，朝著小舟直撲而來。鈴和大鵬交換了道眼色，顯然明白是怎麼回事，只有瀧兒一人被蒙在鼓裡。他正想發問，那團風已經捲到了幾人頭頂。風的中央竟然嵌著一張栩栩如生的人臉！

瀧兒的下巴直接掉了下來。接著，那張空白的臉還開口說話了！

「少主，某來晚了。」

「雲琅，發生了什麼事？」鈴有些不悅地質問。「梅梅怎麼沒和你一起？」

「救人，磐音谷。」雲琅回答。

這兩句話甚是含糊，但鈴光憑感覺就知道情況不妙。她表情一變，回頭問大鵬：「這裡離天台山還有多遠？」

「少主，」大鵬放下木槳，語氣凝重，「磐音谷可是千年妖怪姑獲鳥的巢穴。那裡屬於國清寺的禁地，任何人不得隨意出入……」

「事到如今，管不了那麼多了！」鈴臉色一黯，打斷對方，「當務之急是找到梅梅，咱們小心應對就是了。」

交代完大鵬，她又轉向瀧兒，目光中半是激賞，半是挑釁：「小子，想讓自己變厲害，想知道怎麼對付除妖師嗎？——正好，這就隨我去捉妖！」

瀧兒聽了這幾句話，全身熱血如沸，脫口應道：「是！」

第參章、磐音谷

壹

話說另一廂，梅梅與妙因分手後，一路走馬看花，在市集上逛得不亦樂乎。

她盯著攤上那排鏤空的金色小球，各個小巧玲瓏，做工精緻，不禁開口讚嘆：「真好看……這是什麼？」

「哎喲，小娘子不知道啊？」商鋪主人是個身材圓潤的中年男子，戴著一頂白尖氈帽，笑起來見牙不見眼，「這些香囊裡頭用得都是西域來的香料，沉香、檀香、乳香皆有，攜帶方便又能暖手，一個五文錢。」

梅梅拿起一枚金銀香囊，先是捧在手心裡把玩，接著又試著將它插在頭髮上，只覺清香撲鼻，心頭喜孜孜的。

「人類的玩意兒可真有意思……」

她又挑了兩個花紋相異的香囊，問對方：「你覺得哪個好？」

店主見她一派天真無邪的模樣，捋鬚笑道：「想必是要送給心上人的吧？」

梅梅其實沒想這麼多，但聽對方這麼一說，頰邊紅霞頓生：「才不是呢。」

「小娘子不必害臊。香囊是貼身之物，無論是如意飛鳥紋，還是團花葡萄紋，都是好意頭，妳不妨多挑幾個。」

梅梅怔怔望著手中的香囊，驀地想起前幾天和妙因兩人坐在山坡上，互訴衷腸的情景，胸口處忽然湧上一股奇妙的感覺，彷彿心跳漏了半拍。

「就這個唄。幫我包起來。」

「好嘞。小娘子好眼光啊。」

梅梅笑得如春花般燦爛，收下香囊後轉身便走。直到穿越街道，店主直勾勾的眼神始終緊緊相隨，還在後頭一疊聲喊「慢走，有空再來啊」，顯然早已將收錢的事拋諸腦後。

這裡是位於天台山腳的一座小鎮，攤販和遊客都是零零散散的，談不上熱鬧，梅梅卻玩得津津有味。

她一會逛絲綢舖子，一會看百戲，路邊有幾名師傅正在表演皮影，她覺得新鮮，便也湊過去瞧。她一頭飄逸的銀髮雖然顯眼，但由於周圍人或多或少都受到了她媚術的影響，因此非但不感到奇怪，還都十分熱情地招呼她。

「小娘子進來嚐嚐吧。咱們這兒有來自長安的餺飥，還有冰鎮瓜果、乳酪澆鮮櫻桃，花樣可多了。」

梅梅肚子剛好也餓了。但她才準備跨入店門，耳邊卻突然刮過一陣疾風，把隔壁的油傘舖子都給吹翻了。她忍不住皺眉嘟囔：「急什麼啊?本姑娘正開心著呢。」

雲琅嘶啞的聲音在她耳畔響起。他用極低的音量說話，也只有梅梅能聽見：「汝不該在這。」

「要說幾次你才明白？」梅梅頭也不抬：「我可不是你，可以不吃不喝、不眠不休地趕路。」

雲琅想回話，卻被梅梅搶了先：「和少主約定的日子又還沒到，就讓我多玩一會兒嘛……咱們明天上路。」

「天光，離開。」最後，雲琅丟下這幾個字飄走了，不知去向。

「煞風景。」梅梅朝對方離去的「背影」吐了吐舌。

她走進店，揀了個靠窗的位子坐下，點了蓬燕糕、金乳酥，外加兩盤櫻桃畢羅。她一向嗜吃甜食，光看著這些五顏六色的點心，口水都要流滿地了。但正準備大快朵頤，門口卻突然傳來騷動。

「去去去……沒錢就快滾，這兒可不是善堂。」

「求您行行好，在下是出家人……」

「和尚也不能吃白食啊。國清寺離這裡不遠，你怎麼不上那兒掛單？」

梅梅聽見「和尚」二字，好奇地探頭出去。只見一名少年立在店門口。看他的打扮似乎也是國清寺的弟子，但他個頭比妙因矮了一截，身上的袈裟都快拖到地上了，模樣十分滑稽。梅梅看了忍不住噗哧一笑。

忽然，小僧像想起什麼似的，從懷裡摸出一根銀簪。

「不然我拿這個和您換？求施主大發慈悲，我已經一天沒吃東西了……」

梅梅見到那根銀簪，眼皮一跳，霍地站起。她想起來了，對方不就是那天來找妙因的小鬼嗎？她的簪子怎會落到他手裡？

店裡的伙計連連搖手，想將那小僧趕走，卻被梅梅攔下了。

「小師父，別怕。來這兒坐。」

少年碰上救星，感激得眼淚鼻涕都淌了出來，連連稱謝。

「別客氣。對了，你叫什麼名字？」梅梅拉著對方坐下，將食物推到他面前。

「我叫……不，我是說，小僧法名妙峰。」少年顯然是餓慘了，兩手各抓起一塊糕餅，迫不及待地往嘴裡塞。

「是嗎？」梅梅將身子偎近，烏溜溜的眼神上下打量對方。

突然間，她抓起桌上的銀簪，猛地向下扎去。簪子猶如匕首，不偏不倚地插進了妙峰指間的空隙，入木三分。

妙峰嘴裡塞滿了食物，想叫也叫不出聲來，眼淚再度撲簌簌地落下。

梅梅的聲音更甜了：「若不想死，就老實交代。這根簪子，你從哪弄來的？」

妙峰差點沒噎死，嗆咳了半天才支吾道：「我撿來的……」

「胡說！」梅梅拔起銀簪，作勢要刺對方的眼睛。「再敢胡謅，我戳死你！」

「饒命啊！女施主……女大俠……」妙峰跪地哀求：「小僧沒有騙您！這本來是我師兄的東西，我只是順手撿了起來……」

「這麼說，是你偷來的？」

「不、不是那樣的！」

「到底是哪樣，說清楚！否則我現在就送你上西天！」

在梅梅的連番恐嚇下，妙峰只得硬著頭皮將前一天的經過娓娓道來。

原來，當日國清寺的小沙彌妙因和梅梅在山上分手後，回到寺裡便一直悶悶不樂，無論是打禪還是幹活，都格外提不起勁，有時甚至會見到他獨自望著遠山發怔。

國清寺組織嚴謹、寺規嚴明，將底下僧眾分為四部管理。妙因和妙峰是羅漢堂惠苦和尚的弟子。但他脾氣古怪，待人嚴厲，就連與他同輩的僧人都嫌他不近人情。

這日，惠苦領著眾沙彌做早課，見妙因一副魂不守舍的模樣，當場震怒，不僅狠狠斥責了對方一頓，還罰所有人到後山操勞役，靜心思過。

妙因自己雖無怨言，但受到他連累的沙彌們各個都憤憤不平。

來到午後，妙因和妙峰揹著木筐，到後山最遠的五丈坡砍竹子。這裡離禁地磐音谷只隔了半座山嶺，雜竹茂盛，平時根本沒有人煙。

妙因一邊揮動柴刀，一邊又想起梅梅來。她蜜糖般的笑，她身上那股狡猾的花香，她溫軟的唇滯留在嘴邊的感覺……關於她的一切，都令他深深著迷。

然而，兩者身分懸殊，註定永成陌路。一想到這，妙因心中便如針扎似的疼。心情越鬱悶，下手就越重，一刀刀劈下去，彷彿劈在自己胸膛上。就連一旁的妙峰也嚇得蹦開兩尺：「我的大少爺……到底誰惹您啦？」

「妙峰，你有喜歡的人嗎？」

「喜歡的人？」

「我問你，有沒有意中人？」妙因不耐煩地重複了一遍。

妙峰終於聽懂了對方的意思。他連忙捂住嘴，左右張望了半晌，這才壓低聲音道：「你說……女人？」

「廢話！」妙因使勁一揮，又砍倒了一株修竹。

妙峰滿面愁容地搔首：「佛家最忌兒女情長，你又不是不知道……」他頓了頓，「難不成，你看上了哪家姑娘？這不可能啊！咱們佛寺哪來的女人？」

妙因沒有答話。

妙峰小心翼翼地湊近，問：「師兄，你臉好紅阿，是不是生病了？」

妙因也覺得自己病了。入寺三年所受的種種辛苦，也不及這三日茶飯不思來得煎熬。他懊惱極了，手又痠，索性扔下柴刀，坐在地上小憩。一陣風吹過，周遭的竹林發出沙沙聲響，像極了昂首吐信的蛇。

忙活了半天，妙因和妙峰綑起竹子，準備揹下山去。但就在這時，前方突然走來兩名少年。妙峰見到他們，頓時白了臉。

「妙海師兄，妙弘師兄……你們怎麼在這兒？」

妙海和妙弘是一群小沙彌中年紀最長的。他們看準妙峰好欺負，時常捉弄他。

「臭小子，想躲我們？可沒那麼容易。」妙海仗著個子高，伸手就要往妙峰腦勺抽去。妙峰閃得快，一溜煙躲到了妙因背後。

「師兄，快想辦法啊……」

妙因被推了出去，只好硬著頭皮擠出笑容。

「兩位師兄，不知你們找我們所為何事？」

「少裝蒜了！」妙海冷笑：「還不是因為你偷懶懈怠，才連累咱們跟你一起受罰。今日就讓你嚐嚐厲害！」說完，掄起拳頭往妙因臉上砸去。

妙因痛哼一聲，向後便倒。

妙峰見狀，扯開嗓門：「你們怎能這樣欺負人！等等我稟告師父去！」

「草包才告狀呢！」妙弘輕蔑道，「將來等我當上住持，定把你們這群沒用的東西通通叉出去！」

妙因本不想與他爭辯，但聽了這話也不禁火大。

他爬起來，冷笑道：「本寺歷代住持都是由方丈親自點選，唯有賢者才能勝任，豈是你想當就能當的？」

「你敢對師兄不敬？」妙海上前一步，卻被妙弘攔住了。

「等等。」他瞥一眼妙因嘴角的傷痕。「別讓人發現了。」

「總得給這小子點顏色瞧吧？」

妙弘嘴角浮起狡獪的笑容：「再往東去就是磐音谷了。不如，你們去那兒轉轉？」

「磐音谷？那不是禁地嗎？」妙峰驚問。

「是啊。」妙弘嘿嘿一笑，彷彿在訴說一件極其愉快的事，「據說，那裡是千年妖怪姑獲鳥的老巢。這種妖怪兇狠殘暴，一百年前，時任方丈的果玄大師為了防止牠四處害人，便用法力將其封印在了結界當中。」

妙因也聽過這個傳說，卻一直不大相信。

這麼久以前的傳說，誰知是真是假？何況，磐音谷離此不過幾里地，一切看上去風平浪靜，毫無異狀。

「這種真假難辨的事你也信。」他不屑地說。

「是真是假，去了不就知道了？」

「這不好吧……」妙峰緊張地拽住妙因的道袍。

「害怕了？」妙海戲謔地問。他指著妙因：「你不是常說，以後要成為厲害的除妖師？大話誰都會講，有本事就別臨陣退縮！」

「你要我做什麼？」

妙弘側頭思了半晌：「聽人說，磐音谷附近長滿了一種紅色的火靈芝。只要你去摘一株回來，我就放過你們倆。」

「行，一言為定。」妙因想也沒想，腦門一熱，直接答應下來，轉身便往磐音谷的方向大步走去，「妙峰，快跟我來！」

妙峰聽說要去見傳說中的妖怪，嚇得雙眼發黑。但他又不敢獨自留下來面對兩名惡霸，只得硬著頭皮跟上。

兩名少年沿著山坡走了一頓飯的時間，腳下的地形越來越崎嶇，周圍的濕氣也越來越濃重。不遠處就是深不見底的谷淵，妙峰一路上緊拉著妙因的袖口不放，深怕和對方走散了。

走一走，妙因突然停下腳步。

「有了，你瞧那裡！」

妙峰順著他手指的方向望過去，看見不遠處的山崖邊長著幾株傘狀的蘑菇，似乎就是妙弘口中的火靈芝。

妙因小心翼翼爬到崖邊，親手摘下了那朵豔紅的靈芝，放入懷中，唇邊揚起得意的笑。

「我就說嘛，哪有什麼姑獲鳥！回頭我倒要看看，那兩個傢伙還有何話可說！」

妙峰縮了縮脖子：「看也看了，草也拔了，咱們快回去吧。」

「嗯。」

可問題來了。兩人剛才光顧著找靈芝，根本忘了沿途留下記號。

他們沿著山壁亂走了一陣，忽然間，迎面襲來一股冰涼涼的觸感，彷彿撞上了一道看不見的瀑布。更不可思議的是，妙因的身體竟很自然地和那「牆壁」融為一體，剛伸出手去觸摸，眨眼間便穿了過去，就連被妙峰也一起被拽到了牆內。

「怎麼了？」妙峰緊張地問，「剛才那是什麼？」

「噓！別作聲。」

妙因豎起一根手指靠向嘴邊。

他發現周圍的蟬鳴突然消失了。剛才整座山還熱熱鬧鬧的，如今卻驟然安靜下來，連一點風吹草動也沒有。

太奇怪了……妙因心裡忍不住打了個突。

而就在此時，後方的山谷驀地震動起來，兩人一個沒站穩，同時摔倒在地。

「師兄！」

事到如今，別說妙峰，就連妙因也不禁感到害怕。但他仍站了起來，抖去身上的泥土，說：「別怕，大約是地動吧。」

可話還沒說完，就被呼嘯的風聲蓋了過去。

一道巨大的影子從谷底飛出，直衝雲霄，嘹亮的叫聲宛如寒蟬淒切，怨鬼哭號，令人血液倒流。

兩名少年二話不說，拔腿逃命。

妙峰邊跑還不忘「發揮所長」，放聲大喊：「救命啊！有妖怪啊！」

但這片山半個人影也無，就算叫破了喉嚨也是白搭。

頭上勁風颳過，妙因連忙將妙峰撲倒。兩人趴在草叢中，心臟怦怦亂跳。

又是一聲尖銳的長嘯刺破耳膜。

妖的五感都特別敏銳，大老遠就能嗅到人身上的氣味。更何況，姑獲鳥被關在結界裡一百多年，又怎會輕易放過送上門來的肥肉？

弄不好，兩人馬上就會成為妖怪的美餐。

妙因這才恍然驚覺，關於磐音谷的傳說都是真的，他們定是不小心闖進了傳說中姑獲鳥的地盤！不，他不能死在這！他親口答應梅梅，要陪她一起去看花燈的！隨著這一念頭閃過，妙因立時魂魄歸位，再次爬起來，拖著妙峰向前狂奔。

「結界！只要離開結界就安全了！」

然而，就在兩人即將抵達山坡邊緣時，天空驀地暗了下來。巨大的黑影遮蔽了日光，自頭頂撲落，將妙峰像小雞一般攫起。姑獲鳥狂戾的叫聲迴盪在山嶺間，其中還夾雜著妙峰驚慌失措的哭喊。

「——師兄，救我！」

妙因情急之下從懷裡抽出梅梅送他的銀簪，轉身拼命朝姑獲鳥腳上的肉扎去。

妖怪暴怒，鬆開了妙峰，改朝他襲來。

妙因感覺兩條腿被緊緊鉗住。他只來得及將師弟推出去，便被硬生生拖離了地面。

事情發生得太快。待妙峰回過神來，妙因和姑獲鳥都已消失得無影無蹤。

妙峰癱軟在地，徹底沒了主意。他不敢回寺裡去，更不敢將真相告訴師父。從前，每回遇到事，都有師兄替他扛著，如今，整座山頭卻只剩下他孤零零一個人。

「只能逃走了……」

隨著冷風吹來，妙峰痛苦地抱緊了頭，腦中浮現這個窩囊的念頭。

「師兄，原諒我……」

他拾起妙因遺留的簪子，轉身連滾帶爬地往山下跑，兩片沾滿泥的廣袖在空中晃呀晃的，雖然極盡狼狽，卻不敢回頭。

貳

台州上空，白雲縹緲間。

鈴很喜歡飛行的感覺。她一邊享受著迎面而來的長風，一邊問隔壁的瀧兒：「如何？我就說比騎馬舒服多了吧。」

瀧兒瞄了眼底下起伏的山巒，沒好氣道：「我哪知道？我又沒騎過馬……」

鈴見他臉色僵硬，忍不住在心裡暗笑。

經過了這段時間的相處，她也算是把對方的性格給摸清楚了，順口道：「大鵬，快到了吧？飛慢點，你也省點力氣。」

大鵬本就是金翅大鵬鳥的化身，變回真身後，載兩人飛行不過是小菜一碟。

這日天氣格外地好，晴空如洗，微微刺目。鈴從懷裡抽出一疊符籙，攤在面前，開始給瀧兒講解。

「記好了，除妖師的符是由雄黃粉混合硃砂製成的，主要分為黃、赤、黑三類。黃符主攻，赤符主防，黑符則有封印的效果。除此之外，有的門派還有自己專屬的符咒，例如這些。」一說到這，她將師父傳給她的三種符：「冥火符」、「玄涅符」、「飛鳥符」分別指給對方看。

「施咒者的內力越深厚，符籙的效果也會跟著增強，將不同的符排列在一起便成了陣法，其中最厲害的，就屬國清寺的雷峰伏魔陣了。」

瀧兒畢竟是妖，對符咒有本能的排斥。即使是未開光的符紙，依然會感到畏懼。看著面前這堆五花八門的玩意，他寒毛都豎起來了，皺起鼻子問道：「難道就沒有破解的法子？」

「只有符咒能直接破解符咒。但即使在妖面前，咒術也並非無往不利，有很多辦法可以應對，以後我會慢慢教你。」鈴耐心地告訴他。

「更須注意的是，六大門中，每個宗派都有其擅長的法門：塗山派主修內功，他們的人只需將自己的血塗在武器上，便能達到降妖驅魔的效果。青穹派主修煉丹術，也就是你見青穹四劍服用的那種藥丸。天道門主修茅山道術，能夠自由操控金木水火土等五行符咒。玄月門主修『相心術』，除了劍法外，還擅長使用名為『攝魂鈴』的法器。國清寺主修防禦，能夠編織出強大的陣法和結界。靈淵閣輕功特別厲害，還能靠『言靈』召喚出各式各樣的靈獸將妖怪給吞噬——這些可都要記清楚了，一會兒到了國清寺的地界，跟緊我，別亂跑，知道嗎？」

瀧兒顯然很不喜歡別人使用這種對待小孩子的口吻和自己說話。只見他別過臉去，發出一聲輕哼。

但現下，鈴也沒有時間再和對方說教了。很快，腳下又是一排白雲飛過，天台山已近在眼前了。

國清寺的黃牆黑瓦嚴整地矗立在群峰間。薄霧裊裊，遮蔽了山形，分不清究竟是山中的嵐氣還是祈福所用的香煙。

儘管知道裡頭藏著血腥的歷史，但鈴仍不禁被這座百年古剎的美麗和莊嚴所打動。

唐朝採取開放包容的宗教政策，雖尊道教為國教，但佛門的地位依舊崇高，尤其國清寺自前朝起便是知名的佛教寺院，不僅有皇室的支持，每年更是吸引著無數貴族公卿，不辭千里從長安和洛陽趕來參拜。寺裡為了收藏他們的賞賜，還特別建造了一座無盡藏院，專門存放這些珍貴的寶物。

為了避免引起注意，大鵬並未直接降落在寺院內，而是載著鈴和瀧兒越過古色古香的山門，來到觀音殿上空。接著，鈴便拉著瀧兒從空中一躍而下。一陣光影顛倒後，雲琅的風宛如一張柔軟的大氅托住了二人的身軀，帶著他們緩緩落地。

這裡是國清寺地勢最高的地方，也是最冷清的地方。大部分香客還沒爬上來就已經放棄下山了。

鈴見殿門前有兩名年輕僧人正在掃地，想起師父和她說過：國清寺僧眾凡是具備除妖師資格者，都會被授予念珠，而其中又按照輩分和修為分為五個品階，自上而下，依序為紫、玄、金、赤、青。眼前兩人胸前各掛一串赤色念珠，想必是屬於第四品級的弟子。

其中一名僧人抬頭，朝兩人投來狐疑的目光。

「阿彌陀佛。這裡禁止外人進出，你們是怎麼上來的？」

鈴沒有回答，隔壁的瀧兒卻不禁渾身一僵。

這裡畢竟是佛門淨地，空氣中的各種聲音和味道對妖來說都是相當不舒服的，而瀧兒也尚未學會如何完善地隱藏自己的妖氣。

果然，對面那名僧人很快便察覺不對勁了。

下一刻，他臉色倏變，雙手反射性地在胸前結成佛印，喃喃唸起大悲咒。而隨著咒文從他口中流瀉而出，胸前的念珠也跟著飄浮起來，折射出淡金色的佛光。

幸好這一切早在鈴的預料之內。對方才剛說出「南無喝囉怛那哆囉夜耶」幾個字，守在天上的雲琅便從遠處發動了奇襲，一陣出奇不意的暴風將兩名和尚吹得人仰馬翻。

眼見敵人暈厥過去，瀧兒氣不過，還想上前補個兩腳，卻被鈴阻止了。趁著四下無人，她連忙拉起瀧兒的手，快步繞過轉角。

經過上次的探查，雲琅已經熟門熟路了。在他的帶領下，兩人很快穿過一條盤曲的小徑，來到後山的五丈坡。這裡地形陡峭，寒氣濕氣撲面而來，吹得人全身雞皮疙瘩盡起。

走了一陣，鈴便發現腳邊的岩石上竟無端開出了一朵雪白的梅花——那便是梅梅留下的記號。

師徒倆順著線索繼續向前，但不知怎地，沒多久竟又繞回了原點。這情形共發生了三遍，簡直教人匪夷所思。瀧兒不甘心，還想試第四遍，卻被鈴抓住後領勾了回來。

「別去，這裡有結界！」她盯著眼前微微顫動的空氣，說道。

所謂結界，指的是一種隱形的幻術法陣。施術者創造出一個獨立於現實領域之外的空間，用來藏匿或者防禦。從外頭幾乎難以察覺，可若沒有得到施術者的允許，誰也無法進出結界，甚至入口附近還會衍生出好幾層視覺屏障，也就是俗稱的「鬼打牆」。

一般來說，織造結界的目的，不是躲避敵人的追殺，便是囚禁法力高強的妖怪。據說其背後的功法乃是由《金剛經》的內容衍生而來的，想要練成，不僅需要對佛法有深入的了解，而且必須是童子之身，因此六大門中也只有國清寺的和尚才懂得。不說別的，光是看這座結界的範圍便可想像當年佈下它的高僧法力該是何等的高強。

瀧兒見鈴遲遲不動，不爽地踢了踢腳邊的野草。

「不然妳說該怎麼辦？」

鈴不見回答，心裡卻比對方更著急，頭腦一熱，想道：「看來，也只有那個法子了……」

下一刻，她果斷抽出短刀，往自己掌心一劃。

血灑在暗綠的草上，格外鮮紅扎眼。

「妳瘋啦？」瀧兒對她這種突然自殘的行為感到愕然不解。

鈴手上的動作卻片刻不停。她先撕下一片衣襟包住傷口，接著又從懷裡拿出一個小瓷瓶，倒出些許青色的粉末。

「這是我師父研製出的藥粉，能夠暫時壓制結界的力量。但需要鮮血做藥引，你瞧清楚了。」說完，將銀針插入土中，排出一個類似八卦圖的形狀。

沾了粉的銀針碰上鮮血，發出油煎般的滋響，才一會的功夫便化作銀液滲入土壤中。

一切布置妥當後，鈴直接邁步走入結界。

「快點，否則來不及了！」

瀧兒聽得將信將疑。但在鈴的催促下，仍咬牙跨了出去。

穿越到對面，一瞥見崖下的風景，他的腦袋頓時懵了。

原來，在這荒山絕壁之下，竟是個錦繡花開的深谷。

而除了梅梅的氣息外，這裡還有另一股強大得出奇的妖氣，正以排山倒海之勢向二人壓來。

就在師徒倆步入結界的同時，磐音谷底的妙因也終於醒了過來。

他迷迷糊糊地睜開眼，一開始還以為自己又在雨花殿上數知了數到睡著了，後來才驚覺自己躺的地方竟是張冰涼光滑的石床。

周圍光線低靡，他撐起身，覺得手腳酸麻難當，卻想不起到底發生了什麼，只依稀記得自己做了一個在空中翱翔的夢境。

「為天有眼兮何不見我獨漂流？為神有靈兮何事處我天南海北頭？」

一陣歌聲從前方飄來，曲調哀豔，詞情悲憤。妙因溜下床，尋著歌聲的方向走去。走著走著，眼前忽地寬敞明亮起來。

原來他所在之處是座天然洞穴。出了洞口，東風嫋嫋，芳郊綠遍，竟是一處幽美的桃源。

「到底是誰，竟在這個仙境般的地方，唱這麼悲涼的曲子？」他好奇地想。

「天無涯兮地無邊，我心愁兮亦復然。人生倏忽兮如白駒之過隙，然不得歡樂兮當我之盛年。」

那歌聲低沉中帶著一絲魅惑，十分悅耳，唱到最後兩句「怨兮欲問天，天蒼蒼兮上無緣」時，卻陡然破音，彷彿渾身力氣都被抽光一般，頹然道：「罷了，罷了。」

「不行，不行！」妙因按捺不住，叫了出來。

他繞過一叢矮樹，看見對面的大石上坐著一名女子，懷抱長琴，正低頭款款撫奏。她望上去約莫四十來歲，身上的紅蓮紋廣袖仙裙似乎也頗有年頭了，但身姿筆挺，舉手投足間更散發出一股優雅矜貴的氣質，絕非尋常山村野姑可比。

她眼皮撩起，一眼朝這瞥來。

「怎麼不行了？」

「這樣好的曲子，怎能說不唱就不唱了？」

女子唱的是漢朝女詩人蔡琰的《胡笳十八拍》，歌中泣訴蔡文姬一生流離失所、骨肉分離的不幸遭遇，但妙因哪懂這些，只覺得曲聲悽愴，令人心生同情。

「你懂音律？」女子問他。

「小僧年幼才淺，不通音律。」妙因回答，「但人活在世上總有煩憂，憋在心裡未免難受，所以，前輩還是唱出來的好。」

女子修長的十指停頓在弦上。

「沒想到你小小年紀，倒體解人意。」她說著，朝少年勾了勾指。「過來。」

在這深山絕谷中相遇，妙因心中雖覺得古怪，但見對方面露笑容，便依言走了過去。

「小僧法名妙因，敢問女施主如何稱呼？」

「深山裡一介廢人，不提也罷。」女子輕笑，「走近些，老身又不會吃了你。」說完，伸手輕輕托起妙因的下巴，目光在他臉上打轉，最後停留在他左眼下方的朱砂痣。

「嗯，生得真好。」

妙因見對方臉型飽滿、杏眼桃腮，但頰邊卻偏生著四五塊青紫色的禿斑，模樣十分恐怖，心裡不禁「咯噔」一下。

但他仍強裝鎮定，說道：「小僧糊塗，也不知是如何來到此處的，還請姑姑指點迷津。」

「老身是這磐音谷的主人。來者是客，我自會好生招待，你不必擔心。」

女子說著，輕彈指尖，一旁的樹梢立刻有四、五顆果實掉落下來。

妙因先是一呆，接著揉揉眼睛，這才看見竟然有兩隻半透明的小妖正在地上推著果實前進！

瞧牠們手短腳短，頭頂掛著草葉的模樣，難不成便是傳說中的「木魅」？

妙因頭一次看見這種小妖，心裡非但不感到害怕，反而升起一股好奇，不自覺地想要湊近觀察。倒是那兩隻木魅，一察覺他的目光，立即嚇得轉身就跑，轉眼便鑽入樹叢，消失無影。妙因只好自己走上前，將那醬紫色的水果撿起。

「這是長生果，需要足夠的地氣以及清澈的山泉水灌溉，因而只生在這磐音谷，其他地方是找不到的。」女子語氣平靜，彷彿什麼也沒看見，「你想吃就吃吧。」

妙因一天沒吃東西，早已飢腸轆轆，聽了這話，也就恭敬不如從命了。

這果子汁液飽滿，味道甘甜，他一口氣吃了四顆。

女子望著他的饞相，嘴角始終掛著清淺的笑意。

妙因被盯得發窘，問：「姑姑怎麼一個人在這？您的家人呢？」

「他們已經不在了。」女子說著，眼底閃過一抹戾色，但旋即又被重重的憂傷所覆蓋，「我很長一段時間沒有出谷了……也不知外面的世界變得如何了。」

妙因吃得胃撐，仰望天空，長長地舒了口氣。

「外頭的世界什麼都好，卻也什麼都不好，還不如住在這遠離塵囂的清淨之地。」

「你一個小孩子，哪懂這些？」女子笑，「來。」她撩起自己的袖子替妙因擦去嘴角的果汁。

這充滿母性的動作令妙因微微一呆。接著，又聽對方道：「老身久未見生人了，和我說話，怕是會氣悶吧？」

他連忙搖頭道：「晚輩豈敢。」

女子輕輕一笑，再次低眉弄琴。

清澈的音色流淌而出，像蝴蝶撲閃著羽翼，越飛越高，和青天融為一體。

妙因天性浪漫多思，入寺三年，雖每日誦經打禪，卻從未真正入定。直到此刻，聽著琴聲幽幽，心中的騷動才慢慢止息，被一股難以言表的平靜取代。

這一切都被紅袍女子盡收眼底。

她面上不為所動，暗地裡卻打起了算盤：「我坐困結界一百多年，好不容易才熬至今日。這少年具有穿越結界的能力，只要得到他的元神，必能掙脫束縛，離開此地！」

然而，每當她看向妙因，腦中便會不自覺地浮現出她孩子們天真無邪的臉龐，兩幅影像在她的神識裡不斷交錯、重疊——這也是她遲遲下不了手的原因。

正當她沉吟不決之際，風中忽然傳來異響。

紅袍女表情一凝，十指滑過琴弦，發出鏗鏘尖鳴，猶如金戈鐵馬，震得妙因雙耳嗡嗡亂響。

而隨著兩道音波相互撞擊，一支梅花鏢從半空墜落，「咣噹」滾到妙因腳邊。仔細一看，前端的鐵頭居然被震彎了。

紅袍女沒想到，家門冷清了一百年，今日卻突然熱鬧了起來。

她長眉軒起，沉聲道：「國清寺的貴客，既然大駕光臨，何不現身一會？」

對方笑著反問：「妳長眼睛沒？我能是國清寺的人嗎？」

清脆的笑聲宛如灑落的糖霜，妙因聽了心頭一陣狂喜——竟是梅梅到了！

只見梅梅赤腳佇立在突出的山巖上，白衣翩躚，宛如芳華初吐的花蕊，即使是在陽春三月裡，仍然一枝獨秀。

每當她跨出一步，腳下的岩縫便會長出一段梅花。她像下階梯一樣踩著樹枝，在妙因和紅袍女子的注視下輕盈落地。

「我來找這光頭，與婆婆無干。您還是別管閒事唄。」

「年紀輕輕，殺心就如此深重，必當自取滅亡。」紅袍女冷冷道：「念在妳尚有百年道行的份上，勸妳一句——回頭吧，這不是妳該來的地方。」

「本姑娘的事，還輪不到妳這醜婆子置喙！」梅梅揚起眉，態度強硬：「這和尚是我的人，我要帶他走，妳待如何？」

「老身吃齋持戒已久，早已不管俗事紛爭……」

「如此最好！」梅梅不等對方把話說完，又打出兩支梅花鏢，同時伸手在妙因腰間一托，帶著他凌空騰起。

原來，那兩支梅花鏢的尾端已被預先繫上了繩子。梅花鏢釘入山崖的同時，繩子也跟著飛向空中，形成一道橫越山谷的溜索。梅梅輕扯手裡的繩頭，兩人便像乘鞦韆似的，朝斜裡盪去。

但還沒抵達對面，背後勁風率先撲到。

梅梅早有防備，疾轉避開。一道青光從兩人身旁擦過，正是紅袍女子拿來奏樂的琴弦。那弦也不知是什麼做的，竟在堅硬的石壁上撞出一道巨大窟窿來。

梅梅看著碎石紛紛而落，冷笑道：「好個假仁假義的婆子。」

妙因被梅梅牢牢抱著，既開心又不明所以，問道：「姊姊，妳怎麼來了？」

「你還敢問？」梅梅怒道。「你這豬油蒙心的臭和尚！看清楚，那個女人便是姑獲鳥的化身！」

話音剛落，敵人攻招又至。梅梅雙足連蹬，貼著山壁滾開。

紅袍女站起身，面沉如水。

「殷某雖年邁力衰，困居幽谷，但請來的客人，豈是妳說帶走就帶走的？」

「原來是號稱『一刀殺百，一曲殺千』的琴魔殷常笑啊。」梅梅呵了一聲，「我還以為姑獲鳥一族早就被六大門那幫禿驢屠殺殆盡了，沒想到妳竟在此彈琴繡花，當起了縮頭鳥！」

原來，在國清寺成立之前，除了磐音谷，整座天台山都曾是姑獲鳥的領地。後來，人類在山上建堂蓋廟，雙方爆發激烈的戰爭，姑獲鳥不敵國清眾僧的法術，卻又寧死不屈，最終被趕盡殺絕。

殷常笑身為首領，也是唯一的倖存者，被果玄大師封印在結界中，獨守荒山空谷一百多年，表面上修得無欲無求，實則內心充滿了憂憤。

她見梅梅和妙因互動親暱，又想到自己過去百年以來所承受的絕望與孤寂，心底竟萌生出一股強烈的醋意。

殺意日起，紘聲轉急。妙因只覺得五臟六腑都攪成了一鍋粥，說不出的難受。梅梅忙撕下衣襟塞住對方耳朵，又閉氣運功，好不容易才穩住了神。

「姓殷的，妳苟且偷生了這麼多年，有何顏面去見妳在陰曹地府的族人？」即使是面對實力懸殊的對手，梅梅仍忍不住要狠狠嘲諷對方兩句。而這段不堪回首的往事又正好是殷常笑最大的痛處。只見她落指的速度更快了，幾乎教人看不清。

梅梅知道再這麼下去，自己和妙因都難逃死劫，索性把心一橫，將手上繩索交給妙因，趁著琴弦插入山壁的剎那，縱上鋼絲，徑直朝對手奔去。

同時，妙因則抓緊繩索，開始拼命往上爬。

身為一名內功底子尚淺的凡人，此時的他早已渾身脫力，連行動都極困難，更別說順著繩子攀上崖頂了。但儘管如此，他依然不敢停下……因為他清楚，只要自己多耽擱一刻，梅梅就多一分危險！

另一頭，梅梅使開拿手絕技「三鼎劍法」，與殷常笑鬥在一起。

只見她手中的短劍一下變成了三支，不斷在空中飛舞，將前庭守得潑水不進，殷常笑的琴聲再快，居然一時半刻也破不了這劍陣。

殷常笑手下有七根琴弦，但每次攻擊後都得稍加停頓。梅梅抓住這空檔，在各條弦間不斷縱躍閃避。

當她來到距離對方十尺之處時，忽然一口氣將三支劍拋開，雙手各打出梅花鏢，朝敵人腦門射去。

殷常笑只是冷笑。

轉眼間，琴聲陡亮，她毫髮未損，卻趁機拂中了梅梅的胸前要穴。梅梅悶哼一聲，向後仰倒。

「老身不願與妳為難，妳卻一心向死，執念之深，無可救藥……倒不如成全了妳！」

「誰了斷誰，還說不準呢！」梅梅說著，搖搖晃晃地站起。

此時，散落一地的梅花鏢忽然全數化為花瓣，隨風漫天席捲。

殷常笑先是一愣，然後尖叫起來。

她懷中那把雕尾古琴，龍齦處居然被花瓣削去了一角，琴弦紛紛頹然委地。

這景象可把梅梅樂壞了。她很清楚，光憑自己的實力，終難傷及對方，但損毀一張琴還是沒問題的！

殷常笑貴為一族之長，什麼大風大浪沒見過？但視若珍寶又是武器的琴被人毀去卻是生平首次，不由驚怒交集。

她臉色轉陰，長袖一揮。說時遲那時快，琴弦向上甩起，如猛鷹撲雞般朝妙因襲去。

妙因此刻還垂吊在半空，哪能料到？

天外琴線矢矯飛至，眼看便要勒住他的脖頸。梅梅身形疾幌，衝了過去……

「噹」一聲，劍弦相交，梅梅被殷常笑的內力彈開，長弦在空中扭動如蛇，最後纏上了妙因的僧鞋。

好不容易將腳從鞋裡拔出，另一根琴弦又已追至。

梅梅想也沒想，撲到妙因背上。

下一刻，後心一涼，鮮血噴濕了妙因雪白的臉，嚇得他心臟差點破胸而出。

梅梅抬起眸道：「聽不懂人話嗎？我說了，這和尚是我的人，休想動他一根毫毛！」

「哼……連自己都保不住了，還有空想別人？簡直愚蠢至極！」殷常笑雪冷的聲音自後方響起。頓時，又有青光劃破梅梅小腹。梅梅再也支撐不住，暈在了妙因肩上，妙因連忙回身抱住她。可這麼一來，他就只剩一隻手在抓著繩子了。又過片刻，他的手臂逐漸因脫力而麻木，終於手指一鬆，兩人一齊往下掉。

墜落的途中，妙因在心裡拼命吶喊：「西方佛祖、觀音菩薩，大發慈悲救救弟子吧！」臨時抱佛腳還真奏效了。

妙因感覺自己的身子撞上了一團軟呼呼的東西，翻滾數圈後竟爾停了下來。睜眼才發現，原來兩人是落在了谷底那株長生果樹上。

妙因大難不死，只覺得什麼都不重要了。他看見殷常笑拖著血紅的裙擺，皮笑肉不笑地走來，大聲道：「前輩，一切都是我的錯，您要殺就殺我吧！」

梅梅靠在他懷裡，雖然傷口疼痛難熬，心裡卻是說不出的沁甜舒暢，嬌聲道：「看著我，別求她……」

然而，兩人越是纏綿悱惻，殷常笑的臉色就越是難看。

「自作孽，不可活！」她厭惡道：「你們一個是僧人，一個是妖，卻在光天化日下行邪淫苟且之事。這般不念羞恥，就休怪老身無情了！」

她撚起手指的同時，一枚黑羽鏢從背後激射而至。

殷常笑察覺，頭也不回，頃刻間已將暗器抄入掌中。梅梅卻冷笑起來：「姓殷的，妳這下完了。咱少主來啦。」

「難道小丫頭明知道逃不掉，剛剛竟是故意在拖延時間？」殷常笑心中一凜，側首，朝著靜穆的山谷道：「誰？」

參

話音未已，鈴閃步向前，右手如潛龍出水般抓向對方雙目，正是赤陰掌中的一招「鮫人泣血」。殷常纖腰輕擺避過，右足飛起，將琴挑到半空，雙掌齊胸推出。

鈴感覺對方的內力如滔滔江水奔淌而至，連忙撤招後躍。眼皮再抬時，殷常笑已重新抱琴坐下。

「是有點本事傍身。但想和老身拼力，妳還差得遠。」

「不錯，所以我讓他倆先來試探虛實。」鈴朝梅梅和妙因一指，面不改色地瞎說：「方才多有得罪。不如，我賠您一張新琴吧？」

少女清秀的臉蛋上透著一絲蒼白，彷彿山間飄蕩的雲朵，隨時都會被風颳跑。但經過方才的交手，殷常笑便知對方武功絕非泛泛，甚至帶著點邪門，教人摸不清路數。她雙目微微瞇起，一股莫名的嫌惡油然而生。

「駒齒未落的小兒，也敢與我作對——妳就不怕死？」

然而，鈴卻沒有因為對方眼神不善而退怯，反而一副坦坦蕩蕩的模樣，答道：「人都是怕死的，但若能和當世高手痛痛快快對戰一回，就算是以卵擊石，那也值當了。前輩鯤鵬之質，如霽月高風，想必不會與螻蟻一般見識。」

她說這話時，目光有意無意地朝旁瞥去，正好落在樹下的妙因身上。

妙因也不笨，接到暗示後一刻也不耽擱，立即抱起梅梅，朝最近的山洞跑去。

殷常笑望著他踉踉蹌蹌的背影，嘴角冷冷一撇：「無論誰先誰後，結果都是一樣的。」

「既然如此，就讓晚輩一開眼界吧。」鈴笑道：「過去江湖上傳言，姑獲鳥的琴藝和飛技天下無雙，可惜成王敗寇，隨著國清寺實力日增，這些話也逐漸不再被人提起，也不知是真是假……」

殷常笑柳眉豎起，娟秀的五官頓時多了一絲猙獰的意味：「成王敗寇不假，但只要老身還活著的一天，姑獲鳥就依然是這磐音谷的主人！我輩和那些普通的山精野怪不同，自上古時期起便一直傳承至今，世世代代棲居於此，那幫禿驢想將這片土地占為己有，那叫一個做夢！」

鈴知道對方將自己誤認成國清寺派來的刺客了，卻不急著辯白。她曉得，憑自己目前的實力，根本不足以擊敗殷常笑這樣修為深厚的千年老妖，若想救下梅梅等人，就只能略施巧計。除此之外，她還讓瀧兒留在了崖頂，觀察底下的戰況，隨時準備接應。

話鋒一轉，她指著殷常笑手裡的那枚黑羽鏢道：「尋常比試太過無趣，不如咱們來打個賭。若我能從前輩手中取回屬於自己的東西，則恩怨一筆勾銷。若不能，無須前輩出手，我自行了斷便是。」

殷常笑愣了半晌，旋即笑了出來：「小丫頭未免太過狂妄。別說近身取物了，從來沒有人類能在我手下走過二十招。」

「這麼說，您是答應了？」

「哼，屆時只要妳還能站著說話，老身什麼都答應妳。」

憑殷常笑七百年的閱歷，也猜不出這古怪少女葫蘆裡究竟賣著什麼藥，但雙方實力之差擺在那，她自是有恃無恐。

鈴則是抱著孤注一擲的心態。既然勢必要與對方一戰，還不如主動迎擊。她料定對方會輕敵，便將全部的賭注都押在這個環節上。

此時若大鵬在這，只怕又要責怪她太過魯莽。

然而，高手較技瞬息萬變，豈容人多做他想？隨著兩邊目光相碰，一場攸關生死的比試開始了。

鈴身形搖盪，如順水浮萍，輕飄飄地揭至一旁。殷常笑視線緊隨，心想：「果然是好輕功，也難怪小小年紀就敢放肆狂言。但任她輕功再高，難道還能上天不成？」

念頭一轉，激越的音色再次響起。即使是內功修為深厚的對手，久聞此曲，也難免心智癲狂而死。

鈴輕蹬巧縱，避過左右挑來的琴弦，提掌朝敵人背心拍去。

但就算手中只剩四弦，殷常笑仍然指揮若定。她的攻擊一下作長槍突刺，一下作鋼棍橫絆，一下又如判官筆拂穴，一琴在抱，彷彿十八般兵器齊齊舞動，毫無破綻可循。才沒多久，鈴便感覺內息逐漸紊亂，連忙轉守為攻，插身上前，橫掌朝對方肩頭拍去。殷常笑目光輕閃，一縷柔絲迴將過來，抖成長圈，將鈴裹在中央。

在這團強大妖氣籠罩下，鈴的手腳經脈彷彿要被撐破似的。她瞳孔陡縮，右手斜引，掌中刀脫鞘而出，正是赤燕刀法的一招「鳳嵐」！

暴風順著雪魄的刀鋒流瀉而出，將琴弦剮成了洋洋灑灑的雪片。

目睹這一幕的殷常笑還以為自己老眼昏花了。她不信天下居然有這等事——她的金剛琴弦可是足以穿山崩岩的！

驚恐和憤怒霸占了她的身心。她霍地站起，一雙大紅袖袍被勁風灌滿，宛如烈焰沖天。雙方轉為近戰後，局勢更趨凶險。幾回合間，「嗡」的一響，雪魄單薄的刀刃已被擋下。鈴飛身外竄，在空中疾翻了幾轉，這才堪堪避過敵人的毒爪。

殷常笑看著她鬼魅般的身法，心頭一震。

據她所知，就連靈淵閣名冠江湖的輕功「飛燕絕塵」也做不到這樣。

這一連串的刺激下來，令她不禁回想起百年前和果玄僧人之間的對決。而隨著屈辱的回憶湧現，她的表情也逐漸扭曲。

這場勝負，明明是鈴螳臂擋車，可和被仇恨蒙蔽的對手相比，她卻顯得冷靜許多。從前在赤燕崖時，師父為了磨鍊她，命她立在懸崖間的繩索上，無論打坐、吃飯、睡覺都不許下來。剛開始，她也跟常人一樣怕得要命。可日子漸久，她漸漸學會了支配自己的恐懼。直到現在，生死關頭，她反而更能一心不亂。

雲琅的風滑過指尖，如絲綢般柔韌，包裹她的每寸肌膚。而此刻，殷常笑殺氣雖盛，滿腔怒火中卻摻雜著悲傷、懊悔、怨懟等情緒，正如同鎧甲上硬生生裂開了幾條縫一般。

鈴又怎會白白放過這機會？她瞅準弱隙，毫不猶豫地迎刃而上，從難以想像的角度將刀鋒切了出去。

這招「雀流火」並非旁人所授，而是她與雲琅累積了多年的經驗與默契後所共創出的招式，因由下而上揮刀的姿態神似展翅沖天的鳥兒，故而得名。

隨著鈴乘風掠起，高速迴轉的風刃從刀尖流瀉而出，一口氣襲向對手的頭、頸、胸、腕等要害。待殷常笑發覺時，已經晚了。她感覺有個柔軟的身軀扎入自己懷中，猶如流星劃破夤夜。隨後，鈴輕巧地落地轉身，左掌朝上攤開。那枚被對方收去的黑羽鏢如今又乖乖地回到了她的掌心。

隨之而來的那句「承讓」使殷常笑整個人僵住了。雖無損傷，臉色卻肉眼可見地慘白起來，良久才顫聲道：「妳不是人類……妳到底是誰？」

「我是人，但我從來不是一個人。」

鈴說話的同時，雲琅的身形出現在她頭頂。風中的男人表情搐了幾下，凜冽的目光朝殷常笑射去。

「少主，某是否殺之？」

雲琅平時甚少發表意見，卻十分忠心護主，尤其對那些意圖傷害主人的傢伙充滿了敵意。雖說鈴早已習慣了他這樣，心裡卻仍有些不耐煩——自己什麼時候這麼柔弱了，動不動就要別人來保護？

「這裡沒你的事了。」她蹙起眉尖，沒好氣道：「去找梅梅吧。」

風魅聞言，默默收起殺氣，頃刻間又消失了蹤影。

對面的殷常笑更震驚了。她本以為空中散逸的淡淡妖氣是梅梅留下的，沒想到竟被對方擺了一道。

山魅、魍魎一類的小妖氣息本就薄弱，如若刻意隱藏，還真不容易被識破。但人與妖並肩作戰乃曠古未聞之奇事，且從剛才的戰鬥看來，兩者的默契非比尋常，思來想去，只剩下唯一一種可能……

殷常笑曾聽說過一門古老的祕術，是透過人妖之間共享元神，達到心意相通的境界。得到妖怪幫助的人更能自由驅策妖力，成為眾妖之主。但那不過是江湖上流散的謠言罷了，從未有人親眼目睹過，更沒有妖會願意與自私貪婪的人類締結相互依存的契約。當初聽聞時，她也認為此事荒誕不經，直到今日一見，才改變了想法。

她記得，那武功有個響亮的名稱。

「練妖術！」

鈴原以為師父傳授她的這套內功早已絕跡江湖了，沒想到過了這麼多年，竟還有人認得。她烏黑的眼神閃爍了一下：「前輩不愧是上古神獸，一方之主，居然連這個都知道。」

「果真是它……」殷常笑喃喃。

她盯著眼前這嬌小玲瓏的少女，難以想像她羸弱的身軀裡居然寄宿著如此強大的力量，足以撼天動地、號令群妖。

「老身記住妳了。」

而鈴也同樣對對手的實力感到欽佩。她深知，若非自己懂得投機取巧，又有雲琅在旁助陣，此番絕對討不了好去。

「前輩謬讚了。」她誠懇道，「若不是您折損了兵刃，我根本無隙可乘。」

「嘿，輸了便是輸了，還有何話好說？」殷常笑慘然一笑，「妳走吧。」

鈴聞言，暗自鬆了口氣，隨即直奔妙因等人藏身的洞穴。

梅梅蜷縮在地，銀色的秀髮如流雲般垂繞在身側，小小的胸口規律地起伏著，睡相說不出的嬌憨可愛。

鈴進洞後看見這一幕，一顆懸著的心總算落了地。

「你給她服過藥了？」她問雲琅。

「彼傷重，要睡覺。」

鈴微微頷首。看來這次梅梅是嚐到苦頭了，得休養好一陣子才能恢復。

她轉向旁邊的小沙彌。但還來不及開口，對方忽然撲通跪了下去：「多謝女俠救命之恩！」

鈴忙扶他起來，問：「你是……？」

「小僧國清寺弟子妙因。」

「你怎麼會在這？」

妙因的臉比熟透的柿子還紅。

鈴看了看他，又看了看梅梅，頓時猜到了事情的大概。她嘴角微抿，心想：「小和尚豔福不淺呵……」

「你只管說實話，我不會為難你的。」

妙因聽她語氣溫和，終於不再害怕。他坐在石上，將事件的前因後果細細道來，講到自己被姑獲鳥擒住、梅梅如何智鬥殷常笑等精彩之處更是手舞足蹈，就連雲琅的注意力也被他吸引了去。

好不容易說完了，口乾又舌燥，目光悄然黯淡下去。

「都是我不好……若不是我跟妙海他們置氣，梅梅也不會受傷。」

「她不會有事的。」鈴安慰妙因，「待會兒出去後，我還有件事想拜託你幫忙呢。」

「出去？」妙因抬頭望向高聳入雲的崖壁，心想：「怎麼出去啊？」

但這個念頭才剛浮現，便聽見鈴撮口呼哨。

崖上的瀧兒狐耳朵立刻豎了起來。他剛才在山頂遠眺鈴與殷常笑那場驚心動魄的對戰，望得目眩神馳，直到這時才急急跳起，將事先搓好的長繩往底下扔去。

鈴先遣雲琅將梅梅送走，接著示意瀧兒將自己和妙因吊上去。但就在準備繫繩時，長生果樹後方卻傳來一陣窸窣的草動。

殷常笑從樹蔭裡走了出來。

這會兒風捲雲散，明晃晃的日光照在她深邃的五官上。鈴悚然發現，在她與妙因談話的這段時間內，對方似乎一口氣蒼老了數十歲，原來烏亮的秀髮如今蒼白地貼在鬢邊，風乾的臉上纖紋畢現，將錯落的紫斑襯得更加猙獰。

「——惡賊休走！」

她顫抖的五指搭上樹幹，長生果樹粗壯的軀幹應聲而裂。

「前輩……」鈴才開口就被打斷了。

只見殷常笑陰鷙的目光死死地盯住妙因，彷彿在那張清俊的面孔上瘋狂地搜尋著什麼。

「果玄，你個背信棄義的畜生！五丈坡大戰後，你曾以佛徒之名向我起誓，說只要我放下屠刀，在結界裡潛心修行，便放我的族人一條生路……你在我的洞府門口連續講了七天七夜的經，講得多好聽啊……事後卻出爾反爾，將我姑獲鳥一脈趕盡殺絕！事到如今，竟還有臉回來！哈哈哈哈！果然，你和其他人類都是一樣的，什麼普渡眾生，什麼極樂淨土，皆是信口開河！好啊……老身可以答應，從此不再涉足江湖，但你也休想活著踏出這磐音谷！」

鈴感覺對方的妖氣正以驚人的速度暴漲，心頭一怵，迅速攔在妙因身前：「看清楚，這位小師父不是您的仇人！人也好，妖也罷，壽數自有天定，何苦再造殺業，自損陰德？」

但殷常笑根本聽不進去。她的嗓子破敗乾澀，似笑非笑，似哭非哭，令人遍體生寒。

「這一百年來，我在這齷齪的牢籠裡日夜苦修，但上蒼無眼，到頭來還是換不回我孩兒的性命，留著這副殘軀又有何用？」

說到這，笑得更厲害了，幾乎可以說是前仰後合。癲狂的笑聲響徹整道山谷，甚至連國清寺結界也跟著搖動起來。

都說因愛故生憂，因愛故生怖，但鈴還是頭一次見識到這樣的情景——連國清寺高僧佈下的百年結界都能震破，那是多麼可怕的力量！

她緊張地扣住刀柄，但還是太遲了。下一刻，殷常笑背部延伸出巨大金爍的羽翼，朝她疾揮而來，速度比之先前又快了數倍。

鈴來不及閃過，被搧得飛了出去，撞上岩壁。她忍痛張開眼，透過一層血紅的紗幕，看見殷常笑朝著妙因的方向直撲過去。

妙因被死死摁在地上，雙眼上翻，眼看就要一命嗚呼。淒厲的聲音在他耳邊響起：「果玄，你好狠哪！你說會放過我的孩子，為什麼不信守諾言？」一字一頓，宛如杜鵑啼血。妙因想開口安慰對方：「別哭了，我不是果玄，我是妙因啊！」但氣都喘不過來了，哪還能說話？

恍惚間，他彷彿又回到了雨花殿，回到了那個栽著芭蕉的靜寥院落。一臉嚴峻的惠苦禪師拿起木魚棒，朝著他光溜的頭頂狠狠敲下去。

他吃痛哎叫起來。

「就憑你這點出息，也想做除妖師？」

「師父饒了我吧……」

「人命關天，豈能瞧作兒戲？若有一天真碰上了妖怪，你該如何自處？」

「我就拿降魔棍收拾他！」

「笨蛋！」惠苦大吼，連臉上那道過長的一字眉也跟著豎了起來，口水濺得妙因滿臉都是，「妖有真氣護體，沒有高深的內功根本傷不了他們。」

「那您說怎麼辦，我便怎麼辦唄。」

「咱們寺裡有個代代相傳的護身咒，能夠喝退妖怪，是當初果玄大師留下來的。你給我記好了，若真的碰上什麼麻煩事，你就唸它！」

「哦……」

當初師父諄諄交代，妙因並不是很放在心上，此時此刻才突然襲上腦海。幸虧他博聞強記，那句護身咒倒是清楚背下了。

他開不了口，只能在心中拼命默念十六字箴言：「天生德，地獄劫，四大苦空，萬象滅絕，急退！」

下一刻，紅光突閃，殷常笑發出痛唧，身子跌出數丈之外。

胸口上的巨力一卸，妙因終於能呼吸了。他猛烈地嗆咳著，眼前金星亂冒。

但更悽慘的是殷常笑，她此刻已回歸了人形，全身弓起，在地上滾動抽搐不止。

鈴也爬了起來。她望著妙因，眼中有藏不住的駭異。

殷常笑的慘叫聲瀰漫在稀薄的空氣中，從一開始的震天哀嚎，到最後只剩下虛弱的嗚咽。她掙扎著將變形的五官朝天空扭去，也不知在看著什麼，喃喃囈語：「有長生樹，果繁而無子，雖離離而何用……」

妙因年少單純，自然不懂對方眼中的恨意從何而來，但一旁的鈐卻心有不忍。少頃，她走上前，從懷裡抽出一張黑色的符咒，掐起指訣朝空中甩去。

雖說封印符也是除妖符咒的一種，但只會令妖怪陷入沉睡，等到其精氣耗盡，魂魄便會重歸自然，和六大門那種將妖怪化為血水，使其魂飛魄散的做法有著根本性的區別。

符咒的金光如漣漪般蔓延開來，將殷常笑的身子緊緊裹住。在生命流逝殆盡前，她最後一次縱情歌唱：「蜉蝣之羽，衣裳楚楚。心之憂矣，於我歸處。蜉蝣之翼，采采衣服。心之憂矣，於我歸息。蜉蝣掘閱，麻衣如雪。心之憂矣，於我歸說……」

唱到最後，餘音漸低，詞都聽不清了。而當金光完全散去時，殷常笑連人帶琴消失在二人眼前，只留下一道八卦形狀的封印，深深地鑿入地面。

妙因知道，這回是真的結束了。他整個人向後跌坐，宛若虛脫。

肆

夜晚，國清寺，靈禽峰。

通往山頂的羊腸小路崎嶇難行，當妙因帶領著鈴和瀧兒抵達目的地時，太陽早已沉入西山。

國清寺雖是寺廟，可無論建築還是景致皆極有章法，低調中處處透露出雍容華貴的盛世氣象。唯有此處，那是真的荒涼。放眼望去，夜色孤沉，幾人找了半天才在廢棄的菜圃旁發現了被亂草覆蓋的石碑，一面刻著「南無阿彌陀佛」，另一面則是「國清寺，上夢下悟和尚之墓」。

小小一座墳包，在群山環伺間，顯得畸零而詭異。就連那兩隻從磐音谷便一直跟著他們的木魅瞧見此景，也不由得瑟縮了一下，躲進瀧兒的袖口。

夜風鼓鼓，吹得四下草木亂顫。

妙因停下腳步，忽覺身上寒津津的。

「就是這兒了。」他說。

夢悟大師的死一直是國清寺的一大謎團。當年，他在江湖上頗有名望，最後卻因感染瘋病，被方丈下令軟禁，就連圓寂後，法體也沒有送入塔林供奉，而是被草草葬在了他生前隱居的草廬旁。更古怪的是，寺裡的老人對此事都相當忌諱，新進的沙彌中，無論誰問起，都免不了一頓訓斥。因此，當鈴提出想來上墳時，妙因著實吃了一驚。

然而，對方畢竟於他有救命之恩，他也沒有拒絕的理由。因此，離開磬音谷後，便帶著師徒二人翻山越嶺，一路來到了這。

從鈴的表現來看，她顯然對夢悟一點也不陌生。

只見她跪在地上，從包袱中取出酒罈。泥封一開，醇厚的香氣撲鼻而來，不飲亦可醉人。

「大師從前最鍾愛的便是桃花溪畔的桃花釀了，今日難得，自當痛飲。」

祭完酒後，鈴正了正衣襟，俯下身去，朝墓碑連磕了三個響頭。一旁的妙因呆望著這一幕，肚子裡塞滿了各種問題，都快憋壞了。

「太師叔晚年隱居於此，極少見外人，你們如何認識的？」他問。

「我生得晚，未曾趕上與大師謀面。」鈴淡淡道。「此次前來，乃是受人之託。」

「誰託妳來的？」

「一位故人。」

聽了這不算答案的回答，妙因只得將唇邊的疑問又生生咽了回去。

他盯著碑上的文字，心中更加迷惘了——為何凡事只要跟這位老前輩扯上關係，總會變得格外神祕？

還記得去年除夕灑掃時，他無意間在師父的禪房裡翻到一個裝著樗蒲木子*的瓷瓶，被對方狠狠罰了一頓。後來才從師兄那裡輾轉得知，那東西原是夢悟大師生前的心愛之物，惠苦不忍丟棄，一直珍藏至今。

但他想不通……既然夢悟大師活著的時候廣受愛戴，又怎會落得如此淒涼的下場？

「你可知，大師是怎麼死的？」鈴忽然問。

可能是因為夜風的關係，妙因覺得她的聲音聽上去冷颼颼的。

「說是突發急病。」

「你覺得呢？」

「我……」妙因噎住了。

隨著他腦中浮現殷常笑死前的痛訴，一股寒意從腳底驟然升起。抬頭，只見墓前的香燭在風中抖瑟著，鈴的臉龐半在光明，半在黑暗。

「十七年前，司天台害死了夢悟大師的一位摯友。」她幽幽道，「此事在當時鬧得沸沸揚揚，卻沒有半個人敢出面指摘，唯有夢悟大師親赴司天台，要求他們重新徹查，可惜

---

*樗蒲木子：古代賭博遊戲用的骰子。

最後仍無功而返……在這之後，大師便閉關不出，不久就圓寂了。」

她的語氣很沉靜，彷彿這一切隔山隔海般遙遠，可妙因聽了，卻感到渾身如墮冰雪。

「我不懂……」

「你傻呀？如此簡單的道理都看不明白。」一直冷眼旁觀的瀧兒突然開口了，語氣充滿譏誚，「為了保住手裡的權力，不惜置同伴於死地，這種地方還敢自稱是佛門淨地，當真可笑！」

這番話挑中了妙因的痛處，他當即叫了起來：「不可能！」

然而，這過激的反應卻正好暴露了他心中的疑慮。

星星之火，足以燎原。在妙因的心目中，國清寺不僅是天底下最光明巍峨的地方，更是他一輩子夢想的寄託。可打從遇見梅梅那一日起，他從小被灌輸的觀念便產生了動搖。殷常笑的話更對他的心靈造成了極大的衝擊，以致到現在，當他回頭審視果玄法師當年的作為以及夢悟大師的死亡之謎時，竟不曉得該相信誰才好……

想著想著，鼻頭不禁湧上一陣酸楚。

瀧兒轉頭看見妙因的表情，嫌惡道：「你這和尚整天就曉得哭，有點出息好嗎？」

「好了，別說了！」鈴瞪了沒心沒肺的徒弟一眼，隨即走到妙因身旁，放緩了聲以示安慰：「你也別太難過了。這世上本就有許多藉著自身權力來散播謊言的人。你及早看破，總比茫然無知，任人擺弄來得好。」

妙因聽到這話，彷彿被抽去脊梁骨似的，整個人癱坐在地，愣了半晌才道：「明明可以坦誠相待，為什麼要說謊？」

「因為人們的目的總不單純。」鈴苦笑。「眾人標榜的價值未必就是真理。多數時候，不過是由於他們在鬥爭中將不同的聲音給埋葬罷了。」

不同的聲音……

妙因望著夢悟大師的墳頭草，整個人陷入怔忪，彷彿平靜的冰面在巨大的壓力下，一下子爆出許多裂紋。從此之後，風起浪湧，再也回不去了。

空中星河閃爍，卻始終照不亮人間的黑夜。

過了許久，妙因終於擦乾眼淚，緩緩站了起來。

「無論過去發生了什麼，夢悟大師終歸是國清寺高僧，先人念想，妙因沒齒不忘，從今往後，一定時時來祭拜。」說到這，朝鈴瞥去，表情欲言又止，「不知姊姊此番前來，有何打算？」

鈴見少年眼神複雜，有感激也有戒備，心想：「學得挺快的嘛。」

她站起來，撣了撣袖：「放心，我這次是單純祭奠亡者，其他什麼也不會做，但待我查明十七年前的真相，還會回來的。屆時，某些人恐怕就不能再高枕無憂了。」

「十七年前……」妙因聽她語氣，心中一怵。

「是啊。」鈴的唇邊凝起笑意，但那笑容卻是冷的。

她將目光投向天際，徐徐道：「這個中原武林沉寂了十七年，是時候該有人興風作浪一番了，你說是不是？」

第肆章、血屍案

壹

明媚的春日午後，官道旁的茶棚生意稀疏。

鈴隔著熱騰騰的白煙瞥向店裡頭的其他兩組客人——三名腰綁粗帶，操蜀地口音的漢子，以及角落裡一對神態親密的年輕男女。

對面的瀧兒飲了一大口茶，旋即又因為太燙而呲了呲嘴，說道：「離開天台山都已經三天了，接下來要去哪，妳倒是說啊……」

「夏家莊。」

「那是什麼地方？」

「江南首屈一指的陰陽世家，我得向他們的莊主夏空磊請教些事。」

「是關於夢悟大師的事嗎？」瀧兒打直了背，「妳說十七年前的案子，指的到底是什麼？練妖術又是什麼？」

「你說話小點聲會死啊？」鈴抽回目光，橫了徒弟一眼。

或許是連日奔波的緣故，她此刻的臉色異常憔悴。

祭奠完夢悟大師後，他們便向妙因辭行，悄悄離開了磐音谷。大鵬護送尚在昏迷中的梅梅回赤燕崖養傷，鈴則帶著瀧兒和雲琅再次踏上旅途。妙因雖然不捨梅梅，卻也只能與眾人暫時作別，回到國清寺。

瀧兒有點惱，卻又按捺不住心中好奇，補了句：「知道啦，聽妳的便是……惡婆娘，妳接著說啊。」

鈴轉動面前茶杯，沉吟半晌：「你可聽說過『元神』？」

「不就是人類體內的那玩意？」

「這才是人與妖最大的區別——人心中有元神，而妖沒有心，只有妖靈。但妖卻可藉由吸收其他靈性物質來提升自己的修為，進而增加法力，延長壽命。本來，這世上大部分的妖都是隱居在深山老林裡，靠著吸收天地靈氣、日月精華老老實實修煉的，只有少數被貪欲支配，誤入歧途者才會去刻意去吸食人的元神。但過去幾百年間，隨著妖怪的棲地逐漸被人類占據，越來越多的妖開始透過捕食人類來增進自身的修為，人們因而畏懼妖怪，人妖兩界的紛爭也是由此而來。」

「妳說的這些，誰不知道啊？」瀧兒擰眉道。

「那，若妖自己就有元神呢？」鈴反問。

瀧兒聽得一愣：「這怎麼可能啊？」

「若有人主動獻出自己的元神，那麼妖自然就不需要靠吃人來修煉靈根了。」

「人一旦沒了元神，就會失去自我，衰弱而亡——這種事，瘋子才幹呢！」

「一般說來，確實如此。」鈴隨口同意，「可只要妖在吸食時，不要把元神全抽乾就行了，畢竟元神這東西，損失些也不會怎樣。」說到這，平靜的眸裡閃現一抹促狹，「這便是練妖術。」

瀧兒瞳孔微微一縮，腦中再次浮現磐音谷中那場令人心魂俱奪的比鬥。「難不成，妳和雲琅、鵬大哥，還有那梅花妖，你們……」

「練妖術是赤燕崖的獨門內功，它不僅能夠滿足妖對元神的渴望，練到後面，還能達到心意相通的境界，對彼此的修行都大有助益。」鈴說著，低頭抿了口茶，「你若想學，我也可以教你。」

「我……」瀧兒心頭彷彿被撓了一下，嘴巴半闔地愣在那裡。

鈴見他侷促不安的模樣，唇角一挑：「我又沒逼你，緊張什麼？」

「誰緊張了？」瀧兒立刻拉下臉，「什麼練妖術，什麼分割元神，聽著就像胡說八道！」

鈴見他表現得像隻急欲反咬的小獸，嘆氣心想：「怎麼這徒弟就是馴不服帖呢？」

但還來不及回話，胸口忽然滾過一記悶痛。

先前和殷常笑的那場激戰大傷元氣，再加上旅途勞累，此時的她表面裝得若無其事，可實際上體力卻已漸感不支。

不一會工夫，疼痛加劇，連手腳也開始發冷。鈴連忙運氣壓住內息，道：「此事之後再議，我們該走了。」

言罷起身，師徒倆匆匆結了帳，離開茶棚。

半個時辰後，天空的顏色越積越灰，接著便淅瀝瀝地下起了雨。

不久前，鈴才剛教會瀧兒如何騎馬。這一路上，兩人一直都是並轡而行，可這會兒不知怎的，鈴的坐騎在雨中越走越慢。前頭的瀧兒等得不耐煩，忍不住撥轉馬頭，叫道：「惡婆娘！不是妳自己說要趕路的嗎？」

然而，當兩人距離縮短時，他突然意識到事情不對。

下一刻，只見鈴身子一晃，如斷線的紙鷂般從馬背上滾落，栽入一旁的泥塘。

「喂！」

瀧兒慌了，連忙翻身下馬。

但當他奔去將對方扶起時，卻發現她渾身燒得跟爐膛上的碳似的。

原來，一路上，鈴一直隱瞞自己的傷勢，瀧兒也沒意識到事情的嚴重性，直到此時才驚覺不妙。

情急間，他忽然想起方才茶攤的小二曾提到前方不遠有座小鎮。看來為今之計，只有去那兒避一避了。

他將鈴抱上自己的坐騎，冒雨向東疾馳了一頓飯時分，總算見到了鎮甸的影子。可好不容易到了藥鋪，掌櫃卻偏偏不在。瀧兒氣得將夥計暴打一頓，弄得對方呼天搶地。

「這位小爺，求您大發慈悲吧。咱們是做小本生意的啊，這要沒法活啦，沒法活啦！」

「呸！少胡說八道！告訴你，我同伴要真有什麼三長兩短，老子叫你們通通陪葬！」

瀧兒說完，一把甩開夥計，回到大街上。

雨越下越大，店家紛紛關上大門，路上連個人影也沒有。

「可惡，該怎麼辦才好……」

站在大雨瓢潑的街頭，他從未感到如此不知所措。

此時，後方突然響起陣陣馬蹄。回首，只見迎面駛來一輛錦轡華鞍的黑色油篷馬車。

車夫抽動長鞭，兩匹馬兒吃痛，越奔越快。

瀧兒心生一計。待車子奔近，他直接跳了上去，劈手奪過韁繩。

車夫見狀，不禁大駭。

瀧兒一腳將他踹開，卻不料，對方沒掉下去，反而揮拳反擊，兩人遂在駕座扭打起來。

混亂中，車內人下令：「停下！」

「公子，有人搶馬！」

「我說停下！」

車夫不再抵抗，馬車終於停了下來。車簾挑開，走出一名身材窈窕的紫裳少女，打起一把青色的魚戲蓮葉傘，在雨幕中浮動淺淺漣漪。

主人剛下車，瀧兒直接三步併兩步，衝上去拽住對方衣領：「快帶我們到最近的醫館，否則別怪我不客氣！」

「公子小心地滑——」

但下一刻，卻被那紫裳少女推開半步。

她氣勢洶洶地擋在兩人中間，對瀧兒怒道：「哪來的野小子！竟敢對公子放肆！」

「得了，三娘。」男子按住她的纖肩，「斯文點，平時我怎麼教妳的？」

瀧兒一怔。他發現眼前這兩人正是先前在茶棚打過照面的那對舉止親密的男女。

當真是人生何處不相逢。

對面的男子身著翡色窄袖圓領胡服，足蹬羊皮靴，腰繫銀色蹀躞帶，長身玉立，貴氣天然。但最教人驚豔的還是他的容貌。

瀧兒長這麼大，從沒見過生得這麼好看的人——眉如青峰，目似辰星，笑起來彷彿春風一剎，光是往那兒一杵，無論男女都移不開眼。

「在下敝姓狄，單名一個雲字，」男子叉手微笑，「方才多有得罪，還請小郎君包涵。」

瀧兒搞不清楚對方的名堂，但此時也沒工夫追究了。

「老子才不管你姓張姓李呢！」

「小兄弟，真不巧啊。今天鎮上出了點事，僅有的幾位郎中都被人請走了。不如等明日吧。」

「把人叫來就是！誰不來，老子打斷他的腿！」

「你這人也忒不講理！」喚作三娘的丫鬟氣得臉都青了。

狄雲見瀧兒氣急敗壞的樣子，又看了眼趴在馬背上昏迷不醒的鈴，幽深如潭的眸中似乎有什麼在萌芽。

「好可人的小姑娘啊，怎麼傷得這麼重？」

瀧兒不回答，一拳將車廂砸凹了進去：「你若不知道上哪找大夫，那就趕緊滾，把車留下！」

他本想嚇唬對方，可誰知，狄雲卻反而笑了起來，微微上挑的眼角若桃花綻放，寫盡風流。

「小兄弟，你有所不知，此地名為錦絲鎮，是出了名的名勝景地，既然來了，怎不多留幾日？我看姑娘的病勢實在不宜拖延，二位不如到在下那裡歇息，也好讓敝府的大夫替姑娘診斷。」

「你家也能有大夫？那你剛剛怎麼不早說？」對方答應得如此乾脆，反倒讓瀧兒起了疑心。

對面的狄雲不禁暗翻了個白眼，心想：「你剛剛有給我機會開口嗎？」可儘管內心再不屑，他表面仍是一副月白風清的模樣：「只要二位不嫌棄，可以直接住到寒舍。要多少大夫，狄某都能請來。」說著，吩咐三娘：「快扶姑娘上車。」

三娘卻沒有狄雲那麼會做表面功夫。只見她上下打量瀧兒，目光中流露出嫌惡。

「公子，這些人來路不明，怎能隨便帶進府呢？」

「我說可以自然可以。」

狄雲低下頭，溫熱的呼吸灌進對方耳裡，三娘耳廓頓時臊得通紅，半晌才轉過頭，對瀧兒趾高氣昂道：「公子大度，還不快謝！」

這還是瀧兒頭一次接受別人的施捨。

他生平第一次坐馬車，覺得這東西無處不古怪，但比起騎馬，確實少了些顛簸。一路上狄雲笑嘻嘻地跟他搭話，他一概不答，冷漠的態度氣得三娘臉色鐵青，狄雲本人卻毫不介懷，甚至感覺他樂在其中。

「小兄弟，敢問你和這位姑娘是什麼關係？」

瀧兒無動於衷。狄雲瞇起雙眼：「要說姐弟，倒也不像。難不成是背著家裡私逃出來的？」

「放你的狗屁！」瀧兒跳了起來。

他瞅見狄雲俊逸的嘴角揚起一抹促狹的笑，立時又坐了下來，雙唇緊抿，額角的青筋不住抽動。

不久，馬車在一間氣派的宅邸前停了下來。

瀧兒早就習慣了以天地為廬，四處流浪的日子，驀地瞧見那一整排飛簷鬥角，簡直連眼都要被晃瞎了。

須臾，烏頭大門咿呀打開，走出兩名打著燈籠的小廝。

「公子回來啦。今晚有貴客？」

三娘頂著一張閻王臉，逕直走了進去。狄雲一下車便問：「蕭郎中可還在？」

「剛剛被請走了。」小廝上前壓低聲音，又補了句：「不過公子放心，不過是去走個過場……連頭顱都沒了，哪還需要什麼大夫啊？」

「立刻把人叫回來。」

「公子受傷了？」

狄雲朝馬車的方向遞去眼色，小廝登時醒悟，訕笑起來：「公子果真風雅。小的馬上就去。」

「記得，把人帶到青螢閣。」

貳

鈴醒來時，首先聞到了一股異香。那味道不似梅梅身上溫軟的花香，而是帶著點厚實的松木香氣，像阿離喜歡翻閱的那些厚重書簡。

一翻身，熟悉的痛楚席捲而來，宛如溺水。她忍不住微微呻吟。

「真是奇了。」

恍惚間，眼前出現一張男人的臉。兩道濃冽的眉毛蹙在一起，居高臨下望著她，像盯著籠中的動物一般……或者說，怪物。

鈴最厭惡的就是這種眼神了，下意識地緊了緊衣領。

她永遠忘不了，當年，許多人第一眼看見她身上的黃泉脈印，都不約而同露出這副表情。

若換作平時，她肯定要讓對方嚐嚐自己的拳頭。但眼下她就像砧板上的魚，動彈不得，只能任由男人的視線恣意在自己身上遊走，最後停在臉上。

「妳怎麼受的傷？」

她只是神情空白地回望他。

「妳的父母家人呢？」

狄雲露出微笑，輕淺的弧度恰如雨過天晴一汪清澈的水窪，天下不知有多少女子甘願淹溺其中。

「妳總有名字吧？」

鈴費力地吐出三個字：「他、在、哪？」

對方笑得更深了：「你們關係果然不單純。」

鈴不願，也沒有力氣與他廢話，但對方似乎早已習慣自說自話。

「小小年紀就曉得與人私奔，膽子倒不小啊。」他挑逗她：「我該報官的。」

鈴垂下眼瞼。

平時她最擅長的就是編謊了，三言兩語就能蒙混過去。但這回，不知為何，興許真的是太累了，她什麼也沒有說，有種任人宰割的感覺。

後頭傳來叩門聲。

「公子，藥來了。」

「先擱著。」狄雲慵懶地擺手，頭也不回。

送藥的小鬟放下碗的同時，還不忘惡狠狠地掃鈴一眼。

「坐得起來嗎？」

隨著對方的手環上腰際，鈴本能地縮了一下，心中泛起久違的恐懼。

「還疼不疼？」

蜜糖般的話語，假意關切的表情——她感到噁心透了。但畢竟從小在街頭長大，比起一般的閨閣女子，更懂得如何應付這種狀況。

根據她以往的經驗，男人總是在最享受時最鬆懈。果然，隨著她睜大無辜的雙眼，輕囓下唇，做出一副可憐兮兮的樣子，對方眼中的笑意更濃，說道：「來，喝下去就不疼了。」

她聽話地抬起頭。白瓷般的小臉微仰，五官排列的形狀帶有一種肅穆的哀戚，彷彿山谷中蔓生的野花，早在被人發現前就已無聲凋零了。狄雲看一眼便樂了。

可就在湯匙遞到嘴邊，快要碰到粉唇時，說時遲那時快，少女腦袋一傾，對準他的手掌猛地咬落。

下一刻，瓷器碎裂的聲響徹小小的房間，空氣中有鮮血的味道逸散。

狄雲不知何時已跳了起來。低眸一看，腕上多了一排清晰淋漓的血齒印，力道之猛惡，若換了個反應稍慢的人，動脈恐怕已被生生咬斷了。

心狠狠一跳，朝床上的人兒瞥去，卻見她嬌喘吁吁，嘴角還淌著血跡，眼底迸出的精光彷彿在呼喊：「可惜！可惜！」狄雲感覺有冷汗在額角凝聚——這哪裡是溫香軟玉，簡直就是一頭危險的野獸！

未能一擊制敵，鈴的心沉沉地向下直墜。她驀然發覺，自己四肢冰冷，胸口卻彷彿有火在煎熬。

可惡！方才要是她還有一丁點餘力，瞄準的就不是手腕，而是咽喉了。那樣一來，對方絕對逃不掉。

狄雲冷笑一聲，撿起地上的碎瓷，眼中笑意結成了冰。

進了府還這麼橫的，他還是頭一次見識到。

「不識好歹……墨香，再拿一碗來！不，給我拿十碗！」

小鬟聞聲趕來，瞟見一地的凌亂，參雜著斑斑血跡，驚恐地睜大了眼。

「我倒想看看妳還能橫多久？」狄雲望著鈴，惡狠狠地又補了一句。原來柔情似水的眼神瞬時變得冷冽，唇角勾成猙獰的笑。

鈴也笑了，笑聲中滿是鄙夷：「強凌弱女，連畜生都不如啊，你。」

狄雲挑了挑眉尖：「我從來不用強。因為沒有必要。何況……就妳這身材，連女人都稱不上，我可沒有那種癖好。」

煎好的藥又送到了。他再度坐回床沿，但這次一點也不客氣，捏住鈴的上顎，將整碗藥強行灌了下去。

那味道苦極！鈴整張臉都皺了。對方一鬆手，她立刻將藥汁一股腦兒吐在他身上。

「毒藥還給你！」

狄雲英俊的五官都要氣歪了。他將前襟抹淨，不發一語，再度勺了一勺，掰開對方的嘴餵了進去。就這樣來回多次，鈴終於累得意識模糊起來。

「畜生……不如……」

待少女昏睡過去，狄雲才將她輕輕放下。但當手觸到對方背心時，卻感覺她體內傳來一股異樣的湧動。

這是……

月華如潮，珠簾半捲，蝶穿牡丹屏風上投映著斑斑竹影。狄雲踱到窗邊，輕輕掩上窗扉。這間書齋不大，古玩字畫、詩書典籍卻一應俱全，看得出主人在布置上的極盡巧思。茶几上的獸首鎏金爐飄散出龍腦香的氣味。

右首的曲足案几上陳放著三寸高的仕女俑，雕工栩栩，顯然出自名家之手。他兩指挾住底座，向左一旋，東南角的書櫃竟「咿呀」地打了開，露出藏在後方的暗格。

這機關是狄雲親手設計督造，若非機巧高手，絕不能發現破綻。暗格中堆放著許多卷軸裝的書。狄雲目光掃過書軸上的檀木標籤，拾起一卷隨意翻看。

申龍堂——陳越山、趙奇龍

白虎堂——荀列、蕭仲堅、杜毓、楊鎮桐

誅仙堂——王昇、邱子登、張通天

狄雲望著書簡上那一行行紅墨寫下的名字，嘴角微勾。

「公子。」

門口又傳來輕扣。這次略為急促。

「進來吧。」

門被推開一道罅隙，三娘站在廊上。她此刻已換上一身胡服勁裝，髮髻高結，兩道長眉斜飛入鬢，目光如炬，英氣逼人。

她瞥見鈴躺在床上，嘴角微微一僵，但旋即恢復自若，說道：「公子，東西取來了。」

狄雲不慌不忙地抖袖，將傷口掩住：「拿來看看。」

三娘身後還跟著兩名僕從。僕人慎重地揭開木盒的頂蓋，只見其中穩穩擺著三顆頭顱，如待售瓜果般一字排開。狄雲拿起其中一具，彷彿在欣賞一件古玩。

「劉名璋，鳴蛇幫誅仙堂香主。若我沒記錯，兩年前的錢家滅門慘案，他就是帶頭的。」

「正是。」三娘答道。她指著剩下的兩顆頭顱：「這個是郭珍，這個是吳嵩，都是白虎堂的。他們專門打劫客宿驛站的商隊，這幾年來至少犯下了十多起大案，但由於地方官府勾結包庇，始終逍遙法外。」

「有意思……探出了什麼消息沒有？」

「這三人武藝雖強，卻也算不上一流高手，只怕……不是我們在找的人。」

「最後一個呢？」

「這……」僕從遲疑了一下。

三娘連忙接過話頭：「都怪我無能，昨夜讓他給跑了，還請公子責罰。」

「誅仙堂的宇文瀚。」狄雲望著紙上的字，微微沉吟：「確實是條大魚，不怪你們。」

他話音一頓，表情剎那間若有所思。

「鄭東烈死時，五臟破裂，胸口皮被剝去，連天靈蓋都不翼而飛。能造成這種傷害的人，武功必然深不可測……今夜可有好戲看了！備馬，我要出門！」

狄雲掛上披風，正準備跨出門檻，忽然又問：「那小子呢？」

「關在東院呢。」

回話的是名灰頭土臉的僕從，語氣裡滿是不忿。他的衣衫有多處破損，隱約還可以見到底下的抓痕，「那傢伙難纏的很，力氣又大，五個人都壓不住，最後用迷魂煙才把他給撂倒。」

看著屬下的狼狽相，狄雲簡直啼笑皆非：「也罷，中了那煙，少說也得睡上三天三夜。」

他回頭又瞟了鈴一眼，眼窩裡掖藏的笑意更濃了，「這兩人，簡直是一對寶。」

「公子打算留下他們？」三娘問，嗓音有些拔尖。

狄雲沒答話，回頭衝她笑了笑：「我不在時，青螢閣找人輪流看守，別讓死了，更別讓跑了，知道嗎？」

參

錦絲鎮毗鄰黃山，氣候濕潤，自前朝始便是絲綢的生產集散地。除了兩條聯通南北的幹道外，其餘皆是蜿蜒跌宕的山徑，三步一丘，五步一壑，形成天然的絕景，每逢春夏時節，便會聚集不少來自大江南北的商賈遊客。

而鈐待在狄府養傷的這段日子，鎮上更是不平靜，湧入的人潮足足比平時多了數倍。來者皆是五大三粗，腰胯砍刀的漢子，鎮裡的酒樓被他們擠得連塊落腳地都沒有，街道上人聲鼎沸，低俗的笑罵混著各式的口音紛紛出籠，形成一股危險又焦躁的氣息。

這天中午，騷動的人群忽然被一聲尖銳的咆哮給劃開。

一條碩大的白影閃入人們的視野。定睛細看，那竟是頭身型碩大，戴金項圈的白狼，足足有一匹馬那麼高！更奇特的是，狼背上還載著人！

不等群眾反應過來，白狼已如一團疾風從人叢中衝出。底下那窩外表兇狠的強盜頓時成了驚惶逃竄的無頭蒼蠅，混亂間，還有人直接被狼爪掃倒在地，慘叫聲此起彼伏。

狼背上的少女瞅見這一幕，眼神流露出不屑。

「哪個臭毛賊，竟敢偷本姑娘的東西！快給我出來！」話罷，掄起手中銀鞭，作勢要朝底下的路人抽去。

就在這危急關頭，「得——得——」的馬蹄聲響起，兩匹青驄寶馬及時奔至，其中一名騎士抓住少女的手腕，喝道：「師妹，不許胡鬧！」

「你放手！」

狼背上的少女揚鞭欲甩，鞭尾卻被對方緊緊拽住，氣得俏臉漲紅。

她穿著杏黃色圓領錦袍，髻下插著一根純白的簪子，乍看之下不起眼，但雕工細緻，釵頭處還隱隱透出屬於琉璃的清光。來自波斯的寒冰琉璃乃是有價無市的寶貝，光是這點便足以將長安城中許多勛貴侯門家的小姐都比下去了。另外，少女腰帶上還掛著栩栩如生的四爪飛龍玉珮，無論成色還是式樣都十分講究，再配上她亮麗的外表，混在一群衣衫破爛的男人裡頭，實若天仙下凡。就連方才被白狼嚇到屁滾尿流的流氓，這會兒也不禁停下腳步，盯著她猛瞧。

少女名叫俞芊芊，乃是靈淵閣弟子。此刻她兵器被拽住，怒火大熾，回首對另一人喊道：「應龍哥哥，快來幫我！莫叫那狗賊逃了！」

同時，她所騎乘的那頭白狼似乎也感應到了主人急切的心情，全身白毛聳峙，衝著周圍的人群發出低嗥。

「師妹，妳冷靜點！隨便放出靈獸傷人，回頭若被師父他們知道了，可是要被問罪的！」

搶住鞭子的是俞芊芊的師兄朱孝先。他和另一名隨行的同門丁應龍一身寶藍長袍，胯下的黑馬四足踏雪，毛色油光水滑，一看就知是難得的良駒。

「妳怎知盜妳東西的人就在這裡頭？」

「還能有誰？」俞芊芊提高音量，杏眸在人群中氣呼呼的搜索著，「你看這些土匪，一個個欺善怕惡、獐頭鼠目，整日裡混吃混喝，還能幹出什麼好事不成？」

她口中那些「獐頭鼠目」的人們聽到此話，紛紛朝她怒目而視。若非兇猛的白狼不時露出利齒警告，三人只怕馬上就要被憤怒的群眾團團包圍了。

一旁的丁應龍見狀，忍不住在心底嘆了口氣。

自己的這位小師妹相貌雖好，腦子卻稀裡糊塗的，做事更是任性妄為，沒半點分寸，自從離開靈淵閣後，一路上也不知惹出了多少麻煩。

幾日前，三人途經錦絲鎮附近的山道，發現此地盤旋著一股不尋常的妖氣，便決定前往一探究竟。但本來說好這次行動要保持低調，暗中觀查，誰知，才剛踏進鎮子，俞芊芊卻又突然放出靈獸，鬧得雞飛狗跳，人盡皆知，也不知到底在想什麼……說穿了，不就是在驛館丟失了一件法器嗎？雖說法器造價不菲，可對於富可敵國的靈淵閣而言，倒也不是什麼值得稀罕的玩意。

但俞芊芊仍然不依不饒：「那枚火靈珠可是臨別前師娘送給我的禮物，當附近有妖怪現身時便會發出光芒，還能避邪護身，靈驗無比，如此法寶，若就這麼算了，豈不是太便宜了那些宵小之徒？」

就在雙方陷入對峙之際，人群裡突然鑽出一名身形佝僂的小老兒。

他拄著根拐杖，敲敲打打地走到三人面前，先是咳嗽了一通，隨後才抬起花白的腦袋，用顫巍巍的嗓音道：「敢問諸位，可是六大門的大俠？」

朱孝先一直以來等的便是這句話。他連忙上前作揖，試圖為己方的形象力挽狂瀾。

「在下朱孝先，來自靈淵閣，師承清霄子。這兩位是我的同門，此番路經貴寶地，見天有不祥之兆，恐是妖物作祟，因而前來相擾。若有冒犯之處，還望恕罪。」

老漢聽見「靈淵閣」三個字，背脊一下豎直了，街道兩旁的行人也紛紛停下腳步，朝三人投來既好奇又敬畏的目光。

不過這也難怪。畢竟，對一般老百姓而言，除妖師這個職業本就夠神祕了，何況還是傳說中替天行道的六大門？

俞芊芊顯然很享受這種待遇。她揚起下頷道：「如何？知道厲害了吧！」

丁應龍唯恐再次引燃眾怒，連忙警告：「師妹，休得無禮！還不快將靈獸收回去！」

俞芊芊瞥了師兄一眼，見對方表情認真，半點不像開玩笑，過了半晌，這才不情不願地從狼背滑下來。

「喊，收就收嘛……」

只見她雙手捏起指訣，口中念念有辭，一旁的巨大白狼便收起爪子，乖乖趴了下來。又隔半晌，牠渾身開始冒出白煙，煙霧中的狼軀越縮越小，最後竟化成了一張薄薄的符紙，隨風飄落。

原來，靈淵閣的靈獸乃是由「言靈」煉化而成，每隻靈獸背後都有特定的召喚咒語，利用這種方式召喚出來的靈獸也只會聽從主人的號令。

然而，在場觀眾當中，也不是所有人都被這番操作給震懾。眼看俞芊芊挾住下墜的符紙，將其收歸懷中，一名面色黎黑的矮漢突然冷笑起來。他前排的黃牙缺了幾顆，講起話來陰陽怪氣的。

「不過一點唬人的戲法而已……別以為有畜生撐腰，行事就可以不分青紅皂白！」

「哼，對付你們這種貨，本來也用不著戲法！」

俞芊芊說著，從腰間拔出雁翎劍，霜芒逼人。

她的目光在人群中遊走，尋找著下手的目標，最後落在一條刺著白虎紋繡的臂膀上。

「喂！」她不客氣喊道：「手上有老虎的醜怪！說你呢！」

男子本來已經轉身離去，聽到叫囂才又扭過頭來。

只見他滿臉橫肉，兩撇濃眉下嵌著雙瞳鈴大眼，目光奕奕，模樣極為兇惡。就連俞芊芊見了也不禁心中打突。但她愛面子，怎麼可能就此作罷？

「我就覺得你眼熟。昨晚在我房外鬼鬼祟祟的就是你吧！快把從本姑娘這兒偷來的火靈珠還來，否則讓你吃不完兜著走！」

巨漢身邊響起一陣哄笑。

「田大哥，這小娘皮好兇哩！你惹錯人了喔！」

「要出手嗎？」

原來，這巨漢名叫田歸文，也是個長年行走江湖的人物。此刻，他身邊還聚集了不少同伴，其中一名三角眼的男人插口道：「死丫頭不知天高地厚，有本事先過了我這關再說！」

「好啊！這話可是你說的！」

「師妹不可！」

在朱孝先與丁應龍驚呼聲中，俞芊芊整個人騰身而起，雁翎劍直指前方，細刃發出脆耳的嗡吟。

她輕功靈敏，和對手之間相隔四、五個人，居然無一能將她攔下。

「錚！」一聲，雁翎劍磕在一把鐵耙上。握鐵耙的正是方才出言挑釁的三角眼。他接下這擊後，立刻匍地滾出。

俞芊芊手勁大、兵器輕，雖是使劍，卻是削刺少、砍斫多。兩人拆到十餘招，男子向後斜出數步，出其不意一記倒耙，尖端的鐵環已將俞芊芊的劍鋒緊緊纏住。

但誰知，俞芊芊纖臂一扭，雁翎劍竟在圈套中轉了個彎，這一劍終究是砍了下來。銀光閃過，男子的右耳被削去一片，血光沖天。俞芊芊順勢一踢，將他踹落道旁的陰渠。

「呸，臭死了！」俞芊芊望著劍端的斑斑血跡，嘟囔道。「應龍哥哥，你回去後可要幫我好好洗一洗啊。」

這下變起倉卒，看熱鬧的民眾呼呼啦啦地全嚇散了。以田歸文為首的惡煞們則紛紛亮出兵刃，將俞芊芊三人團團圍住。

「哼，靈淵閣有什麼了不起？敢在咱們鳴蛇幫跟前撒野，那就是找死！」

「我管你是白蛇幫還是黑蛇幫。」俞芊芊冷笑。「今日看本姑娘把你們通通下鍋熬成蛇羹湯！」

她初涉江湖，對外頭的事知之甚少，自然也沒聽過「鳴蛇幫」的名號。倒是一旁的朱孝先和丁應龍聽見這幾個字，雙雙色變。

雖說這些年，六大門有了司天台做靠山，領著朝廷的俸祿，專司降妖除魔，但畢竟還是江湖兒女，總不好太過得罪同道，尤其對方還是由各地山匪、豪強組成，號稱中原第一大幫的鳴蛇幫！

就在兩人眼神交會的片刻，俞芊芊又出手打翻了三名鳴蛇幫眾。

靈淵閣的武功精髓，全仗一個「快」字。雁翎劍入肉寸許，又意猶未盡地圈了回來。提劍、發劍、曲劍、迴劍，一氣呵成，後方兩名敵人還來不及發招，便已痛哼倒地。

然而，俞芊芊猶不肯罷休。好不容易有機會下山歷練，她誓言要做到兩件事：一是在江湖上樹立赫赫威名，二是結識一名蓋世英雄，作為自己將來的夫婿。至於其他事，她絲毫不放在眼裡。

只見她斜身避開揮來的杖頭，劍尖上挑，直取田歸文。

田歸文側過首，堪堪避過了這一劍。

他和剛才那些尋常的練家子不一樣，多年來走闖大江南北，早已見慣了大風大浪，即使面對俞芊芊張狂的劍式也不動聲色，目光灼灼，如獵人般耐心等待著反攻的契機。

朱孝先和丁應龍均看出來者不善，「唰唰」二聲，長劍同時出鞘。

「師妹，快退下！妳不是他對手！」朱孝先急叫，俞芊芊卻哪裡肯聽？她倔強地想：「看好了，我未必就會輸給這大塊頭！」

念頭閃動，劍走偏鋒。田歸文目也不瞬，右掌揮起，直取對手前心。

俞芊芊見他毫不退讓，竟有同歸於盡的意思，心臟猛跳，不由得怯了。劍勢剛緩，田歸文腳步晃進，雙臂迴環，已封住對方去路。俞芊芊只覺一股沉猛的大力朝脅下插來，急忙抽身後躍。

但田歸文的內力正如驚濤湧浪，越到後處越是難以招架。

俞芊芊腕上吃痛，劍尖不由自主地向上飛起。若非下一刻，左右兩邊寒光突閃，她纖細的嬌軀恐怕就要生生受這猛漢的掌擊了。

丁應龍揮劍斬向田歸文後頸，朱孝先的寶劍削敵腳跟，前者為虛，後者為實，卻都快得教人看不清。

這便是靈淵閣真正的實力？笑意在田歸文鬍渣叢生的臉上盛開來。

「好劍法！」說著，擰身撤開兩步。

俞芊芊愣在原地，心口怦怦亂跳。她向來自恃武藝高強，卻不想，剛剛被田歸文掌風罩住時，竟絲毫沒有反抗之力。那一刻，她覺得對方就好像盤踞山頂的巨巖，再快的神風亦無法撼動。

同時，朱孝先一聲清嘯，長劍朝敵人面門甩去。

如此靈活變幻的軟劍，田歸文還是頭一次見識。這招「散霞勁風」俞芊芊先前也曾施展，但朱孝先的劍術造詣卻又高出許多，劍光才遞出三寸，旋即轉向，刺敵背心，丁應龍也瞅準破綻，舞劍劈來。

他二人默契甚佳，幾回合後，田歸文漸處下風，觀戰的鳴蛇幫眾開始蠢蠢欲動，高喊著：「救出田大哥！誅殺二賊！」

眼看越來越多人加入戰局，兩名師兄也被沖散，俞芊芊如夢初醒，想去助陣，卻突然眼前一黑。

抬首望去，正是一臉猙獰的田歸文。

「妳師父沒教過妳，觀戰時不可鬆懈嗎？」說著，劈手奪過雁翎劍，抵在少女頸間。

「誰敢再動，我就把她的頭割下來，獻給堂主做酒罈子！」

經他這麼一喝，周圍的音浪頓時平息下來。

朱孝先見師妹被擒，臉色倏變，罵道：「混帳！六大門的人你也敢招惹！」

「究竟是誰招惹誰，大家心裡不都明明白白？」

此話出，朱孝先頓時語塞。但俞芊芊即使刀劍架頸，仍不改她紅鬃烈馬般的脾氣。

「呸，老畜生！是你們自己先偷了我的東西，如今還想抵賴！」

田歸文從未遇過如此蠻不講理的人，氣得鬍鬚都抽搐起來。正待發作，人叢中忽然鑽出一名頭戴笠帽的男子，手裡捧著一袋暗綠色的包袱，解開來看，裡頭除了一些衣物和銅錢外，正中央還有一顆巴掌大小的赤色珠子。

「俞女俠，小的尋妳半天了。您的東西留在咱們驛館裡，小的哪兒敢動，自當悉數奉還……」

話音雖弱，卻如爆竹般在俞芊芊耳邊炸開。

她感覺所有人的目光一下子全跳到自己身上，連耳根都臊紅了。若非身子動彈不得，她盛怒之下，說不定連這個傳話的驛吏都砍了。

尷尬的沉默籠罩全場，還是丁應龍率先反應過來。

他撤劍圜身，向田歸文抱拳道：「今日原是場誤會。我們師兄妹行事魯莽，得罪了貴幫，還望壯士看在家師與顏幫主的昔年情分上，手下留情。」

「既然閣下說是誤會，那便權當是誤會吧。」田歸文冷笑：「嗚蛇幫也不會和女流之輩一般見識。只是，你們打傷了人，總該拿出點誠意來吧？難道要咱們打落牙齒和血吞？」

「當然不是。」丁應龍連忙從懷裡掏出錢袋，「這點心意，請兄弟們看大夫、吃酒，若是有不夠用的地方，儘管開口，在下必定有求必應。」

「這麼大的事，以為賠錢了事？」田歸文眸子一冷，「六大門就是這般專橫跋扈？也難怪會教出這種目中無人、是非不分的弟子，做錯了事，連道歉都不懂，田某今日可算是開了眼界——」

話還未完，俞芊芊連唇瓣都氣紫了。

「放屁！你們這群狗娘養的，有什麼資格讓本姑娘給你們賠罪？」

「不肯？那也罷！」田歸文嘴角一撇。

頃刻間，寒芒輕閃，朱孝先和丁應龍異口同聲叫道：「壯士手下留情！」俞芊芊則緊咬銀牙，將眼一閉。

然而，預期中的痛楚卻並未出現。

再睜眼時，身子已跌回地上。田歸文手起劍落，「嘩」的一聲，將身旁那顆閃亮的火靈珠從中劈了開來。

「妳既說這玩意能甄別妖怪，哼……那就好好看看吧！」

田歸文說完，將火靈珠朝俞芊芊扔去。

出乎意料的是，裂開的火靈珠回到主人手裡，裡頭的赤光不但沒有消失，反而更加耀眼奪目了。

圍觀的鳴蛇幫眾見狀，頓時哄堂大笑。

「什麼靈淵閣的除妖師啊？原來根本是冒牌貨！」

「小賤人招搖撞騙，這下可露出馬腳了吧！」

「就憑這點本領也想出來混，還不如滾回去吃奶！」

且不僅僅是鳴蛇幫的人，就連路過的婦孺以及附近的店家瞅見這一幕，也紛紛低下頭去，竊竊私語。他們眼中的敬意消失了，取而代之的是失望和懷疑的表情。

「你、你們胡說……！」

俞芊芊從小在靈淵閣長大，受盡師父師娘的寵愛，早就習慣了高人一等的待遇，何曾受過這等羞辱？此時的她氣急敗壞，連眼淚都湧了上來，卻又無話可駁，簡直恨不得挖個地洞鑽進去。

除了俞芊芊一行，在場唯一沒笑的便是田歸文。

以他閱人無數的目光，早就看出面前這少女嬌生慣養，外強中乾，根本懶得同她計較。他將雁翎劍往對方腳邊一扔，粗聲粗氣道：「像妳這種人，還是乖乖養在家裡，別想著往外撒潑。否則……江湖醜惡，日後有妳苦頭吃！」

話罷，轉身揚長而去。

於是乎，一場風波便在這句讖語和俞芊芊的淚水交織中落幕了。雨，又開始落下來。

肆

當晚，客棧裡，俞芊芊和朱孝先在食床上相對而坐，面前擺的菜餚幾乎原封不動。俞芊芊握筷的手都僵了，卻遲遲沒有下箸。

「師妹，妳多少吃一點嘛。」朱孝先好言相勸，卻只換來一道冰冷的眸光。

「要吃你自己吃。」

望著對方眉目含嗔的神情，朱孝先差點便要脫口而出：「妳不吃，我怎麼吃得下……」但若真如此，就太不像他了。

況且，俞芊芊自幼便揚言，非天下第一大英雄不嫁，他心想，自己本就指望不上，又何必自討沒趣？

正苦惱間，丁應龍推門進來了。

俞芊芊見到對方，立刻從椅子上蹦起，問：「如何？可有收獲？」

丁應龍坐下來，先斟了杯涼茶，這才將自己打聽到的消息悉數娓娓道來。

原來，自從五年前，幫主顏同壽病故，嗚蛇幫的各個分支便為了繼任人選一事吵得沸沸揚揚。尤其是申龍、白虎、誅仙三大堂口，甚至已經到了兵戎相見的地步了。兩個月前，申龍堂堂主鄭東烈離奇死亡，更是將幫內的矛盾衝突推到了最高點。經過一番激烈交鋒，三方人馬皆元氣大傷，這才決議暫緩內鬥，共商解決之道——而談判的地點，便選在錦絲鎮。

「今夜，鳴蛇幫將於紀家莊召開三堂大會，屆時，恐怕還有得鬧呢……」

「這麼說，那個姓田的大塊頭也會去？」

「田歸文身為白虎堂的副堂主，想必不會缺席。」

「正好！我這就去把那廝剁成肉醬！」俞芊芊聽到田歸文的名字，怒火上衝，掇起雁翎劍就往外走。然而，才跨出兩步便被丁應龍攔了下來。

「妳技不如人，就別去添亂了！」他皺眉道：「況且，你可別忘了咱們此行的真正目的！」

「那傢伙一看就知是邪魔歪道，此地有妖作祟，保不齊背後就是他在指使！」

她與田歸文雖只有一面之緣，但對方害她在眾人面前顏面盡失，早已令她恨之入骨。

「就算妳真殺了他，可那之後呢？」丁應龍嘆氣：「鳴蛇幫乃當今江湖第一大匪幫，妳這麼做，是想讓靈淵閣捲入幫派爭端嗎？」

他句句在理，俞芊芊挑不出刺來，但總覺得自己是對的。

何況，她從小就習慣了身邊人對自己千依百順，乍然遭到反駁，真可謂是可忍，孰不可忍！

「反正那些人都是惡棍！本就該死！」說著，將雁翎劍拔出，「今日誰也別想攔著我！」

朱孝先跳了起來，臉色緊張：「師妹有話好說啊，千萬別做傻事。」

「反正我就是傻！」俞芊芊怒氣登頂，一劍向丁應龍刺去。

丁應龍旋步閃避，待對方勢盡，身趨向左，去抓她手腕。

招式之間空隙凝滯，無法行雲流水，正是靈淵劍法尚未練到精純者其最大的弱點。

俞芊芊眼看前路被封，生生收回一招「鶴沖天」，改往右側掠。

快者，惟愈快者能制之。俞芊芊腳尖剛觸地，丁應龍就已攔至身前。此舉背後的意圖再明顯不過——除非將他擊倒，否則第二步是萬萬踏不出了。

俞芊芊一陣惱羞，出掌拍向他面門。

然而，靈淵閣的軟劍劍鞘都是由極柔韌的精絲織成，她不出手還好，這一出手，劍鞘回彈，撞在她的肩頭，將她震退兩步，對面的丁應龍卻是文絲不動，高下立判！

俞芊芊這才恍然，原來平時校場練劍，都是兩位師兄刻意讓著她。

這個發現使她渾身都冷了，心念百轉千迴，由驚詫轉而羞愧，再轉而盛怒！

下一刻，她劍遞左手，劍光如雪染霜，斬向朱孝先。

朱孝先本欲出手點對方天突穴，但又突然想起，此招早已超出俞芊芊現階所學。他怕遭到對方忌恨，腦中閃過了七、八種應對的法子，最終卻僵在了原地。

兩人距離不過咫尺，等丁應龍疾呼搶上時，俞芊芊的劍早已刺破了朱孝先的小腹。雖然傷口不深，但失血之多，也足夠嚇人了。

俞芊芊自己也怔住了。眼看鮮血在腳邊淌成一道小窪，她玉容慘淡，掩面向外急奔。靈淵閣的獨門輕功「飛燕絕塵」名不虛傳，她杏黃色的身影頃刻間便被夜色吞沒。

無星無月的夜裡，俞芊芊孤身一人在簷瓦間飛馳著。背後傳來師兄急切的喊聲，她只當沒聽見。

她曉得方才那劍威力不小，但以朱孝先的武功根柢，只需休養幾日，自當無礙。況且，那兩人此番居然沆瀣一氣，不順從自己，她直到現在還沒氣消呢！眼下更重要的是……嗚蛇幫三堂大會。

她停在主街上，從路邊隨便抓了個看起來像是嗚蛇幫子弟的傢伙，逼問紀家莊怎麼走。那花子打扮的人被她長劍抵胸，差點連尿都閃出來了，指著西南方，結巴道：「西街走到底左轉，再行三里，最大的那戶便是。」

俞芊芊也不道謝，粗暴地將對方推開，心想：「姓田的，給我洗乾淨脖子等著！姑奶奶這就來找你算帳！」

朝西南行出數里，果然行人漸多，全都朝著同一群墨瓦木造建築而去，想必就是紀家莊了。可越走越近，俞芊芊越覺得，此處雖美其名為「莊」，實則更像個山寨。倚山而建的屋脊層疊如浪，又如堆砌的瑪瑙，錯落其間的矮樓則是洗練的綠珠墜子，遠遠眺去，燈火通燦，氣勢雄奇。

嗚蛇幫守衛不嚴，很容易便混入了莊內。

進門後，迎面一座掛著八角燈籠的彩樓，樓內有許多落拓的乞丐浪人，正痛快地飲酒吃肉。俞芊芊不屑與之為伍，穿過長廊，很快抵達第二重樓。只見地上鋪著波斯氈毯，席間全是男子，有的英氣瀟灑，有的蓬頭垢面，大堂中央卻有十多名蒙面胡姬，扭動腰肢跳著拓枝舞，舞姿曼妙，令人心神俱奪。

俞芊芊自負美貌，雖然好奇，卻不為所動。她現在心中惦記的唯有一件事——雪恥！

第三重樓地勢最高，外觀也最為氣派。俞芊芊展開輕功，沿著外牆輕飄飄地飛上，眨眼間便來到了頂樓。此處明亮寬敞，人聲嘈雜，想必便是大會的真正地點了。

只見正廳底端站著四名男子。其中一人神態威武，頭髮卻幾乎掉了個精光，露出亮堂圓潤的頭皮。第二人年約五十，兩撇黃鬚，笑的時候左手掌心還不斷把玩著兩粒核桃，給人種極為精悍的感覺。居中那人年紀最輕，是個儒雅青年，身上一襲縞素，在眾目睽睽之下略顯侷促。

而禿頂男子後方矗立著一個捉刀人般的魁梧人影，不是田歸文是誰？仇人相見，分外眼紅。但就算俞芊芊脾氣再爆，也沒蠢到在這麼多人的面前動手。她盤算著，待自己弄清這些人的詭計後，再活捉田歸文，回去向兩個師兄邀功。到時，還愁兩人不對自己五體投地？

想到此處，心裡頓時舒暢許多。

等大夥兒都到齊了，那縞衣書生走到眾人面前，拱手長揖。

「各位弟兄，晚生鄭瑜卿，先父鄭東烈前兩個月不幸遭人暗算，臨終前將堂主之位傳予在下……」

從聲音聽來，此人內功修為甚淺。話未完，底下已有人叫起來：「本幫要職一向是能者居之，你們申龍堂還真是別闢蹊徑啊！」

「就算老堂主仙去了，也輪不到黃口小兒在這呼叱！當年老子跟隨顏幫主掃平各幫時，你還在娘胎裡吃屎咧！」

鄭瑜卿氣得面色一白，道：「家父遭人暗算，屍骨未寒，諸位與他稱兄道弟，如今卻在此爭執不休……你們還有沒有良知！」

「放屁！鄭東烈被殺，原是他自己不中用，若有人想藉機賴到咱們頭上，我那婆順第一個不同意！」

「我可沒說家父的死與白虎堂有關啊，您怎麼就做賊心虛起來了？」

名為那婆順的虯髯男子被鄭瑜卿反將一軍，在底下氣得跳腳。

他來自天竺，因在家鄉犯了死罪而東逃至唐，落草為寇，雖練就了一身銅皮鐵骨的瑜伽之術，口齒方面卻遠不如鄭瑜卿犀利，只是連叫：「放屁！放屁！」

申龍堂的人見堂主受辱，也跟著鼓譟起來，有的還抄起棍棒。

那婆順離台不遠，趁亂將一口膿痰朝鄭瑜卿臉上吐去。

眼看鄭瑜卿就要當眾出醜，隔壁的黃鬚男子忽然動了。隨著「啪」的一聲，核桃碎片飛出，將膿痰打散了，濺在旁邊的柱子上。

下一刻，男子將蛇杖往地下一敲，屋裡頓時安靜下來。

「鄭堂主之死，既是申龍堂的家事，也是本幫的第一大要緊事，又怎麼能說與我等無關呢？」

那婆順臉色一變，賠笑道：「是，還是陳堂主說得好。」

這名黃鬚男子正是誅仙堂主陳松九。

他緩步走到台前，道：「各路弟兄不遠千里而來，正是為了找出殺害鄭老堂主的兇手，還天下人一個公道。照往例，聚會期間，美酒美人供應無虞。若是為此二者而來，請移駕前堂。但若在座哪位英雄智勇雙全，能手刃兇徒，自然是眾望所歸。事情了結後，本幫也該有新幫主了。」

這番話不鹹不淡，卻無疑在暗示：無論誰破了此案，都極可能被推舉為下任幫主。

一時間，台下議論紛紛，就連混在人群裡的狄雲也挑起眉毛，心想：「這位陳堂主當真不簡單……」看來，自己的名冊裡該新添一個名字了。

「此話在理。我等願悉聽陳堂主號令，擊殺兇徒，為鄭老堂主報仇！」一黃牙老兒說道：「可不僅僅是老堂主，這幾日，還有多名弟兄遇害。此人神出鬼沒，專取人首級，就連劉名璋和吳嵩兩名香主都慘遭毒手……這些條人命，又當如何清算，還請陳堂主一併示下。」

劉名璋乃是誅仙堂中一號響鐺鐺的人物，專使一口十斤重的大刀，刀下亡魂無數。吳嵩更是赫赫有名的江南大盜，專門劫財劫色，令婦孺聞之喪膽。能割下這兩名惡霸的頭顱，那當真是人見人怕，鬼見鬼愁！

「莫不是妖幹的？」

「胡說！妖只會攝人元神，何以連頭顱都帶走？」

眼看眾人又開始騷動不安，陳松九道：「大夥兒無須慌張。有道是：『甕中捉鱉易』。兇犯自己送上門來，那正再好不過。咱們齊心協力，難道還怕他不成？柴堂主、鄭少堂主、各位弟兄，你們說是不是？」

眾口一詞，都說還是陳堂主有妙計，聽他說話像吞顆定心丸。

鄭瑜卿向前一步抱拳：「有勞各位前輩了，晚輩在此謝過。只是，此獠連續犯案，對這一帶定十分熟悉，若要一舉誅殺，還得靠紀莊主多加指點。」

紀家莊的主人紀天麟身為這次大會的東道主，雖只是一介小小幫眾，不涉江湖的富貴閒人，仗義疏財的形象卻已深植人心。

他匆忙站起，連稱不敢。

「諸位兄弟需要什麼，儘管和紀某開口，但有一件事須得謹記……咱們這一帶向來和平無事，但出了鎮子，無論如何，切莫再向北走。傳聞那邊的山嶺有妖鬼出沒，生人向來有去無回。」

嗚蛇幫中不乏武功高手，可妖怪什麼的卻不在他們的關注範圍。因此，大夥兒聽了這話也不特別掛懷，一場大會很快便在主人熱絡的招呼下散了。

會後，有人選擇回到前面二棟樓吃飯看舞，卻也有人沒入黑暗，伺機展開真正的行動。

有道是：螳螂捕蟬，黃雀在後。當了一夜樑上君子的俞芊芊做夢也沒想到，自己前腳剛離開紀家莊，便被一道神祕的鬼影給盯上了。

她尾隨田歸文等人回到主街，藏進燈火闌珊處的巷弄之內，琢磨著：待自己將今夜探聽到的情報回頭告訴兩名師兄，他們定會大吃一驚。

一想到這，心間便樂得飄飄然。

只可惜，這份好心情沒能維持太久。

暗風危夜，她突然感覺背地裡吹來一股陰風。與此同時，懷中的靈符也跟著騷動起來。

俞芊芊眉尖微蹙，低聲念誦咒語。下一刻，巨大的白狼立刻出現在她身邊，淡金色的瞳孔散發凜凜幽光，衝著黑暗深處不斷呲牙。

「怎麼了，白嵐？」

靈獸的直覺相當敏銳，隔得老遠便能察覺到妖氣。就連當初一行三人也是憑藉著白嵐的嗅覺才尋路找到的錦絲鎮。

看著白狼那充滿警告意味的動作，俞芊芊立刻警惕起來。

「是誰在那？」她轉身，朝著深巷喝道。

烏雲如蓋的天空中，連月亮也沒露半角，本該伸手不見五指。可詭異的是，俞芊芊卻覺得眼前的這團黑暗格外「生龍活虎」，彷彿有什麼東西正隔著無聲的夜幕悄悄湧動著。

不知何時，空氣裡竟飄起了霧。俞芊芊下意識地將手搭在了劍柄上。

可隨著白嵐喉中發出含混低沉的咆哮，那團看不見的黑影似乎也感受到了一絲懼怕，像見了光的蟲群一般，蠕動著縮回了猙獰的爪牙，不出片刻便消失在迷霧深處。

俞芊芊感覺自己終於能呼吸了。她收劍還鞘，抱住白狼的脖頸，將頭埋在那層又厚又暖的毛皮中，等待心跳逐漸平復。

她好歹是六大門的嫡傳弟子，對魑魅魍魎之流早已見怪不怪。然而，像適才那種看不見、摸不著，卻又煞氣沖天的凶物，卻從未聽說。

她幾乎立刻就確定了——籠罩整座錦絲鎮的這團妖雲，就是牠搞出來的鬼！

須臾，輕拍白嵐的背，道了聲：「沒事了，快去吧。」白狼立刻嗷嗚一聲，朝著鬼影撤退的方向追了過去，幾道縱躍間便沒入黑暗。

有靈獸追蹤，再厲害的妖怪也逃不遠。

俞芊芊定了定神，正想起身，卻忽然發現腳邊不知何時竟多了一灘爛泥，害得她險些滑跤。

不僅如此，定睛一看才發現，巷弄兩側的磚牆上也沾了不少深黃色的土，觸手濕黏，還帶著一股淡淡的腐味，令人聯想到蠻荒地帶的沼澤。

俞芊芊不禁打了個哆嗦。

今夜，她本是為了報仇而來的。可經過這段插曲，她已差不多將此事拋諸腦後了。

就在她打算離去之際，後方驀地伸出一隻黑手，將她一把揪住，翻了過來。隨著一陣天旋地轉，俞芊芊連反抗的機會都沒有，直接就被摁到了地上。

出手的正是上回三娘率人刺殺，卻不慎被對方逃掉的目標——宇文瀚。

身為誅仙堂的要員之一，他自然不會錯過這次的三堂大會。原來，他才是一路從紀家莊跟蹤俞芊芊至此的罪魁！

宇文瀚藝高膽大，誅仙堂裡能壓過他一頭的，恐怕也只有堂主陳松九了。然而昨夜，他的頭顱也差點成了他人的囊中物！他雖然沒看見刺客的臉，卻從對方輕盈的身段和身上那淡淡的胭脂味推斷，襲擊自己的極有可能是個武功高強的女人！

而就在剛剛，眾人離開會場的騷動中，他瞥見屋樑上閃過一截杏黃色的衣角，誤以為躲在樑上的俞芊芊就是那名女刺客，想也沒想便追了上去。

掙扎間，俞芊芊愕然回首，看見昏燈下，一個高大的影子籠罩著自己。一開始還以為是田歸文，可旋即反應過來——這傢伙身上散發出的殺氣，簡直比田歸文可怕百倍！

正所謂才出虎穴，又入狼窩。頃刻間，宇文瀚已將她牢牢箍住，向後猛甩。

這麼一摔，就算不死，八成也會撞成白痴。俞芊芊慌了，想叫卻叫不出聲來，淚珠子在眼中打轉。

若非一條細影即時飛至，她這條小命就真的要葬送在這了。

宇文瀚沒料到有人暗器偷襲，罵了聲粗話，將俞芊芊當盾牌擋在身前。

可接下來，誰也沒料到的事發生了。隨著「咻咻咻」三珠連響，即將打中俞芊芊的飛石又被同個方向射出的石子給打中，兩相碰撞，登時粉碎成屑。

兩道呼吸間，俞芊芊經歷了由生入死，由死還生的過程，嚇得魂都飛了。而宇文瀚卻突然對她喪失了興趣。他將她扔到一旁，轉向昏暗的窄巷，喝道：「何人！有本事就別裝孫子，趕緊出來！」

「——你爺爺！」

夜色空寥，一條長影從屋脊縱落，朝宇文瀚側臉踢去。

宇文瀚頭朝左偏，打算以圓化勁，卻不想，這記踢乃是旋踢，足跟滑過前額後，又從後腦狠狠砸下。若非他即時發現，向前一撲，天靈蓋恐怕就保不住了。

衣袂帶風掠過。宇文瀚匍地滾出，再爬起時，已是滿頭冷汗。

他縱橫江湖二十多年，從未遇過這種情形！

連續兩拳都被敵人輕鬆讓開，來到第三招，對方忽然變掌為抓，揪住他後領，膝蓋順勢上頂。宇文瀚被拱得差點連膽汁都吐了出來，踉蹌後退。

「你是誰？」

對面的男子笑了。那笑聲清朗得宛如萬頃碧波投入一顆鵝卵石：「若你是我在找的人，我或許還會告訴你，可惜啊……」

這話顯得沒頭沒尾，卻在宇文瀚心中掀起了巨大的波瀾——難不成，這鬼魅般的刺客，才是真正的連續殺人魔？而他這陣子之所以四處會戰幫中高手，其實是為了找尋仇家？

「卑鄙小人……！」

「怎麼不打了？」黑衣人冷笑，「難道這便是你全部的本事？」說著，右臂伸縮如電，直接卸斷了對手的下顎。宇文瀚忍不住長聲慘呼。

他生平也殺過不少人，卻不想，報應竟來的這麼快。更可怕的是，對手的一招一式他都看得清清楚楚，卻仍防不勝防，彷彿一介毫無武藝的匹夫，任人屠宰。

「嘖，本打算讓你活久一點的。可你太吵了。」那人拔出長劍，話音帶嘲。

下一刻，青光如流星一閃即逝，熱液從血槽中溢出，浸滿了劍身。

狄雲從懷裡取出事先準備好的革囊，將宇文瀚的頭顱兜進去，旋即嘆了口氣。

說實話，他不喜歡大半夜殺人。這種腌臢事還是白天幹起來俐落。擦完手，帕子隨手一扔，轉向角落裡瑟縮的人影，心想：「至於這個……又該如何處置呢？」

俞芊芊髮髻鬆了，衣服也髒了，抬起頭時，就連目光都有些發直。剛才的惡鬥，她雖瞧得清清楚楚，卻難以置信。

襲擊她的男人武功確實厲害，但跟眼前這人相比，簡直不可同日而語。究竟是多麼深不可測的高手，才能將對方逼到這般境地，竟如大人戲耍小孩一般？

她終於開始明白什麼叫做「人外有人，天外有天」。

但很快，恍惚的思緒就被一個聲音給打斷了。那名陌生男子不知何時已走到她面前，還蹲了下來，試探性地問：「妳沒事吧？」

俞芊芊剛要回答，卻在抬起眸的瞬間怔住了。

一張冠玉般的面孔映入眼簾。長長的睫毛在昏光中帶著幾分邪魅，宛如漂亮的黑鳳翎。先前的殺氣早已收起，取而代之的是傾倒眾生的笑容。

此人不僅外表英俊，舉手投足間更帶著一股天然的自信。若說田歸文是山巖，那他就是純粹無垠的夜空！尤其那嗓音溫潤如暖玉，教人不飲自醉。

美男子一個勁地盯著她瞧，表情頗為玩味。

俞芊芊張了張嘴，一時間卻什麼話也說不出來。那憨態可掬的模樣看得狄雲心裡癢癢的。

他向來捨不得殺女人，尤其是美麗的女人。但倘若留下這丫頭的性命，日後她將自己的祕密洩漏出去，可就麻煩了……思來想去，還是帶回府裡看管比較實在。

然而，邪念剛起，才要伸出魔爪，不遠處便傳來陣陣呼喊。

「俞師妹！」

「師妹！妳在哪？」第二道聲已然比第一道聲近了許多。狄雲豎起耳朵，心間一動：

「好厲害的輕功！這丫頭原來是靈淵閣的人？」

「看來，妳我今夜是無緣了。」他似笑非笑，低頭吻在俞芊芊削蔥般的指尖，「姑娘保重，咱們就此作別。」

這一吻下去，俞芊芊猶如封印解除，大夢甦醒。

「等等！」她跳起來喊道。她還不曉得對方叫什麼呢！

然而，話音未落，狄雲衣袂如風，早已從她指間滑了出去。俞芊芊想追，腳下卻虛浮得跟踩在雲端一樣，只能眼睜睜看著那俊逸的背影消失在潑墨氤氳的夜色裡。

伍

將近一月的時間，鈴都無法下床行走。狄雲把她豢養在青螢閣裡，每日將人參、銀耳、燕窩等滋補品如流水般送進來，倒也不厭其煩，還命人打了副純金鑲銀耳的腳鍊繫在她足上，一有動靜，上頭的翡翠香鈴便會叮叮作響。

自從那日被強灌湯藥，二度醒來後，鈴便表現得異常乖順。倒不是她心中對狄雲的敵意有所減少，而是她自個兒也意識到，眼下，留在這個男人身邊，對她是最有利的。

雖然堂堂赤燕崖少主淪為女奴，可謂奇恥大辱，但狄雲確實如他先前所言，對她興趣不大，除了偶爾來這唸唸書、彈彈琴，倒也不常騷擾。

白日裡，鈴見到的只有灑掃送飯的侍女、那名姓蕭的大夫，和小鬟墨香而已。到了夜晚，雖然睡不大著，卻也能打坐運氣，或者閉目養神。

每當風吹來，撥動踝上的金鈴，她便咬牙安慰自己：管它是什麼精鋼鐵打的鎖鏈，待自己一朝恢復功力，想擰斷它，還不像捏碎紙花一樣簡單？

像狄雲這種時間多得跟水一樣的闊少，成天不是聚會宴飲，便是去青樓聽曲，不然便是去觀戲。他自稱並州人氏，這些年不務正業，攜著家僕四處遊山玩水。偶然路過錦絲鎮，覺得周遭美景甚合心意，便索性住下不走了。

他每次到書房，總會對鈴說許多話，也不管她有沒有在聽。哪間酒肆的三勒漿最香，昨天哪家公子打馬球輸得一敗塗地，但說最多的還是青樓裡的風流韻事——醉春居的韓月兒姑娘和城裡的富商好上了，被對方的夫人知道了，鬧著要和離；彈琵琶的孿生姊妹花簡春、簡秋剛被贖身，卻又因為聘禮談不攏，連夜奔回教坊……種種流言，被他形容得繪聲繪色。

夏日漫漫，白晃晃的日光在地上積成氤柔的半圓影子。鈴有一搭沒一搭地聽著這些街巷雜談，偶爾忍不住笑出來，狄雲便好似得勝一般，眼梢眉角全是驕矜之色。

某次，他看書看到一半，忽然放下手中的《淮南子》，對著牆上掛的「春郊仕女狩獵圖」發起呆來。

「蘇紅姑娘的舞跳得真好啊，絕不比宮裡的貴妃娘娘遜色……」

鈴已習慣了他的浮浪言行，只是淡淡翻了道白眼：「你又沒見過貴妃。」

「貴妃雖沒見過，但有一次，我和幾個朋友去西市閒耍，正好遇見虢國夫人的儀仗經過。那當真是風華絕代，天仙般的人物……」狄雲說著，走到榻旁的龍頷琴後面坐下，心血來潮彈了半曲。

房中琴聲悠揚，窗外蟬聲日緊，日子就在這樣奇異的恬靜中悄悄流逝。若不是空氣中那股陰魂不散的妖氣，鈴覺得自己說不定真會落入歲月靜好的錯覺之中。

可惜，她的感官天生就比常人敏銳。此外，長期和妖怪打交道的經驗告訴她，氣息如此強大還絲毫不加掩藏，多半是凶性大發的上古妖獸，十分危險。眼下，她雖身子虛弱，但也不能置之不理，得先設法和瀧兒會合，再做打算。

為此，她找上了墨香幫忙。

墨香生得圓臉長眉，皮膚白皙，是典型新羅女子的長相，個性也十分溫順老實。雖然剛開始送藥時總冷冷地不願意看鈴，但時日久了，態度也逐漸軟化。她見鈴與自己年紀相仿，又際遇可憐，便答應替她打聽瀧兒的消息。

某日，鈴正昏沉沉地躺在床上數著知了，墨香捧著藥碗進來，在她耳畔低聲道：「妳弟弟被關在東院，那地方由三娘親自看管，可難進了。」

鈴眼皮一跳，火氣噌噌地往上冒。

「你們這個狄宅是專搞人口拐帶的嗎？我弟弟好端端的，為什麼要把他關起來？」

墨香嬌嫩的臉皮紫漲起來：「公子才不是那種人呢！妳可知道妳弟弟剛來時共砸壞了多少東西？打傷了多少人？連外院的雜役都被他打折了腿。出了這種事，本來是要報官的。是公子憐妳們姐弟孤苦，妳又傷重，這才決定概不追究的。一旦妳養好了，自然不會強留。」

居然連擄人綁票的藉口都想好了……鈴登時語塞。

「我家二郎小時候腦子撞壞了，才會如此胡鬧，我也是放心不下他嘛……」

「原來如此。」墨香嘆了口氣，流露出同情之色：「想見一面，也不是不行。但公子說過，不可放任妳隨處走動。倘若他怪罪下來，我可受不起……」

「我現在哪有力氣隨意走動啊。」鈴笑：「何況，東院既是三娘管轄，就算出了差錯，也怪不到妳頭上啊。」

說著，拾起几上的香爐。觸手尚有餘溫，揭開爐頂一看，裡頭積滿了厚厚一層香灰，和著桂花和沉水香的氣味。只要把這些粉末倒進腳上的金鈴，待其冷卻硬化，包住裡頭的銅球，鈴噹就再也發不出聲了。

墨香凝眉思了半晌，終於半推半就地答應了。

兩日後正好是初一，墨香趁著三娘出門採買，弄到了東院的鑰匙，接著讓鈴換上丫鬟的服飾，兩人從角門溜出了青螢閣。

午後日頭赤炎，下人們正忙著在各室薰艾。鈴隨著墨香經過曲廊，悄無聲息來到了關押瀧兒的地方。屋內十分陰暗，空氣潮濕得彷彿能掐出水來，一看便知是座廢棄已久的庫房。

瀧兒聽到開門聲，倏地躍起，呲牙咧嘴地發出低嗥。

多日不見，他的頭髮都長了，渾身找不出一處乾淨的地方，且手腳都被戴上了粗重的鐐銬。

鈴叫了他的名字。隨著這聲呼喚，欣慰與愧疚的情緒交雜著激上心頭。

瀧兒混濁的眸子閃過一抹亮色。

「可惡……妳怎麼來了？」

墨香攙著鈴坐到草堆上，捏了捏她的手說：「妳們趕緊聊，我到門外守著。」

「多謝。」鈴還以一笑，待門再度闔上，問瀧兒：「他們沒看穿你吧？」

瀧兒搖頭。

鈴暗暗鬆了一口氣，旋即正色道：「不許再跟人動手了，聽到沒？小心身分暴露。」

瀧兒沒好氣地「哼」了一聲。在陰慘的斗室裡被關了這麼多天，身上都長蚤了，如何能不煩躁？

「妳不知道，這裡的人一個個都十分古怪。他們給我聞一種煙，聞著聞著就睡著了，醒來就被關到了這裡，還多了這些破玩意……」他說著，一臉憎惡地扯了扯身上的鐐銬。

「迷魂煙？」鈴擰起眉頭。這可不是尋常人家會有的東西。莫非這個狄雲真的是個採花賊？

「那姓狄的陰陽怪氣，不知是何來路，他沒對妳怎樣吧？」

鈴聽對方形容狄雲「陰陽怪氣」，不禁失笑。瀧兒卻豎起眉：「妳笑什麼？該不會也喜歡這小白臉吧？」

鈴暗道：「好險沒有。」

她想到三娘、墨香和所有圍繞著狄雲打轉的女子。不難察覺，這棟宅子裡的姑娘們似乎都對自家公子心存愛慕。比起明刀明劍的來往，人心的暗流只有更加凶險，還是遠遠躲開為妙。

她指著鐐銬說：「別擔心，都是雕蟲小技。你按照大鵬教你的呼吸法多練幾個時辰，這些東西便再也困不住你了。」

「是嗎？」瀧兒聞言，果然神采奕奕起來。

「你出去後，到鎮上幫我打探一些消息。」鈴接著吩咐：「明晚子時，到青螢閣跟我會合。記住，別打草驚蛇。」

「放心吧，看我的。出去後，老子定一把火燒了這破院！」瀧兒聽說能離開牢房，整個人都抖擻了。他一動，身上大大小小的傷痕披露出來，可見這段日子確實吃足了苦頭。鈴見了不由心疼起來，替對方蹭去了臉上的灰，本還想多叮囑幾句，門卻「吱呀」一聲打了開。

「不好了，公子回來了，正到處找妳呢！」

墨香面色如雪，拉起鈴就向外走。兩人剛穿過跨院就聽到前方傳來腳步聲。鈴眼明手快，將墨香一把推到假山後方。剛扶牆站穩腳跟，狄雲就攜著兩名侍婢出現在轉角。

兩人目光相接。狄雲的眼神像兩團炭火要將她吞併。他屏退左右，自己卻走上前，嘴角凝起一絲冷笑。

「膽子真夠大……本公子都說過了，不許妳去見他。」

「你說了，可我沒同意。」鈴神色坦蕩，絲毫沒有要否認的意思。

「妳就一點不怕嗎？」狄雲劍眉一揚，將鈴逼至牆角，「我可是個醋罈子。」

「你若有心殺我們，早該動手了，何必等到現在？」

她越是沉著，狄雲就越是怒火中燒。他不是個容易失去耐性的人，可不知為何，這小丫頭冷冰冰的性格總能激起他酸澀的情緒。還有她那眼神……居然令他感到背脊陣陣發毛！

軟硬不吃，如此棘手的女人，他還是頭一次碰到。

「這些話，還是留到妳能走路後再說吧。」他刻薄道，旋即像拎貓兒般將對方提起，一路拎回青螢閣。

鈴離開後，瀧兒發狠練起功來。

當初，在前往天台山的水路上，大鵬曾教過他隱藏妖氣的法門。他將木槳遞給瀧兒，說：「換你來。」

瀧兒接過船槳，愣頭愣腦地想：「這也算修行嗎？」

可他總覺得，大鵬和他離家後遇見的人和妖都不一樣。那沉靜睿智的氣度，令他不由自主地卸下心防。否則，就他那臭如茅坑的脾氣，哪能輕易聽從指揮？

「武學和划船是一個道理。」大鵬道：「專心則成，分心則亂，不信你試試。」

瀧兒似懂非懂，「哦」了一聲。

划了半個多時辰，大鵬又教他一套呼息吐納法。

瀧兒練了幾遍，只覺得這和從前族中長老教授的方法十分類似，不知有何妙處。

大鵬見他一臉困惑，解釋道：「所謂妖者，生於天地靈氣，長於日月精華，無心無名，全靠妖靈附體，氣始而生化，氣散而有形。因此，練精化氣乃我輩修行之本。築基不正，則八脈不通，不僅沒辦法提升修為，還有走火入魔之虞。為了避免那樣的事發生，我今日教你的心訣，須得時刻謹記。」

「非彼無我，非我無所取，有情而無形」——這段艱深晦澀的話指的乃是妖怪修行的最高境界，肉身和妖靈陰陽並蒂，互不羈縻，妖氣大開大合，隨心所至。

然而，無論人還是妖，修行都得靠長時間的累積，憑瀧兒眼下這點微末道行，一時之間能夠領略一二已是難得。

他當時就聽懵了，如今細細想來，依舊不明所以，只能依葫蘆畫瓢，死馬當活馬醫了。遂將背挺得老直，依照口訣，先將內力從妖靈裡逼出，再一滴滴散至四肢百骸。

好在狐妖本身擁有上佳的靈根，再加上瀧兒天資穎悟，不久便入了定，腦中盤旋著大鵬的話，覺得若有所悟，卻又說不上來。

他一路從天亮練到天黑。起初，氣息不聽使喚，總在經脈裡橫衝直撞。他只得慢下來，端出他那九牛拉不轉的拗勁，將周身穴道漸次衝開，一關關闖將過去。

過程中，他呼吸越來越急促，臉色紅了又白，白了又紅，妖氣在皮膚表面形成一層淡藍色的蒸氣，就連身上的蚤子也全被淹死了。

好不容易，等到第一道曙光刺入門縫，一切終於大功告成。

瀧兒渾身骨骼陸續發出「喀啦」輕響，手腳的鐵鐐像遇熱膨脹似的，齊刷刷落了下來。

陸

午後的北里寧靜如畫，連日光都含著旖旎。

狄雲坐在紅拂院最豪華的雅間裡，身穿一襲墨紫色團花圓領袍，斜靠在軟榻上，眼皮半闔半張地聽著琵琶，順手拈起一塊蜜餞。

這季節的梅子最是清甜，一旦入了秋，那可就酸了。

剎那間，狄雲又想起了鈴昨日說的那句「你說了，可我沒同意」，胸口不禁有些發堵。還是懷裡的女子嬌嗔一聲，才將他的注意力給拉回來。

「聽說前幾日又出了樁命案，可是真的？」

那女子白玉般的頸子正好靠在他肩窩裡，仰臉就能望見那挺毅的下頦。她伸出柔荑，將對方的手往自己的妃色抹胸上壓去。狄雲也不抗拒，只是溫懶地享受著。

「這種事，該請教田兄和那兄才是，我可不知道呵……」他說，將目光投向對面的田歸文和那婆順。

「呸！」女子推了他一把，「你成天在這兒混賴，趕也趕不走，自然什麼都不曉得。」

「還是蘇紅姑娘懂我。」狄雲勾唇一笑：「若夢浮生，得一紅顏知己，狄某死而無憾。」

「狄公子果然好雅興，哪是咱們這種粗人能比的。」那婆順乾笑兩聲，眼神直勾勾望著蘇紅的半敞酥胸。

「那兄不必客氣。狄某一介紈褲，胸無大志，只求閒散自在罷了。」

「沒出息……」蘇紅伸手刮他面頰，一雙翦水秋瞳盈滿笑意。

「纏我沒用。」狄雲嘴上這麼說，卻將對方摟得更緊實了，「倒是那邊那位田兄，他是白虎堂的高手，外頭的風吹草動，都逃不過他的法眼。」

田歸文在角落裡正襟危坐，也不看舞，只是一杯接著一杯喝著悶酒。

他外表凶惡，不笑時更嚇人，走進門後，還沒半個姑娘敢靠近。

見蘇紅遞來眼色，跳舞的白衣女郎這才捧起琉璃盞，裊裊婷婷來到田歸文面前：「都說酒量識英雄，那這位郎君必定是一等一的豪傑了。」

她瞧著比蘇紅還小幾歲，舞完一曲《綠腰》，晶瑩的臉蛋泛起淡淡潮紅，更添撫媚。

「秀娘雖為女流，卻向來仰慕江湖上的風雲事蹟。不知是否有幸能與大俠共飲此杯？」

田歸文抬起眼。他本非好色之徒，今夜純粹是被拖來的。否則，近來幫中兇案頻傳，他如何有心情在秦樓楚館流連？

「這位是咱們院子新來的姐妹，小名秀娘。」蘇紅笑著插口：「她初來乍到，還請各位多多照拂。」

秀娘赧然低下頭。田歸文有些無奈，屁股向旁挪了幾寸。

秀娘大喜，緊挨著他坐下。

「秀娘最愛聽故事了，無論什麼空穴來風她都信，郎君不妨一試。」蘇紅嘻嘻一笑。

秀娘扁起小嘴：「蘇姊姊嘴最壞了。最近鎮上總是不安寧，人家就是害怕嘛……」

「也算不得空穴來風。」田歸文攏起眉，「數日前，誅仙堂的宇文瀚被人發現死在暗巷裡，連頭顱都不知所蹤。」

白虎堂和誅仙堂之間向來有嫌隙，宇文瀚那狂傲自負的性子更是招嫌，但畢竟是同道中人，田歸文想到對方死得淒慘，也難免兔死狐悲。

「田兄說得這麼玄，莫不是妖怪作祟？」

「呸，別胡說！」蘇紅擰了狄雲一把，「這般瘋瘋癲癲的……就算有妖，第一個吃的也該是你！」

「哎唷！」狄雲矯情地叫起來。

秀娘又紅了臉，趕緊轉過身，幫田歸文斟酒。

「田大哥，你打算怎麼做？」

「自然是要抓住那狂徒，替鄭老堂主和弟兄們討回公道。」

「那兇徒如此厲害，你可要多多小心啊。」

「此人不輕易出手，可每次都是瞄準了武功高強之人，也算有些膽識。這樣的角色，俺倒想會一會。」田歸文低哼。

「他這麼做，難道是想證明自己武藝出眾，無人能敵？」秀娘好奇問。

「俺不認為。綠林人才輩出，為何偏偏盯上咱們幫會？又為何選在現在下手？」

「這麼說是尋仇囉？」

田歸文又搖頭：「若鄭老堂主是他的目標，如今恩怨兩清，早該了結。這件事背後肯定另有隱情……」

「陳堂主足智多謀，必有妙招擒賊，田兄何苦自擾呢？」那婆順正和一位名為伽羅的胡妓打得火熱，隨口笑道。

田歸文臉上掃過一絲陰霾，將酒杯重重碰在桌上：「你懂什麼？要是此案真被他破了，幫主之位豈不是要拱手讓給誅仙堂？」

他一向看不慣陳松九那些陰險鬼域的伎倆。尤其鄭老堂主歸西後，對方更是以鳴蛇幫領袖自居，那副嘴臉當真令他火大。

「能不能別談那些打打殺殺的事？奴家都被你們嚇死好幾回啦！」伽羅嬌嗔。那婆順不理她，又道：「不只這樣。聽說最近這一帶還有淫賊出沒，專門擄劫少女。已經沒了三位良家姑娘，嘖……想著都覺可惜……」

「竟有這等事。」秀娘臉色一白，「我想起來了，已經好幾天沒見著重華姊了，不會是也被……」

「那隻騷狐狸，指不定是跟哪個姘頭跑了！」伽羅冷冷一嗤。

對面的狄雲聽到熟悉的名字，豁然抬頭：「妳指的可是醉春居的黎四娘？」

「呀，莫非狄郎也看上了那狐媚子？」伽羅的語氣頓時拈了抹酸，「蘇妹妹可要留神了！」

「這個沒心肝的！我還不了解他？」蘇紅笑罵，「別的女人不說，自從他家來了那隻小野貓，就不搭理奴家了。」

「哎呀，大男人養小貓兒，還真是罕見。」伽羅捂嘴一笑：「改日何不帶來讓我們瞧瞧？到底是多可愛的貓兒，把咱們的蘇大娘子都給比了下去。」

「可不是？上回把你手都咬出血了……」蘇紅心疼地揉了揉狄雲腕處的傷疤。

狄雲望上去也有些薄醉了，笑道：「狄某調教無方，不敢獻醜。倒是田兄的『四極拳』，那兄的『十八路羅剎腿』，江湖上早有耳聞，改日定要讓在下開一開眼界。」

「哦，原來狄公子也懂武功？」那婆順濃眉微挑。

「花拳繡腿罷了。」狄雲慵懶一笑，去搔蘇紅的頸窩。

蘇紅作勢要掙脫，卻被對方箍得實實的，復又跌了回去：「別理他……他喝多了就是這副德性，跟小孩兒似的。」

伽羅望見這一幕，笑得花枝亂顫，連酒都灑了出來。

此刻，紅燭昏帳，春色滿園，唯有田歸文心不在焉。但就在他想藉口離席時，樓下卻驀地傳來陣陣喧嚷。

秀娘好奇地推開窗，赫然看發現底下黑壓壓的全是人頭。鴇兒率著幾名龜奴、小廝堵在門口，一派心急火燎的模樣。

「二位少俠留步，這……您不能進去啊！」

對面的藍袍青年掏出一枚五色符印，在鴇兒面前晃：「妳瞎了？連六大門的人也敢攔！」

「冤枉啊！不是奴不肯，而是整個場子都被包下了，實在是不方便啊……求您行好，無論想找哪位娘子，都明日再來吧！又或者……給您送去府上也行！」

「都說了，不是來找把式的。」藍袍青年怒道：「我找那姓田的！」他的同伴更是直接扯開嗓門叫：「田歸文！你出來！」

秀娘嚇一跳，連忙把窗關上。

田歸文的臉色變了又變，想開門出去，秀娘拉住他衣角，緊張道：「還是別去了……」

「沒事。」田歸文衝她咧嘴一笑。「不過是幾個狐假虎威的崽子，且看俺教訓教訓他們。」

回頭望去，只見那婆順正眯眼靠在軟塌上打盹，也不知是真睡還是假寐，狄雲卻站了起來。

「田兄，我與你同去。」

田歸文與對方結識不過三日，見他舉止輕浮，只當是個繡花枕頭，沒想到遇事倒也義氣，答道：「好。」

此時，青樓門口早已圍了一圈湊熱鬧的閒人，田歸文和狄雲擠到前方，見兩名錦袍青年正和鴇兒對峙。鴇兒一看到狄雲，就像久旱逢甘霖，巴巴地撲了上來。

「狄公子，不是奴薄您的面，這……實在是攔不住啊！」

「杜姨別緊張，天塌下來總有我擔著。」狄雲一邊笑，一邊非常有技巧地將對方黏呼呼的爪子從自己肩上撥開，目光順勢掃過兩名不速之客。

「不知貴客駕臨，狄某有失遠迎。」

「你是誰？」朱孝先蹙起眉峰，眼帶敵意。

「在下姓狄，單名一個雲字。二位想必就是靈淵閣來的除妖師吧？狄某早就聽聞近日鎮上來了高人，今日一見，果真是英姿煥發，名不虛傳啊。」

都說伸手不打笑臉人，何況對方上來就是一通馬屁，對面兩人聽了，一時間也不好再出言挑釁，以免墮了自家門楣。

田歸文此時也站了出來，大聲道：「凡事只管衝著俺來！東拉西扯的，可不算什麼好漢！」

「好，」丁應龍冷笑，「既然如此，我也不多繞彎子了，咱們今日前來，就想問前輩一句：俞師妹現今人在何處？」

聽到俞芊芊的名字，田歸文兩撇濃眉高高揚起：「真乃怪哉！你們自家人丟了，干俺何事？」

「她趁著我們不注意，獨自攜劍外出，定是找你尋釁去了！」朱孝先怒道：「否則小小一座破鎮子，她還能上哪？」

「先前的事是我們不對，還請前輩高抬貴手，別和一個小姑娘計較。」丁應龍也說。

田歸文無緣無故被扣上一頂「誘拐少女」的帽子，氣得腮邊肌肉一顫，正要發作，狄雲卻搶先道：「兩位少俠，狄某雖不懂武功，不涉江湖，卻信得過田兄的為人，他絕不是那種行事不端的陰詭之徒。」

「你說他不是就不是？你能替他擔保？」

對方咄咄逼人，田歸文終於忍無可忍了。

「哼，你們來這的目的不就是為了捉妖？」他冷笑，「怎麼如今出了怪事，不設法查個水落石出，卻反倒賴到俺頭上？」

朱孝先臉上一紅，道：「是師妹她自己說的，就在幾天前，她潛入三堂大會，險些遭到了你們鳴蛇幫的暗算！」

田歸文聞言，險些一口老血噴出來，丁應龍還在一旁幫腔：「就是啊。何況，為了安全起見，我一直讓靈蛾跟在師妹身邊。若她的失蹤真的跟妖有關，我們不可能沒有察覺！」

狄雲順著對方手指的方向看去，終於看見了停在他肩上那隻色彩斑斕的飛蛾。另外，朱孝先左手則拎著一隻胖嘟嘟、毛茸茸的老鼠。

一蟲一鼠。

不會吧……難不成，這就是這兩傢伙的靈獸？狄雲差點當場笑出來。敢情靈獸的型態原來和主人的性格是相互呼應的！

但顯然，現在拿這事來刺激對方並不合適。

他連忙咳嗽一聲，正經八百地轉移話題：「實不相瞞，近來坊間盛傳鎮上有色魔出沒，專門擄劫美貌少女，令師妹已經不是第一位下落不明的姑娘了。」

此話出，丁朱二人同時變色。

「但光著急也沒用，」狄雲繼續悠悠道：「兩位兄台不如隨在下進屋一敘。」

所謂關心則亂，此時的朱孝先和丁應龍就好像兩隻無頭蒼蠅，被狄雲三言兩語遛得團團轉，最後竟鬼使神差地跨入了妓院的門檻。

鴇兒目送他們的背影，心中一疊聲地唸阿彌陀佛。

這位狄郎君真乃她們紅拂院的大貴人！今日之事，一邊是鳴蛇幫的副堂主，一邊是六大門的除妖師，若不是他從中調和黑白兩道，到時雙邊大打出手，這裡還不給他們掀個底掉？

鴇兒心裡樂開了花，面上卻張牙舞爪，朝著看熱鬧的群眾不客氣地揮手：「散了，都散了！別杵在這兒晃悠！」

四人來到二樓的雅間落座，還是狄雲起的話頭。

「先談談妖怪的事吧，二位來到鎮上也有四、五日了，可有收穫？」

朱孝先和丁應龍互看了一眼，表情都有些難堪。

最後還是丁應龍鬆了口。他喉頭滾動了一下，乾巴巴道：「這整座鎮子都被妖氣籠罩著，但我們嘗試了所有的方法，不管是燒符作法，還是拿黑狗血設陷阱，就是沒有動靜。」

「也許是躲起來了……妖怪不都生性狡猾？」

狄雲就是隨口問問，但丁應龍卻搖頭。

「像這種修為深厚，卻未化作人形的邪祟，妖力的來源多半是周邊的自然環境。若想斷其根基，就必須把牠的巢穴找出來。」

「這是用來占卜妖怪出沒位置的古帝錢。」朱孝先說著，從懷裡摸出幾枚鏽跡斑斑的錢幣，朝空中拋去。反覆試了三遍，銅板落下所排列出的形狀卻每次都不一樣，這使得他的表情越發陰沉。「就連這個法子都失靈了，只怕這次碰上的，並非尋常妖物……」

狄雲呷了口茶，陷入沉思。

他只有在很小的時候曾見過妖，也不懂如何驅邪除魔，但在他看來，這世上所有難以解釋的現象，背後多半都是人在搞鬼。

「令師妹失蹤前還去過哪些地方？和什麼人說過話？是否有異常的舉止？」他問道。

「師妹這幾日確實有些反常。」丁應龍皺眉，「我們來到這兒的第一天晚上，她獨自潛入鳴蛇幫打探消息，直到天亮才回來。從那時起，她整個人就變了……」

「如此說來，不就是自己邂逅俞芊芊的那一晚？」狄雲心想。「鳴蛇幫大會、暗殺宇文瀚、救下俞芊芊，還有俞芊芊和田歸文之間的這點恩怨……把這些線索全湊在一起，他終於明白了，那天深夜，俞芊芊為何會獨自躲在暗巷中，又為何會被宇文瀚伏擊——原來竟是這樣！」

當時，他被對方的美色所惑，情不自禁多說了兩句話。爾後，又為防她追上來，在親吻手指的同時，偷偷給她下了點迷藥。

那樣的月色，那樣的邂逅，想必無論換了哪位少女，都會從此魂不守舍。

半幅真相已然大白，狄雲又是尷尬，又是好笑，其餘三人卻仍坐困五里霧中。

他忙將心思藏好，問：「你們最後一次見到她是什麼時候？」

「昨晚。當時，她又想偷溜出門，幸好我們及時發現，跟了上去。可誰知……跟到螺珠巷，人卻憑空消失了。」

這回，換狄雲和田歸文面面相覷了。

須知，名冠江湖的「飛燕絕塵」共分為七層，俞芊芊不過練到第三層，便已如此囂張。論武齡，丁應龍和朱孝先整整比她大了五歲，想在二人眼皮底下逃脫，絕非易事。

「昨夜俺一直跟在堂主身邊，寸步不離。你們連個小娘皮都看護不住，卻來怪俺，跟令師妹又有何區別？」田歸文冷笑。

對面兩人被此話一堵得無言以對，垂頭喪氣的模樣宛如兩隻犯錯的家犬。狄雲甚至都開始可憐他們了。

「你們報官了嗎？」他問。

丁應龍搖頭苦笑：「下手的必是江湖高手，報官又有何用？」

「也是……白虎堂的那婆順說，近來鎮上已經丟了三個姑娘，加上醉春居的黎都知和這位俞姑娘，一共也五人了。這可不是個小數目啊。」狄雲轉動手中的茶杯，若有所思，「至於他們下手的對象，有歌妓、良家女子，甚至還有六大門的人，可見不是尋常採花賊。」

「你懷疑誰？」

「錦絲鎮近來龍蛇混雜，可疑者眾。想必除了田兄外，令師妹還得罪過不少人吧？」

狄雲不疾不徐道：「又或者，她真的只是外出散心，樂不思蜀而已……」

丁應龍和朱孝先聽見這話，皆是一臉失望。狄雲見再難從他們口中榨出什麼有用的消息，又好言勸慰了一番，接著便讓蘇紅送客下樓。

田歸文佇立欄邊，望著丁朱二人的背影遠去，正猶豫著是否該將此事稟報堂主，卻忽然感覺一隻手搭上肩膀。

「田兄，關於那些下落不明的少女，你是否還知道別的線索？」

狄雲語氣平淡，田歸文聽了卻心中一凜。

經過此番插曲，對方在他心目中的形象已然大改，他的態度更是從原先的輕視轉變為迷惑、激賞、忌憚……

然而，狄雲畢竟替他解了圍。就算心中尚有疑團，也阻擋不了他對眼前男子生出一股惺惺相惜之感。

「狄兄弟，能否借一步說話？」

狄雲似乎早料到他會這麼說，嘴角微微上挑：「田兄所言正合我意。天色尚早，咱倆再去喝他幾杯。」

柒

子夜的更聲剛響，一道黑影無聲落在青螢閣的屋脊上，揭開瓦片，如一縷青煙溜入書房。幻術尚未解開，鈴就已經知道是他了，睫毛輕輕顫了幾下，身子卻仍凝定不動。

上回對戰殷常笑時，她被對手的琴聲震傷了心經與心包經，雖然外傷已癒，內力恢復卻依舊緩慢。

然而，也不知是否歪打正著，自從兩日前去了東院一趟後，堵在胸口的那團鬱氣終於紓解，這才一口氣打通了心經。

這會兒，她又將真氣沿著周身走過一遍，直到大汗淋漓才停下。一睜眼便看見瀧兒一臉憂急地望著自己。

「出來啦？」她笑眼一彎：「感覺如何？」

「妳還有心情問這個？外頭都要翻天了！」

「怎麼說？」

「鳴蛇幫在鎮上召開三堂大會，他們的人滿街都是，還死了好多人！」

「什麼？」鈴眉心一跳。

她也從狄雲那兒得知了近日鎮上來了許多鳴蛇幫弟子，和妓女們打得火熱。凡涉及武林中人的消息，她總會格外留意，但始終沒能探聽出更多情報。至於命案什麼的，對方更是瞞得一絲不漏！

瀧兒年紀小，對江湖所知有限。但偷溜出狄府的那晚，他見路上都是些三教九流的人物，便隨手抓了一個來質問。也真苦了那名申龍堂弟子，挨了好一頓飽打才將事件的來龍去脈交代清楚，包括鄭東烈之死、鳴蛇幫內鬨，以及轟動錦絲鎮的連環殺人案。

鈴聽得眉頭緊鎖。她萬萬沒想到，這座小鎮竟暗中聚集了這麼多高手，各方角力，殺機重重。由此看來，這次事件恐怕不只是單純的妖患，背後或許另有隱情。想到此處，太陽穴便隱隱作痛。

「替我去尋樣東西。」她心念一轉，吩咐瀧兒道，「但記住……別輕舉妄動，別讓人發現他們關不住你了。」

對方離去後，窗外的黑暗似乎又濃了幾分。鈴下意識往懷裡探去，卻摸了個空。

她自小漂泊在外，夜裡，身邊盡是豺狼虎豹，以及比豺狼虎豹可怕百倍的男人。在這樣的環境下，她早已養成習慣，睡覺時兵刃不離手，哪怕是最細微的草動也能把她驚醒。即使後來到了赤燕崖，這毛病也沒改掉。

如今，少了雪魄刀，就像少了條臂膀似的，更難入眠了。她只能蜷縮在牆角，閉目等待日出。

但沒多久，外頭卻傳來一陣清脆的聲響。接著，門被粗魯地推開，一幢人影跌跌撞撞地闖入，倒在榻上。

鈴認出狄雲，略略一驚。

雖說這登徒子整日遊手好閒，流連花叢，但她卻從未見他喝得這麼醉過。

鈴不敢出聲，縮在牆角，聽對方咕噥道：「雲想衣裳花想容，春風拂檻露華濃……若非群玉山頭見，會向瑤台月下逢。」

她不識得李白這首名滿京華的《清平調》，只覺得這個醉鬼成天嘴邊念叨的盡是些靡靡之音。正想移得離他遠一點，腮邊卻忽然撲來熱氣。灼熱的胴體貼了上來，卻是狄雲從後方一把摟住了她的削肩。

鈴驚乍之餘，臉上也跟著瘋狂地滾燙起來。掙扎間，磁性的嗓音伴隨著呼吸落在耳畔：「想跑？」聲沉如水，卻又含著幾分薄怒。

「別以為我不曉得妳的祕密……」

鈴頓時僵在當地——「這傢伙搞什麼鬼？」

但她畢竟身經百戰，很快反應過來。再顧不得隱藏武功，重心下墜，左肩微舉，朝對方的天突穴使勁撞去。

可下一刻，狄雲擱在她頸上的右臂忽然揚起。鈴被這股大力一扯，雙足險些離地。轉眼間，呼吸艱難，她連忙收緊全身關節，像尾游魚般硬生生從狄雲臂彎中滑脫出去。

她在赤燕崖時，除了韓君夜外，還曾和四個本領高強的妖怪學過武功，分別是孔雀精、狌狌、夔牛*以及蠍子精。這套縮骨功便是她從狌狌張詰那裡學來的，緊要關頭派上了用場。

狄雲的輕薄無恥鈴早就領教過了，但令她震驚的是，自從打通心經後，她的功力明明已恢復了五成，剛才那下竟然沒能掙脫！

興許是喝醉的緣故，狄雲見她金蟬脫殼，卻沒有繼續糾纏的意思，只是一手晃著酒壺，似笑非笑地瞅著她。

兩人就這樣無聲對峙起來。潺潺的月光從半掩的門扉流入，池灑一地。

幾個時辰前，狄雲拉著田歸文上酒肆喝了個痛快，並得知了一個驚人的消息。

原來，陳松九率領的誅仙堂這幾年私下運營黑市，專幹人口買賣的勾當。平時，鳴蛇幫的三大堂口彼此還算有默契，誰也不擋誰的財路，但到了錦絲鎮這鳥不生蛋的地方，某些人還繼續興風作浪，其囂張貪財的程度已令田歸文難以忍受。

打聽到這等趣事，也難怪狄雲今夜心情格外好。

---

* 夔牛：山海經中的妖怪，外型若牛，獨腳。其皮可以拿來做戰鼓，骨頭可以製成無堅不摧的兵器。

回府後心血來潮，就想和這隻新養的「寵物」玩玩。畢竟，他在對方身上投資了不少心血，就連最喜歡的青螢閣也騰出來給她住，若到最後一無所獲，這筆買賣還真說不過去。於是站起身。

鈴眯了眯眼，衡量著是該跟對方動手，亦或直接奪門而出。

但她終究還是低估了這位大少爺語出驚人的本領。

半晌，狄雲對上她那遇神殺神，遇佛殺佛的目光，舉起酒壺，懶洋洋道：「今夜月色難得。走，陪本公子出去賞賞。」

青螢閣的後方有座小露台。今日雖不是十五，但夜色撩人，涼風習來，當真是酒不醉人人自醉。

然而，鈴卻如坐針氈。

目光不時朝隔壁一臉慵懶的男子瞟去，手裡攢緊床櫃裡搜到的細簪，暗自下定決心，對方等會兒若再有什麼出格的舉動，就一針扎死他。

但狄雲對她的敵意視若無睹。

「妳可知這裡為何叫青螢閣？」他慢悠悠地問。那口吻就好像兩人是失散多年的老友一般。

「你愛怎麼稱呼便怎麼稱呼，干我何事？」鈴沒好氣道。

「妳看那裡。」

隔了片刻，鈴才半信半疑地將視線轉向前方。

這片竹林並非精心修剪的瀟湘竹，而是充滿著蟄伏的野性，參差的翠葉在月光下搖曳不止，中間漂浮著點點幽綠。

狄雲不知從何處弄來了一把團扇，悠哉地搧了兩下，曼聲道：「如今正是流螢的季節，此處賞螢再合適不過。」

話剛說完，就有成群的螢火蟲從樹叢裡飛出來。有幾隻停在露台的階梯上，宛如星光跌落凡塵，近在咫尺。當真美極。鈴不禁屏住了息。

斜過眼，卻見狄雲長袖籠起，將那些宵行*捉了又放，放了又捉，深邃的眸中有光在聚積。

「沒想到這登徒子竟也會有如此稚氣的一面……」她忙輕咳一聲，打斷這幅養眼的畫面。

---

* 宵行：古代對螢火蟲的別稱。

「你說知道我的祕密，此話究竟是何意？」

既然都來到這一步了，她想，乘著對方酒酣耳熱，或許能從他嘴裡撬出什麼。

然而，狄雲只是淡淡掃了她一眼，薄唇微啟，涼涼吐出接下來的話。「習武講究的是強身健體，保命為先。可妳卻反其道而行。妳以為自己不怕，但凡是人，面對死亡時一定會有所動搖。再輕微的恐懼也是恐懼，就像再堅實的牆也必有隙可乘……因此，妳渾身皆是破綻。」

鈴心裡「喀噔」一下。

她記得很久以前，師父也曾跟她提過類似的話，只是當時的她沒特別放在心上。但師父畢竟是師父，這傢伙又算哪根蔥，敢如此大放厥詞？

一時間，腦中千迴百轉，憤怒混合著恐懼、懷疑、驚凜等情緒交雜著激上心頭，令她瞳孔陡縮。但她終於還是全部忍下來了，只化作一聲低低的：「你是誰？」

狄雲將臉湊近，凝睇著她。眼波迷離，嘴邊依舊掛著邪笑：「正巧，我也想問呢……妳在我府裡住了好些日子了，我卻連妳的名字也不知道——妳又是誰？」

鈴被他盯得渾身不自在，正想起身走人，卻被對方拉住了。

「妳的傷絕非人為，妳的武功也和玄門正宗沾不上邊；妳既非閨中女眷，也不是除妖師一流，小小年紀便出來行走江湖，想必是有苦衷的吧。」

「苦衷？」

鈴想到幼時的顛沛流離，多年的勤學苦練，以及師父臨終時對自己的叮囑，一時心中滋味難言。

但狄雲醉了，她可沒糊塗。

「聽好了。」她掙脫對方的手，正色道：「這座鎮子不乾淨！我雖不清楚鳴蛇幫內部的糾葛，但惹上凶妖絕不會有好下場。若不想死，就趁早帶著府裡的人離開這裡！」

這句警告來得突然，卻和白天裡朱孝先、丁應龍所說的話不謀而合，狄雲先是挑起眉毛，接著輕慢地笑了。

「從古至今，人們總喜歡把那些醜陋陰暗、見不得光的事情怪到所謂的妖魔鬼魅身上。可說穿了，真正為禍世間的，其實還是那一顆顆千瘡百孔的人心……」

「你不信我？」

「我只信天底下沒有永遠的祕密。縱使世道瘡痍，也終有報應不爽的一日。殺死鄭東烈的兇手，遲早會現出狐狸尾巴。」

鈴愣了愣。

她沒想到一個養尊處優的貴公子看待世情的眼光竟會如此鋒利。可換個角度想，至少他不像多數人一樣隨波逐流，也不像青穹四劍那樣，為了追求俠名不擇手段。

想到這，她的語氣不知不覺緩了下來：「人有善惡忠奸，妖亦如是。雖說普通人感覺不到妖氣，但只要不做虧心事，對生靈懷抱敬意，少去陰氣重的地方，便不容易被邪祟纏上。」

「哦，感覺妳挺有經驗的嘛。」狄雲笑道：「莫非妳也是除妖師？妳如此聰明多才，就不怕我從此惦記上，捨不得放妳走？」

鈴望著他那不懷好意的笑容，臉色一黑，剛剛好不容易升起的那點好感就這樣徹底坍塌了。

趁著天色尚未大亮，她返身逃回屋裡，將背靠在牆上，胸中心跳如擂鼓。

不久，屋外傳來低微的鼾聲，想必是某人終於睡著了。

經過一番天人交戰，鈴最後還是硬著頭皮，將狄雲拖回了房中。不把他扔在外頭整夜吹風，就當作是報答他當初收留自己，也好從此恩怨兩清。

至少，她是這樣說服自己的。

童年的創傷和坎坷的經歷使她一向對陌生人滿懷戒備，甚至養成了習慣，先以惡看人。但狄雲的態度卻令她感到特別困惑。

「真想剖開這顆心，看看裡頭塞的都是什麼枯枝爛葉！」她望著對方毫不做作的睡臉，恨恨地想。

對方似乎壓根不怕她趁他熟睡之時痛下毒手，又或者，他已經自信到了「就算是睡夢中，也足以對付妳」的地步！

一個人就算有心隱藏實力，仍會在不經意時露出破綻。因此，早在兩人到東院去瞧瀧兒的那日，鈴便看出了墨香身懷武藝。而想也知道，這樣一所深宅大院，就連蓄養的新羅婢都武功不弱，主人怎可能是一介普通紈褲？

「無論這傢伙酒醒後是否記得今夜之事，青螢閣都是萬萬待不得了……」鈴望著窗外蒼白的月光，鬱悶地心想。

且她還有另一事想不通。這段時日死於非命的人那麼多，為何狄雲會獨獨提起申龍堂主鄭東烈？

根據瀧兒的消息，鄭東烈不僅死了，而且死狀淒慘，五臟破裂，胸口的皮膚被剝去，就連頭蓋骨都被撬開來了，白花花的腦漿溢得到處都是。

一想到那畫面，鈴便感到渾身不適。

雖然狄雲認定此案是仇家下的手，但在她看來，事情沒似乎那麼簡單……這種時候，與其胡亂瞎猜，不如直接求問。

思忖間，鈴從懷裡掏出一個油紙包，裡頭放滿了一根根的香，乍看之下和一般祭祀時用的檀香差不多，只是顏色略深了些，高度也只有手掌那麼長。

此香名為蛟香，據說是用南海蛟龍的筋做成的，極其珍貴，若非特別緊急的情況，她斷不會隨意使用。

只見她朝手裡的香呵了口氣，下一刻便有輕煙自頂端裊裊升起。

隨著煙霧逐漸散開，鈴閉上眼睛，在心裡默念咒語，很快便陷入了沉睡。

蛟香能夠將練妖術的效果發揮到極致，甚至讓元神相通的兩者在堪比現實的夢境中見面談話。

當鈴再次睜開眼時，看見的是一片廣闊無垠的綠波。湖面上漂浮著白色的霧嵐，蘆葦中間繫著一葉扁舟，頭戴斗笠的漁翁正獨自坐在船尾垂釣，龐大的身軀和底下的幾桿瘦竹形成強烈對比。

但偏偏人家穩若泰山，反倒是鈴輕盈落下的動作，惹得船身咿咿呀呀的晃了幾晃。

「少主，釣魚講求的是心平氣和，像妳這般風風火火，是不會有收穫的。」

鈴不理會大鵬的抗議，逕自盤膝坐下，開口便問：「大鵬，你有聽過妖怪虐殺人類的例子嗎？」

大鵬抬頭瞅了自家少主一眼，額頭的橫紋微微皺起。

「妳來找我，就是為了問這個？」

「這問題有何不妥？」

大鵬見對方避而不談，眉頭皺得更深了，頓了半晌才道：「妖所需的是人類的元神。若宿主死亡，元神亦會跟著消散。因此一般的妖在捕獵時，都會盡量避免使用粗暴的手段。」

「說得也是。」鈴聽到這，再度陷入沉思，直到大鵬的下句話將她拉回現實。

「但凡事皆有例外。」

「例外？」

「妖和人一樣，都受到七情六欲的支配，自然也會有失去理性的時候。當某些妖怪被仇恨或欲望沖昏頭時，便會不惜戕害人命。例如：上古妖獸會侵占人的身體，蛇妖會活剜人心，白骨精嗜吃嬰兒，還有……」

「那有沒有會剝人皮膚，削人天靈蓋的？」鈴插口問道。

「……有是有，但妳說的這種情形非常罕見。」大鵬收起釣竿，嚴肅地打量對方：「少主，妳該不會又攤上了什麼麻煩了吧？」

「我保證，這次真不是我的問題！我就是隨口問問……」

看見鈴侷促不安的模樣，大鵬揉了揉眉心，沉沉嘆了口氣，一副「拿妳沒輒」的表情。

「這是很久以前流傳下來的傳說，連我也未曾親眼見過。可據古書記載，曾經有人發明出一種名為『血鬼棺』的邪器，能夠將妖的本體封印在裡頭。被囚禁的妖怪會逐漸失去本心，變成任人操縱的邪魔。這種怪物怨念深重，喜愛食人腦髓，被牠襲擊的人類，不僅頭蓋骨會被掀開，就連胸口的皮膚都會被剝去，最後五臟潰爛，成為一團紅色的肉糜，稱為『血屍』。」

「血屍……」鈴震住了。她望著眼前的湖光山色，思緒陷入瘋狂的運轉。

若鄭東烈真的是被血鬼棺中的邪魔殺死的話，那麼這樁案子就不僅僅是單純的謀殺了。從錦絲鎮上方的妖雲推測，兇手極可能想在這裡掀起更大的風浪！

捌

正當鈴為了血屍案陷入苦惱時，俞芊芊這廂卻碰上了更大的麻煩。

昨夜，她獨自在街頭徘徊，意外撞見了一起綁票案。歹徒眼看事跡敗露，索性一擁而上，連她一塊綁了。

她不曉得對方的身分，只知道再次睜開眼，已身在一座潮濕的地牢裡。另外，房間的角落還坐著其他六、七名衣衫不整的年輕女子。

離她最近的少女正低頭抽泣著。光線自牆上的裂縫滲入，正好照亮了她的臉。清如蓮蕊，我見猶憐。就連俞芊芊這種眼高於頂的人都不禁眼光一跳，暗叫：「好一個美人！」

美人身穿杏花粉齊胸襦裙，頭上插著海棠細玉釵，既不顯張揚，又不失貴氣，妥妥的大家閨秀，跟這間陰暗骯髒的牢房擺在一起，簡直一朵鮮花插在牛糞上。

她見俞芊芊看著自己，難為情地吸了吸鼻涕。

「妳也是被抓來的？」俞芊芊問。

少女微微頷首。

「這都幾天了呢？」

「三天。」

「有吃的嗎？」

「每天兩次，守衛會開門送飯。」

至少不會活活餓死。俞芊芊暗鬆了口氣，抖了抖身上的塵埃，站了起來。

自從去了鳴蛇幫三堂大會回來，她夜夜無法安寢，腦中盡是那名瀟灑劍客的影子。何況……對方還吻了她！就算只是手，那也是個吻啊！師娘和她說過，親吻便是愛的表現。想到這裡，她不禁心口灼熱，頰飛紅暈。

她從小便聰明不足，頑固有餘，又不食人間煙火，以致當日被狄雲迷昏醒來後，便暗自下定了決心——這輩子非此人不嫁！

然而，即使一見鍾情，她卻連對方的名字都不曉得，只能暗中打探。

也正因為她連日來總是魂不守舍，一個人在街頭遊蕩，這才有了昨夜的風波。若非如此，她堂堂靈淵閣弟子，也不至於淪為階下囚。

更倒楣的是，她醒來時發現，自己的隨身物品竟然一樣不漏，全都被搜走了。沒了劍和靈符，她便只剩下叫罵的功夫了。

下一刻，她大步流星走上前，朝門用力踹了兩腳。

「不長眼的畜牲，快把本姑娘放出去！知道我是誰嗎？」

屋內其他少女被她嚇了一大跳，紛紛抬眸，猶如驚弓之鳥。

鐵門兀自不動，窄窗對面浮出一張男人的臉：「嚷嚷什麼！」

俞芊芊這輩子和人比賽嗓門，可從來沒有輸過。

「叫你們這群陰溝耗子的老大滾出來！」她隔著高窗怒吼：「本姑娘可是六大門的人！」

據她過去的經驗，只要她這麼一喊，無論對方是誰，十之八九都會夾起尾巴，換上一副畢恭畢敬的狗臉來。但這次可沒那麼容易了。

只聽門外侍衛冷笑一聲：「告訴妳，進了這，就是皇帝老兒的人也甭想走。堂主沒空理妳這小娘皮。若嫌寂寞，就叫聲好郎君來聽聽。」

俞芊芊被占了便宜，自是咬牙切齒，但突然想到，對方既脫口說出了「堂主」二字，難不成是鳴蛇幫？

「好呀！好一個鳴蛇幫！果然是群無惡不作之徒！那日她在鎮門口大顯神威，出手教訓，也不算冤了他們！」

還想繼續罵，忽然有人從背後輕拉她的衣角，卻是剛剛那名襦裙少女。

「姊姊，妳還是別招惹他們了。」她小聲道：「上回有個小娘子，不過哭得大聲些，就被他們拖了出去，到現在還沒回來……」

「有這等事？」俞芊芊先是一愣，接著豎起眉毛。

她一向自詡為鋤強扶弱的大俠，既遇到了這種事，又豈能袖手旁觀？

她對上少女可憐巴巴的眼神，凜然道：「不能坐以待斃，我們定得想個法子逃出去！」

少女望著她決然的表情，詫異地眨了眨眼。

俞芊芊道：「我是靈淵閣的弟子俞芊芊，妳呢？」

原來少女姓周，閨名楚含，是鎮長張晉收養的義女。她聽說對方是六大門的除妖師，眼神亮了一亮，更襯得膚光如雪。

「那姊姊的本事肯定很大囉。」

「也沒多大啦……」俞芊芊搔了搔頭。

她雖然臉皮厚，但想到自己空有一身武藝，卻仍失手被擒，也不禁有些羞愧，「別老叫姊姊，我可不比妳大，叫我芊芊就行了。」

周楚含微笑著將俞芊芊拉到角落，從懷裡探出一顆饅頭，塞到她手裡。

「這是昨日留下的，味道不好，妳暫且忍耐些。」

俞芊芊怔怔看著手裡的饅頭，受寵若驚。她從小養尊處優，自然也養成了挑嘴的毛病。但瞥見對方巧笑倩兮的模樣時，卻突然覺得這塊餿饅頭有千金之重，就算再噁心也得吞下肚。

人在患難中總是容易動情，短短幾句話間，兩名女孩已對彼此生出了好感。

又過了幾個時辰，到了晚膳時間。牢門「咿呀」地打開，走進一名面帶黃鬚的中年男子。俞芊芊看見他的臉，忍不住失聲叫出來，下一刻才警覺地摀住嘴。

幸好，陳松九並沒有認出她。隨著一顆心落地，俞芊芊這才想起來，三堂大會那晚，她一直躲在屋樑上，也難怪對方不認得自己。

陳松九走路時，還不斷將手中的兩粒核桃捏得嘎吱嘎吱響，那捋鬚哂笑的模樣令人感覺格外猥瑣。他指著角落裡一名哭到脂粉脫落的女子道：「就她吧。雙腳跟缽盆一樣大，年紀也不小了，一看便知不值幾個錢……」

話剛說完，那名女子隨即被護衛從地上拖起，在眾目睽睽下被推搡出了門，消失在狹暗的地道內。

一柱香的時間過後，地牢的地面突然劇烈搖晃起來，俞芊芊這才如夢初醒。她強忍著內心的恐懼，奔去將耳朵貼在牆上，只聽見隔壁傳來一陣窸窸窣窣的怪響，彷彿有無數長蛇沿著地面蜿蜒爬行。

不好……她一定得做什麼才行！

正在手足無措之際，她發現頭頂上方的土牆有道小縫。

俞芊芊像壁虎一樣順著牆壁往上爬，一路爬到牆頂，扒住洞口朝裡看。

透過裂縫，她看見了一幕令人發怵的景象——牆的對面是個像巢穴一般的地方，入口周圍爬滿了紫色的苔蘚以及比人手腕還粗的藤蔓。更恐怖的是，地洞的深處竟是一張長滿森森利齒的血盆大口！

只見那妖怪撕開鮮紅糜爛的嘴，發出「嗬嗬」的聲音，而附近的樹根也隨之張牙舞爪地蠕動，彷彿進行著一支血腥的舞蹈。對面的女子呼救不及便被拆吃入腹，而牆壁這頭的俞芊芊卻忍不住驚叫起來！

隨著她狼狽跌落在地，牢門很快再度開啟。

陳松九陰狠的目光在幾名少女身上來回掃著。輪到俞芊芊時，不由停了下來，心想：「好一個殺氣奔騰的小娘子！」

其他俘虜全都害怕地低下頭，唯獨她，彷彿想用眼神將他大卸八塊。

但就在他準備衝對方下手時，他發現了躲在俞芊芊背後的周楚含。儘管將秀髮往前撥，卻仍遮不住麗色。兩條似愁非愁柳葉眉，堪堪一握小蠻腰，望得人身子都酥了。

「嗯，這個嘛……」他捋了捋鬚，露出貪婪的微笑，「餵了未免有些可惜，不如送去給『那一位』。」

俞芊芊見陳松九的手下朝自己筆直走來，仍能強裝鎮定。然而，當她發現他們真正的目標時，卻瞬間跳了起來：「放開我！別碰她！」

俞芊芊奮力掙扎，但撲上來的三名壯男都是陳松九的親隨，拳腳功夫自然不在話下。她手上沒劍，只能一陣亂踢亂打，幾招間就被制住了。周楚含被帶走前，掩面回眸，那幅想哭卻又不敢哭的表情撞進她眼裡，猶如刀割。

俞芊芊骨髓都涼了，心想：「自己受人恩惠，如今卻只能眼睜睜看著對方送死，從前師父教的那些大道理算是白學了……」

離開靈淵閣後的日子似乎比年還長——五天前，她還以為自己武功蓋世呢！隨著牢門關上，她本就不堅固的內心又再一次被深深的不甘所席捲。

同時，離俞芊芊不遠的地方，卻有另一間囚房，關著另一名姑娘。

她整個人被鎖鏈掛在牆上，裙裳被扯得稀爛，上頭滿是乾涸的血跡。手腕處的鞭痕怵目驚心，若非那雙半垂半張的眸子，恐怕誰都會以為她早斷氣了。

陳松九不急著料理周楚含，卻率著兩名心腹，來見這名被折騰得半死不活的少女。

「快起來！起來！」

三娘聞聲抬起頭，眼中布滿鮮紅的血絲。嘴唇張了張，卻沒吭聲。恍惚間，全身狠狠哆嗦了一下，卻是陳松九身邊的嘍囉提來了桶冰水，朝她兜頭兜臉潑來。傷口接觸到冰水，宛如千蟲齧咬，痛得她渾身筋攣，不醒也得醒。

「你的主子究竟有何目的？還不把一切從實招來？堂主，何必再問她？直接動手不就得了？難道咱們還怕那小子不成？」

「不急。」陳松九負手而立，平靜道：「凡事都得有所準備。」

「是。」那婆順眼珠子一轉，滑頭地笑了：「還是您老神通廣大，光憑這點線索，順藤摸瓜，便抓到了這賤婢。」

身為陳松九安插在白虎堂的暗樁，他平時不好拋頭露面，能跟在堂主身邊的時間不比旁人，自然不能放過任何逢迎巴結的機會。

自從上次和狄雲等人去了紅拂院後，他便奉陳松九之命，緊盯住狄宅，終於在一次跟蹤三娘的過程中，發現了這外表嬌柔的少女，竟然就是殺害眾多弟兄的兇手！

三娘認出來人，忽然鼓起氣，朝陳松九腳邊狠狠吐了口血沫。

「賤蹄子，死到臨頭還想造亂！」那婆順跳起來，反手摑了她一記耳光。

少女纖細的頸子當場扭了過去，臉頰被刮去了一層皮，滿嘴腥味。隔壁的陳松九卻連袖袍都沒晃一下。

三娘見他無動於衷，雙眼彷彿要迸出火來：「原來……是你……」

「瞧不出，還挺有骨氣的。」陳松九輕哂：「不過，就算妳不說那也無妨。我很快就會讓妳知道，這世上有些事，遠比死更難令人消受……」

第伍章、情絲劫

壹

話說，三娘失手被擒的那晚，瀧兒又神不知鬼不覺地溜了出去。

他展開雲雷步，在屋頂間不斷竄躍，精光爍爍的眸子四處亂瞟。比起狐狸，此時的他更像隻大潑猴。

翻過東院的高牆，繞過狄雲起居的「閑雲閣」，前方便是下人們所住的外院。

他輕巧落地，在一樹海棠花前直起身子。

月色流銀，星河如錦，這一夜，天上天下彷彿都開滿了海棠。

瀧兒穿過曲折的迴廊，來到院落盡頭一間廂房。門上的鐵鎖被他伸長的指甲一掐一扭，生生斷成三截。

他眼明手快，搶在鐵塊落地前一一抄在手中，這才沒引發動靜。然後，將門扒開一個縫，逕直走了進去。

屋裡黑漆漆地。但以狐妖靈敏的視覺，根本無須擔心。他掃了眼四周，很快便反應過來，自己的懷疑沒錯，這庫房正是間兵器室！

牆上掛著障刀、槊、槍等常見的武器，井然有序，顯然是有專人打理。但居然還有四煞棍、鶴爪鐮、鐵琵琶、流星鎚等十八般奇形兵刃——這些可不是尋常富貴人家會有的玩意。

瀧兒心想：「若非這位狄大少爺對刀械有著近乎偏執的癖好，便是處心積慮地想行兇。」各種線索湊在一塊，真相已然呼之欲出。

然而，剛邁出半步，背後驀地傳來一聲：「站住！」

瀧兒的感官被四面八方的血腥氣衝擊得嗡嗡作響，居然沒留意到後方逼近的殺氣。

「再敢動一步，就把你腦子打穿！」

三娘站在那。月光將她的纖影拖得長長的。她手上還握著一把簇鋒青銳的元戎弩。

「你這白眼狼，公子好心饒你不死，你卻想恩將仇報……哼！當真是自作孽，不可活！」

瀧兒不過是來替鈴找刀的，被沒來由一頓臭罵，火氣立馬衝了上來。但此刻，敵人的箭正對著他背心，那些問候對方祖宗的話到了喉頭，只好生生吞回去。

「說！你怎麼找到這的？」三娘喝問。

弓弦繃緊的聲音混合著夜風的呼嘯，填滿了一整室的寂靜。

瀧兒的小腦袋飛快地轉動著。

周圍的武器都離得太遠，構不著。如此近距下，他又沒有把握能躲開對方的箭……

「啊，算了，沒時間猶豫了！躲不過也得躲！」

下一刻，他身子忽矮，腰旋半圈，右腿跟著橫掃出去。房間的地上本來就積了層黃土，被他這一攪，頓時塵土飛揚。

——咻！弩弦一鬆。

瀧兒偏過頭，險險地避開了這一箭。接著，趁對方嗆得灰頭土臉之際，撲向鄰近的櫃子。櫃頂放著一把寬背大刀，他順手抓起，往背後一扛，正好擋下了敵人的第二箭。

寒鐵發出油煎般的滋響，被灼出一道淺溝。

三娘猱身而上，大弩一揮，朝瀧兒直砸下來。她本是將門之女，經過狄雲的調教，更是練成了刺客中的佼佼者，這才能在鳴蛇幫的眼皮底下連取多位高手的首級。

瀧兒好不容易截住這一擊。見劇毒的箭簇離自己的咽喉不過半寸，眼中閃過一輪紅光，背上寒毛頓時「唰」地豎起。

「臭小子，納命來！」

「少廢話！看本大爺一刀剁了妳！」

雙方本就互看不順眼，如今大打出手，使得更全是性命相搏的招數。

僵持半晌，三娘忽然凌空躍起。瀧兒重心來不及收回，向前踉蹌。但他也不急躁，立刻匍地滾出。

勁風掠過耳際，對手三箭連發，篤篤篤地釘入地裡。

兩人翻翻滾滾又過了十招，瀧兒不敢正面迎敵，將牆壁上掛的武器一個個拔下，朝對手擲去。三娘從沒見過這種無賴打法，又是飛足踢沙，又是亂丟東西的，陰招盡出，不禁勃然大怒。

「臭瘸子，有種就上，藏頭露尾的，算哪門子真本事！」

瀧兒想回一句：「取妳狗命也就夠了！」但他近來接連遭遇強敵，倒也學會了能屈能伸，暫且忍了這口氣，只是刨爪呲牙地瞪著對方。

三娘背起長弩，從懷中抽出匕首，風也似地斬出。這招如挾冰霜，瀧兒眼見無處旋身，撈起桌上的一把金錢鏢，天女散花般向後灑。

寒光嗤嗤，三娘不閃不避，將十多枚金錢鏢盡數斬落。手腕疾翻間，劍尖已逼至瀧兒眼睫。

她使的這套「薙風劍法」淵源神祕，江湖上罕見罕聞。可顧名思義，一旦功力成熟，就連風中細飄的柳枝都能斬斷。

瀧兒急中生智，從地上踢起一桿長槍。這下時機抓得巧妙，三娘若再進一步，勢必要撞到刀稜上。

對方武功比他高，瀧兒賭她不會和自己爭這一招一式的勝負。

果然，下一刻，三娘斜出半步，繞開揮來的槍頭。但她不退讓，反而將手搭上槍柄，來一招借力打力。

這一撞正中瀧兒腰眼。他向後直摔，須臾又咬牙跳起，心想：「賊婆好厲害，老子若再不想法子離開這破屋，可要橫著出去了。」

生死關頭，忽然又想起那日大鵬在小舟上對他說的口訣。什麼「有情而無形」，他懶得管，只要結果能贏就好！

心念拐處，三娘又再度揮動匕首，朝敵人前心砍來。

這招「流雪」激起的炫光猶如層山疊浪，寶劍出鞘，絕少失手。

然而，這回卻刺了個空！只見瀧兒身形一扭，竟從匕身與牆壁間那道無法圜身的空隙消失了！留下的只有點點激起的血沫。

這一剎那，雙方都愣住了。不僅三娘不敢置信，就連瀧兒也不確定剛剛究竟發生了什麼。結果還是瀧兒先回過神，趁著三娘不備，四爪同時離地，一招「靈狐出穴」撲向她肩頭。

三娘迅速返身，短劍一挑一砍，截住對手的掌勢。

瀧兒這回學聰明了，眼看一擊不中，隨即展開雲雷步向外衝，打算三十六計走為上策。然而，快到門口時，眼角卻晃過一道熟悉的犀利寒光。只見右首木架上躺著一把通體純銀的短刀，露在外頭的部分光華如鏡，勝似一段秋水，正是鈴的「雪魄」。

三娘挺劍疾刺。瀧兒抓起雪魄，上身猛地朝後仰，整個人幾乎對摺成了一半。他用尾巴撐住地，趁著兵刃交接之際，「噌」地滑了出去。

這種事，發生一次還可稱之為僥倖，可第二次就不一樣了……

三娘見自己的「薙風劍」居然在一個不知從哪個洞裡冒出來的小鬼面前一再失手，氣得臉色鐵青。正想揮劍了結對方，外頭天空卻驀地變色。

背後陰風吹來，沉厚雲層如巨蟒翻滾，裹住了月亮，捻熄了星光。頃刻間，天地一片昏暗，伸手不見五指。

這下變起倉卒，連三娘都怔住了。身為狐妖的瀧兒卻能在黑暗中目視如常。他抓住這個天賜良機，一溜煙閃出屋外，逃命去了。

出了小庫房，瀧兒全身的血流還兀自澎湃不已。他手中緊緊握著鈴的銀刀，足下輕蹬巧縱，翻過花架和院牆，暗呼：「好險！」

這座狄宅果然是個賊窩！再晚一步，恐怕他就要落得和宇文瀚他們一樣的下場——腦袋和身體分家。不過雪魄總算是找回來了，也不枉費他辛苦走這一遭。

一冷靜下來，旋即想到剛才危急中使出來的身法……他可不記得自己會這麼厲害的功夫啊！

狐妖的法術共分為七層，分別是：「幻形」、「雲雷」、「葉隱」、「沙尾」、「業火」、「勾魂」、「轉生」。瀧兒初出茅廬，連毛都未長齊，只修得了化成人形的「幻形」，飛簷走壁的「雲雷步」，以及隱藏妖氣的「葉隱」。至於接下來的內容，全都是一知半解，唯有小的時候曾聽長輩們提起過。但當時的日子無憂無慮，玩耍都來不及，哪聽得進這些大道理？反倒是今日，竟在絕境中領悟了大鵬教他的口訣，鬼使神差地使出了第四層功法——「沙尾」。這種幻若鏡花，狡如飛沙的身法，正是青丘狐族的絕學。

瀧兒一口氣奔出數里，直到再無力氣才慢了下來。

他對附近的地形不熟悉，匆忙間也未計較自己是往哪個方向跑，此時卻有些找不著北了。踟躕間，身下忽然傳來一陣詭異的沙沙聲，伴隨著刺耳的鏘鳴，共同打破了夜的寂靜。同時，空氣裡的妖氣也變得濃重起來。

瀧兒心裡一緊，連忙沿著屋頂撒腿狂奔。可無論他往哪個方向跑，那聲音都緊追不捨，甚至還有越來越響的趨勢，彷彿有千萬隻蟲蟻在爬噬。

直到他轉入主街，底下突然響起一道叱令：「布陣！」緊接著，一條胳膊粗細的青藤乘著夜風迎面捲來，上頭布滿了細密的刺，在月光下散發瘆人寒芒。

瀧兒大驚失色，連忙將短刀一格，借力後彈。

但才沒飛出多遠，腳邊的泥地便再次裂開。那些襲來的觸手矯若游龍，在空中不斷翻滾，尋瑕抵隙。瀧兒敏捷地避開了一條，卻被另一條掃中左肩，整條臂膀瞬間痲痹。

他摔落屋瓦，正好砸中一名埋伏的敵人，兩人一齊跌到地上。對方被拉作墊背，當場暈了過去。瀧兒趕忙爬起，屏住氣息，心中叫苦不迭。

可就在此時，西面也響起了一片尖銳的音浪，吸引了妖怪的注意。金屬的鏗鏘和藤蔓的進擊，兩者相互呼應，正宛如雷鳴緊隨著閃電，織成一道天衣無縫的網，瀧兒越聽越是震驚。

抬頭，卻見一道人影在半空與飛舞的觸手鬥在一起，挽成一束的長髮被風高高揚起，不是三娘是誰？

三娘身如飛星，避開敵襲，肩上強弩發動，接連發出三支毒箭。

但普通的攻擊顯然對眼前的妖怪不起作用，隨著中箭的觸手倒下，又不斷有新的觸手從地面鑽出，怎麼砍也砍不完，三娘周旋在敵陣中，時間一久，也頗感吃力。

她在黑暗裡什麼也看不清，全憑聽覺來判斷周圍的局勢，但瀧兒卻不一樣。

此時的他終於恍然大悟。

原來，敵人佈下的這個陣法總共分為內外兩圈，由二十六人組成，伏兵一旦發現敵人接近，便會伺機敲響手中的鐵環，將對方的位置透露給同伴，同時指揮妖怪進行攻擊。這種圍剿策略不需要功夫高，拿來對付落單的高手卻相當有效。

瀧兒剛才那下失足，實際上卻是因禍得福。他撞昏了對方的哨探，等於躲進了這座圓陣的盲角，其餘人根據鐵環聽聲辨位，都追擊三娘去了，一時周遭再無敵人，居然給他稀裡糊塗地闖出了陣。

他抓起一旁昏迷的黑衣人，瞥見對方腰間那刻有「仙」字的銅勾，腦中頓時浮出三個字：鳴蛇幫！

自成名起，鳴蛇幫便以陰險毒辣的手段以及神出鬼沒的陣法威震江湖。

如今，三娘身陷重圍，很快便發現那些妖藤是按照鳴蛇幫的命令在進行攻擊的。她眉頭一皺，衣帶倒捲，朝最近的黑衣人掃去。

那人天靈蓋被拂中，頓時腦袋開花。但同時，五條藤鞭也已奔至她面前。眼看敵人距離遙遠且分散，無法輕易反擊，位於陣央的三娘索性嬌叱一聲，將黑衣人的屍首當作擋箭牌，自己趁隙一個筋斗竄了出去。

每根觸手上都布滿了細小的倒刺，一旦刺入體內便拔不出來了，非要狠狠撕下一塊血肉不可。隨著五條藤鞭同時抽回，空中傳來一道宛如西瓜破開的聲音，那名倒楣幫眾當場慘遭分屍。

底下的瀧兒抱著軟垂的左臂剛踏出兩步，忽覺天降甘霖。本以為是水珠，伸手去抹，卻又膩又滑，竟是「血雨」！抬眸一望，空中的景象驚心動魄，連他這種不怕髒的都感到腹間一陣翻絞。

完了，這下子恐怕一整個月都吃不下肉了……

他強忍噁心，低頭疾奔。

但三娘畢竟是見過大風大浪的，區區幾個死人可嚇不倒她。兩道呼吸間，她數箭連發，將左右兩人分別射倒。好不容易將這棘手的蛇陣捅出了破口，正想一口氣突圍，黑暗中卻突然傳來一道號令：「巽風迴轉追龍馭，蛇尾橫掃吊雙鞭！」

這兩句艱澀的話三娘聽得很懵，可沒想到，那些看上去大字不識一籮筐的鳴蛇幫眾卻瞬間動了起來，整個陣形也隨之一變。包圍圈一下子收緊，原本空出的位置立刻有人替補上來。同時，下方橫空襲來兩條拇指粗細的青藤，分別纏上了三娘的雙腿。

三娘心臟一抽，暗叫：「不好！」

「震雷落響奪蛇膽，乾坤破空取九環！」

寒光疾閃，三娘在空中如陀螺旋轉，利索地斬斷了束縛。但她的兩條腿早已失去知覺，整個人盪在空中，宛如遭了大風的柳絮。

此時，鳴蛇幫的陣勢又起變化。鐵環齊響，形成一片尖銳沸騰的音浪，令人神昏智搖。四下爬噬的藤蔓紛紛朝陣央湧來，織成一片綠色的暗潮，猶如飢渴的蟲群，在鮮血的刺激下徹底陷入瘋狂……

三娘咬緊牙關，身形一幌，手腕抖處，打偏了幾條觸手，但後頭的攻擊卻是無論如何也避不開了。

尖刺入肉，痛徹骨髓。她手指一麻，匕首無聲無息地落了下去。薙風的刺客瞬間成了千瘡百孔的網中魚。

相比之下，瀧兒絕對是幸運的。他放棄飛簷走壁，一瘸一拐地扶著牆走。但很快便發現，這一帶處處都埋伏著鳴蛇幫的人！

看來對方早有預謀，他今夜卻是闖進了一個布置精密的死局！

不出片刻，前方拐角處閃出一名鳴蛇幫眾。瀧兒想也沒想，猱身直上。對方連敵人的面貌都沒來得及看清，就被他騎了上去。他先是捣住那人的嘴，接著使用尾巴勒住對方的喉嚨，稍一運勁，「喀」的一響，那人的脖子就斷了。

瀧兒鬆了口氣，抹了把額角的冷汗。

直到這時他才領悟，原來，悄無聲息的殺人也是一門學問。不說別的，單是剛剛刀落到地上的聲音，就足已引來追兵了。

不祥的念頭才剛升起，前後果真都傳來了腳步聲。此刻，手臂上的毒液逐漸蔓延，他的身體已越來越不聽使喚，但靈台卻依舊清明，心想：「無論如何，先闖出去再說！」

他拾起橫刀砍向為首的敵人，接著身形幌進，一招「白蛇游江」狠狠拍在對方胸口。放倒了兩個，還剩四個。

瀧兒眨去眼前血光，右手手肘外翻，正中一名鳴蛇幫弟子的下頷，將其擊飛了出去。又踏住另一人的鋼棍，爪子探破胸膛，將對方向後一甩，如此方衝開一條血路。

他向左一拐，拐入巷弄裡。但見兩側皆是高牆，對面又衝來一批手持火把的鳴蛇幫眾，所有去路皆被堵死，當真是甕中之鱉。

瀧兒心一沉，手中的刀卻握得更緊了。眼神透亮，宛如夜幕飛星。

他還有許多心願未了，還沒變得更加強大！不能死！

鳴蛇幫的橫刀刀身筆直，刃長約二十寸，在激烈的巷戰中能發揮出比雪魄更大的殺傷力。

暴喝間，刀光大漲，瀧兒轉眼便砍倒了三名敵人。鳴蛇幫的部眾見他身陷重圍，卻勇悍非常，紛紛倒退，不敢直攖其銳。

瀧兒挺刀直闖，左挑右砍，一路衝至巷口。但就在此時，前方忽地飛出一枚暗器，對準他胸膛直奔而來。他閃避不及，仰天後倒。

在血水橫流的泥地上滾了一圈，好不容易撐起身，胸口卻痛得緊縮。下一刻，有人飛出一足，踢掉了他的刀。

「去你奶奶的！」瀧兒勃然大怒。

那人一腳狠狠踹在瀧兒背上。他咬破舌尖，大咳起來。

「是那女人的同夥嗎？」

「管他的，先帶回去，交由堂主處置。」

瀧兒聽著幾人的話，真想怒懟回去：「你們這些渣子，別當本大爺已經死了！」但無奈，一口氣滯在胸間，連貓叫都發不出。

正當他以為大限將至時，忽然瞥見前方地上插著一根熟悉的綠色小箭，混濁的眼神亮了亮。那是三娘的箭。

敵方帶頭的男子吩咐完手下，剛要轉身，腳尖卻驀地劇痛起來。目光向下瞥去——乖乖不得了！剛才還躺在地下不知死活的少年，手裡不知何時竟多出了一根箭頭，正朝著他的腳掌猛刺！

「小畜生！」

那人長吼一聲，對著瀧兒就是一陣悍踢。瀧兒早有準備。他使出渾身力氣，一個打挺向後翻起，踩著幾名敵人的肩膀，蹬上後方的矮牆，右手攀住牆頭，翻了過去。

被他用毒箭刺穿腳掌的男子怒氣勃發，加速毒液攻心，痛得滿地打滾。瀧兒聽見他淒厲的慘叫，心中甚是暢快，也不管牆的另一邊是什麼，身子一鬆便跌落下去，失去了意識。

貳

不知過了多久，瀧兒悠悠醒轉，鼻間沖入一股凝冽的香氣……睜開眼，發現自己正躺在一張舒適的軟塌上，先是一怔，接著腦際轟然炸響，猛地坐起。

旁邊傳來女子驚喜的叫聲：「噫！你瞧！真的有效！」

瀧兒七葷八素地滾下床，一個立足不穩，又摔了下去。

「這回總算是我贏了！」

「好，妳贏……通通算妳贏。」

這幾句對話充滿了曖昧，瀧兒越發感到糊塗了。自己該不會是死後來到了陰間吧？但旋即想到：不對啊，自己是妖，死後魂魄理應重歸自然才是，怎會如此不得安寧……

「吵死了……」他哼唧道。

「喲，還會說話呢！我就說這大食來的薄荷香露有奇效吧。」女子嘻嘻笑道。

她身穿一襲湖綠色繡葉坦襟襦裙，手挽泥金披帛，臉搽厚粉，黛眉朱唇，盯著瀧兒的眼角飛起一道弧度，甚是嫵媚。

「小可愛，你傷還沒好，可別亂動呵。」

小可愛？瀧兒徹底無語了，心想：「這女人說話顛三倒四的，究竟是何路妖道？」

「妳別靠太近。別看他生得這樣，可兇著哩！」男子警告，人卻懶洋洋地臥在房間另一頭的靠榻上。「光是我府裡的家丁就被他抓傷了好幾人呢。」

「那定是你們先欺負這孩子！」女子轉頭啐道。

這名美豔的女子瀧兒從未見過，但那名「坦腹東床」的男子，不是狄雲是誰？

「怎麼是你？」

「怎麼不能是我？」狄雲橫了他一眼。「若非本公子一早把你從陰溝裡撈出來，你早做水鬼去了。」

原來，昨日瀧兒被鳴蛇幫圍追堵截，逃到了石橋上。他翻過的那堵矮牆其實就是拱橋的護欄，一落下去，直接「噗通」入水，一路順著河渠漂到了紅拂院後方的小溝。灑掃的小鬟見狀，叫上蘇紅，蘇紅則趕忙讓狄雲把人從溝裡撈起。

蘇紅看了看狄雲，又看了看瀧兒，似乎察覺了兩人關係不大友好，正想開口，瀧兒卻已憋不住了。

麻藥的效果早退了，他顧不得蘇紅也在場，直接縱身躍起，朝狄雲撲去。狄雲也不客氣，左足一點，挑起面前的几案，踢將過來。霎時間，碎瓷和茶水濺了一地。蘇紅震驚得捂住了嘴。

「臭淫賊！」瀧兒張口便罵。「你把老子關了那麼久，今日就取了你的小命！」

狄雲露出促狹的笑：「果然是個不懂事的，你姊姊可比你守規矩多啦。」

瀧兒聽了，瞬間怒氣登頂，就連平時藏起的尖牙都暴露了出來。

「閉上你的狗嘴！」

兩人一言不合，轉眼間拆了十多招，狄雲運指如風，連點瀧兒的幾個胸前要穴。瀧兒身子未退半步，卻巧妙地一一避過。這靈動的身法，正是「沙尾」的精萃所在。

狄雲長袖帶風，拂向瀧兒肩胛，中途卻眸色一動，說道：「你是妖！」

眼看身分被識破，瀧兒非但沒有收斂，反而更加無所顧忌了，狐尾散開，一個騰身便朝對方正臉抓去。誰知狄雲卻不躲避，閃電出手，已折住了他的手腕。瀧兒臉色唰白，呲牙咧嘴，卻硬是沒叫出聲。

狄雲見他這副死豬不怕開水燙的模樣，嘆了口氣。

「真是朽木不可雕也……」言罷，鬆手。

瀧兒向後歪出數步，背心撞在桌角上。

「你到底想怎樣？」他質問。

狄雲迎上對方的目光，不懷好意地笑了：「要你幫我。若我猜的不錯，昨晚伏擊你的正是嗚蛇幫。三娘現在就落在他們手裡。」

瀧兒回想起那兇險的一夜，三娘被妖怪活活纏附的情景，背脊陣陣發涼。

那名舞劍成風的少女……她還活著嗎？

此時，敲門聲響起，是杜姨娘在喚蘇紅。蘇紅應了聲「噯」，一邊走向門口，一邊揮手示意背後還在大眼瞪小眼的兩人：快走。

狄雲揉了揉眉心，一副「拿你沒轍」的微苦表情，揪住瀧兒的前襟，將他提了起來。瀧兒連反應的時間都沒有，下一瞬，狄雲已推開窗口，一躍而出。

原來又是晚上了。

腳下一排排的火光刺入眼底。狄雲拎著瀧兒就像拎著一袋柑橘一樣，毫不費力，腳程更是飛快，一下子便穿越了好幾個街坊。但瀧兒忽然發現，他們並不是朝著狄宅的方向前進，反而是來到了昨夜自己和三娘遇襲的街坊。

他的戒心一下子升高了。果然，沒出多久，身後便傳來勁風撲到的聲音。

「小心！」

但狄雲才不需要他提醒。他後腦彷彿生了眼睛似的，一個優雅斜身，避開了飛來的暗器，向前立定。

「看來我猜得不錯，他們果真在等你自投羅網。」

瀧兒被對方夾在臂彎下，簡直要七竅生煙了——這個混帳，居然拿他當誘餌！

但更氣人的還在後頭。眼看斜刺裡的巷弄竄出一群手持兵刃的鳴蛇幫眾，將兩人團團圍住，狄雲嘴角浮起一絲壞笑：「既然他們那麼記掛你，那就送給他們吧！」說完，將瀧兒朝著迎面而來的黑衣人扔了過去。

這一擲看似漫不經心，勁道卻出奇的大。

瀧兒如離弦之箭般衝向地面。夜風刮過面頰，激起令人清醒的痛感。

他散開五爪，刺入一名鳴蛇幫弟子的胸膛。那人痙攣著倒了下去。他飛快地越過屍身，直取第二人的雙目。

經過昨夜連番苦戰，眼下的他雖還未完全練就「沙尾」，但比起和三娘相鬥時，實力已不可同日而語。

趁著敵人措手不及，轉眼間便撂倒了四、五人。

雙方戰成一團，一名手握橫刀的男子想趁亂從後方偷襲瀧兒，還沒得手，自己卻先栽了出去。原來，狄雲不知何時已欺近，飛出一腿，正踹在那人胸口。

瀧兒見「隊友」姍姍來遲，臉黑得跟鍋底一樣。

狄雲卻毫不在意，一記旋身，將對方拖進垂脊下方的陰影裡。

背後先是傳來暗器釘入牆壁的聲音，緊接著又是一陣雜沓的步伐。昨夜那道熟悉的聲音再度響起：「守好位置，別讓他們跑了！」

瀧兒激靈了一下，道：「小心，他們要放妖怪出來了！」

「究竟是哪個陰溝裡爬出來的山精野怪，我倒想會一會！」狄雲挑眉冷笑。言罷，丟下瀧兒，身影一晃掠出。

瀧兒只來得及叫一聲「喂！」對方的背影便如一縷長煙，消失在節比鱗次的樓宇間。

「那個瘋子！」

狄雲直搗陣央，長袖微動，手上不知何時已多出了一把閃閃生輝的長劍。鐵鑄的劍身怎麼看也有十來斤重，卻被他輕輕抄在手中。

起落間，烈風橫掃。持鐵環的鳴蛇幫弟子倒了一片，其中內功不濟者，更是當場吐血。

瀧兒追上去，看到的便是這幅景象。

「你……」

「就是這些傢伙擄走了三娘？」狄雲的語氣凜若冰霜，還透著幾分輕蔑。

瀧兒：「別管這群雜碎，要留意的是……」

可話還沒說完，便有一大團猙獰的藤蔓破牆而出，將兩人腳下的屋瓦擊得粉碎。狄雲急忙捉住瀧兒背心，飛身而起。

此時，瀧兒已看出狄雲和三娘的功夫屬於同路，只是兩者所用的兵器一個短巧輕盈，一個沉重威猛。「薙風」到了狄雲手裡，搖身一變，從落葉無痕的殺手鐧，變成了刈割生命的巨鐮，拿來群毆，當真再適合不過。

只見他一手抓著瀧兒，一手舞開重劍，霸道的劍風直接將捲來的藤蔓震得柔腸寸斷。妖怪發出憤怒的尖嘯，瀧兒則當場驚呆了。

他沒想到這世上居然有人能不靠法器，光憑內力就幹掉如此強大的妖怪。

但那看上去彷彿蜈蚣和爬藤混生而成的怪物也並非省油的燈，雖被狄雲斬了兩條臂膀，卻憑藉著超強的再生能力，硬生生將對手給纏住了。又過片刻，狄雲眼看無法速戰速決，長眸半斂，不耐煩地冷哼一聲：「去吧，小鬼！這裡有我就行了！」

話音剛歇，瀧兒發現自己又被丟出去了！

「先是抓著他不放，如今又嫌他累贅……狄雲這臭淫賊，當真是豈有此理！」他一邊朝著底下的黑衣人飛去，一邊怒氣沖沖地腹誹。

然而，落地一抬起頭，頓時明白了對方的用意。

「龍虎相逢水火撞，三圈輪轉天地合！」

隨著前天夜裡的那個神祕嗓音再度響起，瀧兒搶過一對鐵環，展開雲雷步，朝著全場唯一一個沒有在動的人影直直殺了過去，正是那名站在隔壁屋脊上，雙手揹在身後，發號司令的青衣男子！

經過這番裡應外合的攪局，井然有序的蛇陣登時節奏大亂。

瀧兒揉身直上，高舉鐵環，對準那名穿青紋長袍的首領兜頭砸落，卻被輕鬆避開，想收回此擊，手腕又被敵人反扣住，登時進退兩難。他不死心，假意撲倒，一招「雲鶴亮足」反勾對方脛骨。

他見鈴用這招屢試不爽，於是也想依樣畫葫蘆。

陳松九看也不看，右手按出，準備劈死這小蟲子。可就在此時，卻忽然迎面衝來一股排山倒海的殺氣！他眼光飛快一眨，返過身，蛇杖正好迎上狄雲氣勢洶洶的長劍。

原來，經過方才的一番觀察，狄雲發現對方並非是被附身，只是單純能夠召喚妖怪出來，且對那妖怪的操控能力似乎有限，還遠遠未到如臂使指的程度。正因為看穿了這點，他才不惜以自身為餌，使出這招「攻敵必救」之計，脅迫對方撤手。眼看妖怪的觸手如飛蝗般射來，二人即將同歸於盡，陳松九果然沉不住氣了。

只見他用力捏緊了手裡的蛇杖。狄雲只覺得一股涼意從腳底颼颼地冒上來，那些四面八方襲來的怪藤一接觸到那陰冷的氣息，就跟蟲子遇到水一樣，立刻縮了回去。

隨後，陳松九又發出了一次「指令」，不出多久，周圍那些蠕動的爬藤全都乖乖鑽回地下去了。他自己則趁機調勻呼吸，冷冷打量狄雲。

「閣下想必就是狄少俠吧。」

「狄某這廂有禮了。」

「敢問少俠這身功夫是師承何人？」

「見笑了。」狄雲答得不慍不火，「家師瘋瘋癲癲，粗魯不文，長年隱居山林，成日無所事事，說出來前輩也不識得。」

此話出，連陳松九也怔了一下。

江湖人向來最是尊師重道，絕不敢污衊師尊，沒想到此人居然脫口說自己的師父「瘋瘋癲癲，粗魯不文」，實乃大不敬！

心中狐疑，面上卻淡淡一哂：「狄少俠風流瀟灑，不拘小節，果然不同於我輩俗人。但有道是：『英雄難過美人關』。老夫聽聞，狄少俠素來憐香惜玉，因此今日特別備了份厚禮，還請少俠垂鑒。帶上來！」

一聲令下，隔壁樓頂閃出四條人影。三名鳴蛇幫弟子架著一名粉裙少女。她雙手被縛，環髻半歪，嘴巴還被塞了布團一類的東西，兩隻眼圈紅通通的，但螓首蛾眉，一看便知是個出色的美人。

這女子正是周楚含。

她平時一位大門不出，二門不邁的大家閨秀，經過連番驚嚇，早已哆嗦得站都站不穩了，只是無助地看著狄雲。

「如何，狄少俠？」陳松九獰笑。「這份禮，你看著可還滿意？」

狄雲不回答，臉色微變。

陳松九笑意更深，向手下遞去一道眼色：「站那麼遠做甚？快送來，讓狄少俠瞧個清楚。」

其中一名幫眾奉命將周楚含向前一推。但她絲毫不會武功，在又高又窄的屋脊上才沒走出幾步，一個重心不穩，居然整個人摔了下去。

「該死！」

剎那間，狄雲和瀧兒同時往周楚含跌落的方向衝了過去。瀧兒還略有遲疑，狄雲卻是毫不猶豫，如箭離弦，搶在周楚含身子落地前伸手將她接了個滿懷。

「精彩！漂亮！」

上方的陳松九拊掌而笑，眼中盡是得色。

「有此佳人作伴，想必狄少俠在黃泉路上也不會寂寞吧。」

「哼，憑你們也配？」狄雲即使身陷重圍，依然十分冷靜。他朝瀧兒瞅去一眼：「小子，全靠你了。」

瀧兒望著頭頂一整排搭滿的弓箭，雖然害怕，口中卻道：「放心，一群雜碎而已。本大爺一個人就能解決。」

生死關頭，兩人竟生出一股無言的默契來。話畢，瀧兒插身向前，在狄雲肩頭借力輕點，反竄了出去。

箭矢如雨點般飛來。

瀧兒雖有真氣護體，但畢竟也不是金剛不壞之軀。奪路外闖的途中，肩頭中箭，爆出一蓬血霧。但他毫不退縮，朝最近的敵人直撲，上去就是一頓蠻打。而狄雲需要的正是這樣的空檔。他將周楚含打橫抱起，轉身狂奔。

半晌，聽聞懷裡女子嚶嚀一聲，連忙俯身將她口中的布團取出。

「姑娘別怕，我這就帶妳離開。」

周楚含剛從鬼門關前遛了一圈，如今見自己被一名俊美倜儻的男子抱在懷裡，心旌搖動，羞得幾欲暈去。但旋即想起，俞芊芊等人如今仍在歹徒手裡，不知生死。這件事，須得有人知道才行！

她朱唇張了張，顫聲道：「人在……紀家莊。」話到這，便再也說不下去了。

狄雲低眉一望。這小丫頭還真昏過去了！

此刻，陳松九早已不知去向，瀧兒卻仍在孤軍奮戰。他身負多處創傷，連幻術都顧不得了，背上的一雙狐尾巴若隱若現。

狄雲心口一抽：「若將她寶貝弟弟丟了，回去後，青螢閣那位非扒了他的皮不可！」

想到這，他一手將周楚含扛在肩上，一手拔出長劍，再次返身往人堆裡扎。

他單手持劍，殺出一條血路，隨後躍上屋簷，對瀧兒喊道：「接著！」

瀧兒抬頭，看見一個「人形暗器」朝自己飛來，連忙躍起接住，同時還不忘罵一聲：「去你娘的！」

少了周楚含這個包袱，狄雲雙手搭劍，使開薙風劍法，威力陡增，三兩下就將周圍的鳴蛇幫眾清理乾淨。

「臭淫賊！」

狄雲匆忙回首，卻見瀧兒被四個黑衣人逼到角落，已然快支持不住。他彎腰撿起幾枚石子，連珠彈出。嗤嗤微響間，正中敵人肘心的「曲池穴」。有三人當場倒地，最後一人發出長吼，寬大的刀面激翻起來。

狄雲靠左半步，輕輕閃開攻擊，接著，長劍沿著刀背哧溜出一溜火花，將黑衣人的手臂連著橫刀一起送上了天。這之後，便無人再敢上前。

狄雲回頭，只見瀧兒單膝著地，嘴唇泛白，顯然是受了內傷。遠處的鳴蛇幫殘眾卻點起了火把，漫天火光猶如映天彤雲，怵目驚心。

狄雲朝那方向凝目半晌，心嘆道：「如今，身邊的累贅從一個增加成了兩個，此地就更加不宜逗留了……」

隨後，他一手提起瀧兒，一手攬住周楚含，展開輕功，朝自家方向飛奔。

參

鈴老早就發覺不對勁了。

而現如今，遠處火光如晝，殺聲震天，出了這麼大的動靜，恐怕大半個城鎮的居民都被驚醒了，只是嚇得門窗緊閉，不敢外出。但整座狄宅上上下下卻沉寂得詭異，更加滋長了她心中不祥的預感。

果然，不出半個時辰，青螢閣的前方落下一道熟悉的黑影——準確來說，是一個頎長的黑影挾著兩個較小的黑影。

折騰了半宿，狄雲也累了。萬沒想到，才踏進家門，迎面便飛來一根細長的暗器。他雙手都是滿的，只好斜身避讓。

細看發現，原來那「暗器」正是先前繫在鈴腳上的金鈴鎖鏈。而他這一躲，對方已如陣風颳至身前。

狄雲將瀧兒舉起一擋。鈴看清楚了對方手裡提的人是誰，驚凜之餘，掌風急偏，打在一旁的門框上。但她仍不死心，側身飛起左足，不偏不倚地踢在對方的手腕上。

可誰知，狄雲挨了這下，卻跟沒事人似的。下一刻，他放下瀧兒，右手握住鈴的腳輕移開，問：「傷好了？」

鈴感覺自己彷彿踢在了一團軟呼呼的棉花上面，臉色驟變，連忙掙開，後退兩步。狄雲也不跟她計較，逕自越過房間，將昏迷不醒的周楚含抱到床上放好。

他今日難得話不多，眼底鋒芒若隱若現。

瀧兒的傷一看便知是以寡敵眾，浴血奮戰多時。鈴眉頭一緊，心思一下就轉到了鳴蛇幫身上。

「你們是怎麼被盯上的？」

「這個嘛，還得感謝你家這隻小狐狸。」狄雲轉了轉酸痛的肩膀，語氣有些怨懟。他此番可是冒著生命危險，奮不顧身才趕回來的呢！但眼前的少女非但沒有感激，態度還如此冷淡，讓他深深覺得碰了一鼻子灰。可事到如今，他也顧不得計較了，直接靠在坐席上，將稍早發生的事簡單交代了一遍。

鈴聽了狄雲的敘述，心中一驚一跳。

自從她得知有人在錦絲鎮飼養邪魔後，便一直在做功課。從大鵬那裡借來了幾卷古代妖典，在幻境中不斷鑽研。從血鬼棺的由來，封印妖怪的術式，到邪魔的控制方法等等……雖說這方面的記載尚有許多缺漏待補之處，但拿來對付陳松九這種半調子，想必足矣。

「現在你可相信這一切背後是妖在作祟了？」她問狄雲。

可對方卻一臉固執地搖頭：「妳說的妖怪，不過是受人利用的傀儡罷了，歸根結底還是人在搞鬼。」說完，起身掃了眼床上的周楚含，「替我看好她，今晚老實待著，哪兒也別去。」

「等等……都到這種地步了，你難不成還想一個人去闖？」鈴猛地抬頭，有些不可置信。

雖說在此之前，兩人間頗有齟齬，但只要牽涉到捉妖，身為赤燕崖少主的她就不能不管。

狄雲目光沉沉，沒有答話。

很快，鈴的眼神便從最初的熱切逐漸轉為憤怒。

「你不想讓我插手，也得攔得住才行！」她咬牙道。話音未落，右掌已朝對方肩井劈了過去，正是一招赤陰掌中的「玄鳥畫沙」。

但狄雲早料到她會有此反應，先是化開了她這掌，接著身形幌過，食指如電，已封住了她的的「天柱」、「崇骨」二穴。鈴頓時渾身酸麻，向後一個趔趄。

狄雲和她掌力相碰，內息亦震盪不已。兩人四目相望，皆暗自驚凜——沒想到對方的武功居然如此高！

屋內一時鴉雀無聲，只有兩人略粗的喘息。

鈴穴道被點，一時半會兒衝不開，只能眼睜睜望著狄雲逼近。本以為對方還想動手，但結果對方不過是順手替她闔上了窗，將寒風擋在了外頭。

「鳴蛇幫不過就是群烏合之眾，像妳這種高手，還是留下來鎮宅吧。」

他丟下這句不鹹不淡的話，再度閃身出了青螢閣。

夜漏更深，時間分分秒秒地流逝，鈴凝視著几上的銅漏*，心緒百轉千迴，身體卻動彈不得。

過了一頓飯的時間，周楚含嚶嚀一聲，悠悠醒轉。

「這裡是……」

她支肘撐起身子，迷茫的目光打量陌生的房間。見地上躺著個渾身鮮血的少年，隔壁還盤坐著一名面色蒼白的少女，不覺悚然一驚。

尚搞不清是怎麼回事，鈴搶先開口道：「妳醒啦？幫我個忙好嗎？」

周楚含頭腦還有些混沌，也不知這陌生少女葫蘆裡賣的什麼藥。但她素性溫和，也不好拒絕，於是囁嚅道：「妹妹何事須要幫忙？」

「幫我解穴。」

＊ 銅漏：古時候拿來計時的滴漏。

這可把周楚含難倒了。

「我……我不懂這個。」她忸怩道。

「沒關係，只管聽我的。叫妳點哪妳就點哪。」

「這……」周楚含頗為躊躇，「我不行的。若不小心傷著妳，那該如何是好？」

鈴此刻心急火燎，卻偏偏遇上個「慢郎中」，更是火上澆油。她知道周楚含這種嬌滴滴的小娘子最是心軟，索性哀哀叫起來。

這招果真見效。周楚含聽她叫聲痛苦，趕忙搶近查看。

「妳怎麼了？很疼嗎？疼在哪裡？」

「疼死了……」鈴扶著心口，淚眼婆娑：「姊姊，妳不救我，我馬上要死啦。」

周楚含聽了，險些又要昏厥：「……好，妳別急。我幫妳就是。」

鈴跟她描述了穴道的位置，但對方不懂武功，指下無力，還需她內力配合才行。兩人折騰了整整一盞茶時分，才終於將穴道解開。

鈴感覺渾身一鬆，轉動幾下筋骨，站了起來。旁邊的周楚含卻被她累得氣喘吁吁。

「多謝。」鈴說著，俯身去查看瀧兒的傷勢。

隔壁的周楚含仍是一臉徬徨，握在手心裡的帕子都快揉破了，才顫聲問了句：「妳可知這是哪裡？」

「哦，還記得剛剛救妳的那位郎君嗎？這是他家。」鈴心不在焉地答道。

她見瀧兒呼吸悠長，睡得正沉，望上去並無大礙，也就放心了，想著：「這小子皮糙肉厚，復原能力又強，不愧是青丘狐妖一族。」

不僅如此，她還發現對方懷裡隱隱有光。伸手去探，居然摸出了雪魄。她頓時明白了。

這把雪魄刀跟隨她多年，外表平凡，卻是柄罕見的利刃，凡練武之人必不會輕易放過。上回她吩咐瀧兒去替她找刀，順便探一探這座宅邸的虛實。對方定是在尋刀的過程中遇到了什麼麻煩，才會和鳴蛇幫等人攪和到了一起。

「那位郎君……」周楚含愣了半晌，忽然間想起來一件事，霍地站起。「不好！他定是去紀家莊了！」

「紀家莊？」這名字鈴倒是第一次聽說。

「不行……我得去找他！」

「喂！」

周楚含剛剛還一副弱柳扶風之態，此刻腳下卻忽生力氣，奔向門口，鈴一時竟還拉她不住。

「別急，怎麼回事，妳倒是解釋一下啊！咱們也好商量對策。」

鈴完全沒有想與對方商量的意思，但情勢所迫，不得不這樣說。

周楚含回頭，雙唇哆嗦，眼眶泛起氤氳。

她說起幾天前的傍晚，回家途中，自己突然被一隊黑衣人迷昏劫走，醒來時已被關進了一間骯髒地牢，裡頭還關著不少和她一樣被擄來的小娘子。

「那個人，大家都稱他為陳堂主……他將我帶了出來，就是作為誘餌，好引那名大俠出手相救。」

「那肯定就是誅仙堂主陳松九了。」鈴心想，「不過他還真了解狄雲那傢伙啊。端出個美女，立馬就破功了……」

「我和他說，其他姑娘都被關在紀家莊。但這完全是聽信那惡人一面之詞……萬一是陷阱呢？我已經害了他一次了，絕不能再因為我而讓他身陷險地！」周楚含越說越激動，到最後已是淚流滿面。

鈴捏了捏對方的手表示安慰，心裡卻想，這位千金小姐是真有情有義啊。若狄雲知道讓他赴湯蹈火的是這麼一名心慈貌美的女子，就算有個三長兩短，想必九泉之下也會欣慰吧。

但這種幸災樂禍的話，可不能在周楚含面前說。

她正了正色：「姊姊不必擔心。我現在就去找他，一定將他完好如初的帶回來。」

周楚含吃驚地看著鈴，那表情彷彿在說：「就妳？行嗎？」

「放心吧，我還有幫手呢。」鈴說著，學著狄雲的模樣，朝背後的美女投去一道充滿自信的微笑，閃身出了門。

肆

鈴從青螢閣出來，發現狄宅裡外已被圍得跟鐵桶似的。這些侍衛各個身懷武藝，看著訓練有素，多半是受狄雲之託來看守府邸的。

為防萬一，她又從懷裡抽出兩張玄涅符，分別貼在宅子的東北和西南角。一般來講，這兩個方位是最容易招陰的，這種符篆能夠防止外頭的野妖接近，還能化解凶煞，和摻了香灰的童子血是一樣的道理。這麼一來，至少瀧兒和周楚含今夜待在這裡是安全的。

做完這些後，她輕輕一蹬飄上屋頂，催動隱伏在丹田的力量……

自從來到錦絲鎮後，她一直盡可能避免使用練妖術。除了傷後身子虛弱外，也是害怕不小心露出個首尾來。但倘若周楚含說的是真的，紀家莊正是鳴蛇幫位於此地的大本營。敵方人多勢眾，又有邪魔助陣，她還沒蠢到隻身犯險。

沒多久，空氣中傳來動靜，一股熟悉的氣息將她裹挾。睜開眼，雲琅那張平板得近乎空白的臉已浮現半空。

「少主。」

雲琅是第一個與鈴共享元神的妖怪。不知是否是這個緣故，他不像大鵬、梅梅他們一樣，平時來去自如，有著自己的生活。有時，鈴甚至會懷疑，對方到底有沒有「自我」。

記得剛到赤燕崖不久的時候，她為了達成師父嚴格的要求，每晚都偷爬起來，到附近的山崗上，一個人繼續白天的訓練。

某夜，她躲在平時打坐的那棵銀杏樹下哭，淚一滴滴落在盤結的樹根上。而就在此時，她忽然聽見有個聲音在呼喚她。她自己也不清楚是怎麼回事，只知道那頻率與她的元神相互吸引，產生了強烈的共鳴，最後幻化為一團風具現在她眼前，風中有累累晶光——那便是雲琅。

鈴從雲琅那兒得知梅梅的傷勢已大有起色，心下略寬，這便乘著雲琅的氣流，朝著周楚含所指紀家莊的方向去了。

霧氣隱隱的深夜，青紅燈籠並排高照，既莊嚴又悽豔，宛如一場盛宴即將上演。

一名誅仙堂弟子穿過跨院，聽見簌簌響動，抬起頭來。可還來不得看清楚，便被從天而降的少女用刀柄擊昏，往假山腹裡一塞。

紀家莊占地廣大，共計五進院落，一個個搜過去，未免太過耗時。鈴正在為此苦惱，忽然聽見前方傳來腳步聲，趕緊避到樹後。

三名鳴蛇幫眾轉過假山而來。中間那人靠在同伴身上，一踮一踮地走著，看上去受傷不輕，邊走還邊罵：「賤人！竟敢咬我！……等著瞧，我非將她煎皮拆骨不可！」

「你糊塗了？沒有堂主的允許，誰也不許動她們。」

「嘖，事到如今，堂主哪有空理這個？」

「就是啊。待到明日，幫主之位可就是咱們誅仙堂的了。堂主雄才大略，鄭瑜卿區區豎子，拿什麼跟他爭……」

「到時你再索要，他老人家心情好，指不定就把小娘子賜給你了呢。」

三人嘻嘻哈哈走了，鈴卻聽得發怵。

她順著三人來時的方向走，沿著地上的斑斑血跡，一路來到一棟石屋前。屋子外圍站了一排侍衛，裡頭隱隱有光。

對雲琅而言，撂倒幾個守門的，不過小菜一碟。鈴從守衛身上摸出鑰匙，推門而入。

此處明顯是座地牢，陰暗的樓梯底端是一排夯土隔成的窄間，空氣中除了一股陰冷濕氣息外，還浮漾著淡淡的血腥。鈴打開盡頭的牢房，只見屋內坐著七、八名妙齡少女，看著憔悴支離，顯然是經歷了一番折磨。其中一人被麻繩綑得死緊，額頭還蹭破了皮，見鈴走進來，倏地揚起眸。

「妳是何人？」

她雖有傷，但說起話來仍是中氣十足。鈴連忙朝她打了個噤聲的手勢。

少女柳眉倒豎，一雙杏眼打量著鈴：「別以為換個女的進來，本姑娘便會聽話！哼，等我出去，定會稟告師父，讓他老人家殺光你們這幫臭要飯的！」

鈴在妖魔窟裡長大，卻也從沒遇過如此不講道理的傢伙，見人便是一通謾罵。她不耐煩地抽出雪魄，抵在對方鼻尖，回了句：「說夠了沒？」

其他少女紛紛屏息望著這一幕。

「呸！自然是還沒！」俞芊芊怒道：「只要本姑娘尚有一口氣在，你們這群頭頂生瘡、腳底流膿的鼠輩就休想稱心如意！」

「那剩下麻煩出去再說。」鈴冷冷道。說完直接蹲下，三兩下便割斷了對方手腳的麻繩。接著，又將守衛的佩刀交給對方，「這裡離山莊後門不遠，妳帶她們出去，一路直行，外頭自然有人接應妳們。」

其實，所謂「人」，不過是雲琅罷了。但若不這麼說，就算俞芊芊不怕，後面那群一看就知不會武功的姑娘，恐怕都要嚇死了。

俞芊芊看著遞來的橫刀，一臉狐疑。

但鈴可沒時間在這瞎耗。她抬起右手，毫不猶豫地拍了出去，將俞芊芊腦後的牆壁砸出一道鮮明的掌印：「妳到底走不走？」

眾人見石屑紛紛而落，都驚出了一身冷汗，俞芊芊也終於乖乖閉上嘴。

而就在鈴出手搭救眾女的同時，紀家莊的另一頭也來了不速之客。

狄雲和鈴不同，正大光明地從正門進，且一進門便與人動起了手。原因正是合院東側那座掛著「聚英」匾額的望樓。

只見樓頂垂吊著一條纖細的身影，長髮披散遮住臉龐，鮮血染滿紫色襦裙，四肢軟垂垂地，也不知是死是活。

這一幕刺入狄雲眼簾，將他全身血液都凝成了冰。

接下來便是場腥風血雨。

莊中早就聚集了一幫誅仙堂的好手，狄雲甩開重劍，在人群裡來回沖殺，劍身發出含混森嚴的咆哮，頗有一夫當關，萬夫莫敵的氣勢。

他手起掌落，抓住一人背心，遠遠擲出。長劍縱橫點打，又衝倒了兩名不知死活的傢伙。激鬥間，一名長鬚老者越眾而出，提起青光凜凜的鬼頭刀從後方劈來：「渾小子，接我的『飛蛟刀』！」

狄雲認得他。此人姓趙名雙石，人稱「雙頭鬼蛟」，在幫中算得上是號人物，在他的「刺殺名冊」裡也占有一席之地。

「哼，還沒輪到你，自己倒急赤白臉地趕投胎來了。」狄雲說著，唇邊的笑意又冷了幾分，「既然如此，可別怪我以少欺老啊！」

言罷，身子一縱，凌空下擊。兵風難擋，周圍群眾發了一陣喊，全退了幾步。

趙雙石浸潤江湖多年，性格沉穩老辣，他見對手雖是小輩，但劍法盪氣迴腸，不容小覷，當即暴喝一聲，右刀打橫，以巧勁托住劍勢，左刀自下斜出，指向對方心口。

狄雲劍自上而下斬落，卻是占了重量上的便宜。他右手和趙雙石比拼內勁，左手疾抓對方五指。

轉眼間，趙雙石十指關節盡數脫臼，雙刀也跟著「咣噹」落地。他兩排牙齒咬得咯咯直響，低呼道：「珍瓏指！你是長孫……」

狄雲沒給他機會把話說完，一招「霏吟」當胸穿過，發出嗡的一聲。趙雙石雙眼上吊，登時氣絕。周圍的鳴蛇幫弟子受他殺氣震懾，一時間無人敢再上前。

狄雲向前疾奔，長劍在身後舞成一團白光，中途還有幾個不怕死的跳出來想攔截，卻被他斷腿的斷腿，去胳膊的去胳膊，嗷嗷慘叫。

他衝到望樓前，重劍一捺，輕功離地，將那女子攬入懷裡。底下眾人狼奔豕突的窘態，更襯得他手姿瀟灑，宛如天降神祇。

然而，混亂當中，卻有名青衣男子從望樓裡走出。他垂手微笑，掌中蛇杖幽光吞吐，似乎對這幅情景很是滿意。

「狄雲，你今日既自投羅網，就休想再走出這紀家莊！」

狄雲不理會陳松九的激將，心想：「無論如何，先把三娘救醒再說。」他目光緊盯著陳松九，防他暗施偷襲，雙掌按在三娘背心間，將真氣源源不絕輸入。

少頃，懷中人忽動了一下，他心中大喜，俯身下去。但就在此時，腰間卻傳來一陣椎心劇痛。殷紅的液體恣肆蔓延，他順源望去，只見自己的右側小腹插著一柄亮晃晃的匕首，直沒至柄。

「蓬」一聲，紫衣少女身軀飛了出去，撞上牆後摔落在地，再無動靜。

「陳松九，你這齷齪小人！」狄雲向來以翩翩公子自詡，甚少在外人前口出惡言。這幾個字可說是寄寓了他最深刻的憎惡與鄙夷。

但越是怒氣上湧，血就流得越快。這一刀正好插在他兩根肋骨之間，再進一寸，恐怕就要捅破肝臟了。他連忙出指點在自己的「天樞」、「章門」二穴上。

陳松九大笑起來，那陰惻惻的笑聲實在惱人。狄雲顧不得做什麼君子了，他英俊的五官微微扭曲，透出逼人殺意。

他不曉得對方是從何處找來了一名和三娘長得七分相似的女子，穿上了三娘的衣服，引誘自己上鉤，但此計用心險惡，實在令人膽寒。

「沒想到堂堂中原第一幫，居然出了你這種人模狗樣的東西！光是活著就惡臭不已了，竟還妄想篡位……若顏老幫主泉下有知，必不會饒你！」

陳松九被他這麼一咒，背脊還真的發涼起來，蛇杖往地下一敲，高喝：「放肆！」

狄雲傷口雖然止住了血，但臉上已無半絲人色，雙手拄著長劍，蒼白的嘴角泛起一抹疏狂的冷笑。

陳松九一心想拔除這枚心頭大患，說：「哼，既落在老夫手裡，就不怕你不招供！來人！把這兇徒壓下去，嚴刑伺候！」

但嗚蛇幫弟子還沒一人碰到狄雲的衣角，忽然間，一條黑影從檻窗破入，身如飛星，擋在狄雲身前。

她施展輕功，一上來便足下連踢，瞄準敵人的脛骨一路踏過。被踩的人痛得哇哇大叫，立足不定，人群瞬間垮了一片。

陳松九沒料到有此一變，橫眉怒叱：「哪來的小賊？」狄雲卻笑起來：「好丫頭。」

鈴星眸回斜，瞪了他一眼。

伍

鈴抬頭望向樓頂的黃鬚男子。

此人一副小人得志的嘴臉，印堂處還纏繞著一股詭異的黑氣，想必便是陳松九了。她本以為六大門不分是非，濫殺無辜，行徑已經夠可恥了，沒想到鳴蛇幫這廂更加邪門。和眼前這群歪瓜劣棗相比，狄雲簡直可以稱得上是正人君子。

陳松九見出手的是個長相清秀的小娘子，雙目微微瞇起：「姑娘大駕光臨，不知有何貴幹？」

鈴最看不慣這種油腔滑調的做派了。她笑道：「自然是替天行道來著。你這奸賊老而不死，如今報應來啦！」

陳松九原以為對方武功再高，也不過是個稀裡糊塗的小丫頭罷了，誰知卻被她當眾嘲罵，不禁惱羞成怒。

狄雲大笑起來：「說得好！陳松九老賊，今日算你倒霉。這位姑娘是仙姑轉世，勸你快快自斷筋脈，磕頭求饒，她老人家或可留你一條狗命！」

其實陳松九也不太老，卻被兩人左一個老賊，右一個老賊地罵，當真連肺都氣炸，心想：「什麼仙姑轉世，全是放屁，不過是狄雲手下一個賤婢罷了，竟也敢在這狂言放肆！

看來，今日若不宰了這對狗男女，誅仙堂的招牌，當真是要被當柴燒了！」

他臉色一沉，揮起鋼杖往鈴脅下點去。鈴看準了他點穴的方位，一個貓腰避過，掌風向敵人面門削到。陳松九冷哼一聲，心想：「小丫頭果然不過爾爾。」左手探出就要去扣她脈門。

但鈴這掌不過是掩人耳目，出到半路，雪魄刀忽從袖底刺出，一招「千蛛」又快又狠，宛如無數銀針從天而降，刀光點點，天羅地網地朝對手撲到。

赤燕刀法自創始以來，從未現身江湖。因此，即便是陳松九這樣久經世故的黑道統領，見到這奇巧詭譎的刀法，也不由暗吃一驚。

他這一停滯，鈴已經圈轉刀鋒，朝他右耳削落，陳松九情急之下，身子斜退，舉杖反劈。鈴以輕功滑開數尺，陳松九追了上去，青袖翻飛間，將鋼杖舞得呼呼作響。兩人一追一逃，刀杖揮灑交纏，轉眼間翻翻滾滾過了四十多招。相比陳松九剛猛的攻勢，鈴卻是身輕似燕，靈活的手臂柔若無骨，敵人想拿她穴道，居然數次拿空。

觀戰的鳴蛇幫弟子中，有人想上來助拳，又怕墮了堂主的威風，正自猶豫不決，忽見陳松九鋼杖挑起，杖頭一撥，朝前猛撞。這招來勢凌厲，他欺對方是個小姑娘，縱然招式精妙，但真氣不足，便想以力折之。不料，下一刻，鈴伸手捉住杖頭，右腳橫出一絆，居然想奪杖！

陳松九被她巧勁一帶，鋼杖撩起半圈，總算他武功高強，即時旋身卸力，兵刃才沒被奪去，但回頭時，臉色已比翻透的墨硯還黑。

狄雲不由喝了聲彩。眾人轉頭對他怒目而視，他全當沒看見，只專注盯著院中央一青一黑兩道飛舞的身影。

他和鈴的幾次交手中，對方都是藏頭露尾，總瞧不出什麼端倪。然而，這次卻不一樣了。碰上陳松九這樣的對手，又是性命攸關的比鬥，容不得半絲猶疑。只見鈴短刀縱橫如雪，比起三娘的薙風劍少了一分氣勢，卻多了三分靈動，虛實交錯，叫人眼花撩亂。

這套刀法正是韓君夜隱居赤燕崖後，在塗山劍法的基礎上所建立的。她長年與妖怪為伍，觀察他們的動作、習性，將其融合在武學當中，終於別闢蹊徑，創出一套曠古爍今的功夫。

但刀法反映的正是人的心境——所謂心定則刀沉，心躁則刀險。而韓君夜當年正是經歷了常人難以想像的困厄才悟出了這門絕學。這種置之死地而後生的打法，讓一旁的狄雲看得是心驚肉跳。

他曉得鈴內力不深，久鬥下去，必會落到下風，忽然計上心頭，叫道：「攻他下盤！」

鈴聞言一怔。此時她身子騰空，陳松九的鋼杖攔腰掃來，她手中拿的又不是長劍，閃避都來不及，如何取敵下盤？

但對方這一喊又不似隨口胡謅，她腦中急轉，雪魄刀的刀鞘從懷中射出。陳松九此刻力貫雙臂，使得全是進手招數，一個疏神，這一擊正中他右腿的「中都」、「漏谷」兩穴之間。

鈴見攻擊奏效，童興大發，拍手叫了聲好。

狄雲曉得她這聲「好」，並非指打得好，而是稱讚自己指點得好，同樣也是心花怒放，又接著喊：「刺他左脅！」

陳松九被敵人僥倖得手，甚是惱怒，左手暴起拍出。此招高明之處不在這一掌，緊接而來的三杖才是殺招所在。但鈴受了狄雲的指點，忽然像開了竅一樣。她不理會對方如雷的掌勢，左手緩緩推出，搭上蛇杖。陳松九只覺得對方的手心彷彿有黏性一般，如何也甩不脫，杖尾向左一沉，這掌遂落在了杖上，同時左脅一陣刺痛，已被對方刀鋒劃破。

原來，百招過後，狄雲觀察出陳松九的「九蛇杖法」暗藏八卦變化。既有規則套路，自然也就有隙可尋。平時打架時，沒空去琢磨這些，但在旁叫陣卻容易許多，敵人的破綻被他連續道破兩次，倒也並非奇事。

然而，鈴和狄雲這樣一唱一和，嗚蛇幫的面子算是掉在地上撿不起來了。眾人見勢頭不對，紛紛提棍搶上，場面頓時亂作一團。

鈴被陳松九死死纏著，抽不開身，正暗自發急，卻聽狄雲朗聲道：「不知死活的東西！

仙姑莫再手下留情，暗器齊發便是！」

陳松九剛才失手乃是有目共睹。因此，鳴蛇幫弟子雖然仗著人多，但心下對鈴卻還是頗為忌憚。再加上狄雲神神叨叨地一唬，他們還以為這少女身上真藏有什麼古怪暗器，頓時又嚇得縮了回去，就連陳松九都退了半步，用蛇杖護住身周。

在場只有鈴自己知道，她此刻兩袖空空，宛如砧板上的魚肉，狄雲根本就是在胡扯，心中頓時湧起一股難言的滋味，有點意外，又有些啼笑皆非。

敵人一退散，狄雲立刻猱身連刺三劍，盪開陳松九的鋼杖，拉起鈴的手，展開輕功向後竄。

陳松九望著兩人的背影，氣到七竅生煙，大罵：「小畜生哪裡走！」

鈴和狄雲沿著青石鋪就的道路一直向前闖，繞過兩道影壁便來到了後院。此處古木參差，即便有石燈籠的光芒，依然予人一種陰氣森森的感覺。

逃跑的期間，狄雲的傷口又再次綻開，流了不少血。可奇怪的是，鳴蛇幫的人見到兩人進了後院，並沒有繼續追趕，反而不約而同地在月洞門前停下了腳步，彷彿在害怕著什麼一樣。

花園的盡頭設有一座小望樓，只見陳松九從樓頂走了出來，居高臨下地望著兩名入侵者，臉色陰得彷彿能掐出水來。

「攔我路者，一個也別想活！」

沙啞的聲音在夜色的浸潤下，格外寒意刺骨。話才出口，身後的竹林驀地騷動起來。鈴和狄雲同時回頭，卻見周遭暗影搖曳，那些植物竟然全都活了過來！草木如迷宮般瘋長，鬚根張牙舞爪，枝葉鋪天蓋地，轉眼間便占據了整片院子，將二人逼到了中央的石亭裡。除此之外，空氣裡還飄起了一層薄薄的霧氣。

仔細看，煙霧中隱約可見兩形狀——一隻是毛色深棕，頭上有著鮮紅印記的豹子，另一隻則是動作矯捷，花色斑斕的文狸。

狄雲瞧見這兩妖獸，心臟猛地縮了一下。他堂堂雍風劍的傳人，可不想不明不白地死在這種鬼地方！忙朝對面喊道：「陳松九老賊，你打不過這位仙姑，就想殺人滅口嗎？有種自個兒上來！」

然而陳松九老謀深算，即使是在盛怒之下，也不可能受到敵人話術的激將，只是手握蛇杖，冷笑不語。

鈴深知這種良心被狗啃光的傢伙，光靠嘴上教訓是不夠的。不等狄雲把話說完，便從袖底抽出四道冥火符，分別朝亭子的四個角落擲去。

那些植物怕火，見到空中迸出幽藍色的火焰，便不敢接近了。至於那隻花狸，牠的身型不過比普通的野貓大一些，速度卻快得驚人。只見牠敏捷地避開火焰，落到東面的柱子上，接著鼓起肚皮，噴出一團又臭又黃的濃煙。

「快躲開，是瘴氣！」

就在鈴將狄雲拽到身後的同時，徘徊在外圍的那頭豹子也伸出利爪，朝二人撲了上來。千鈞一髮之際，一陣狂風從天而降，蕩滌了周圍的瘴氣，就連碩大的豹妖也被它摜飛出去——正是雲琅救主來了。

這傢伙的脾氣鈴是知道的，凡是陌生人類聚集的場合，總是不到萬不得已絕不現身。她一邊被同伴的「害羞」氣得胃疼，一邊趁著對方和敵人纏鬥之際，低頭唸起了師父傳授她的降魔咒。

倘若妖典中關於邪魔的記載屬實，那麼眼前的赤豹和文狸都只是被召喚出來的一部分妖魄，此刻妖的本體還被囚禁在血鬼棺中。

只要本體完好，妖便不會真正死亡，但強迫妖魄和本體分離，也會導致靈力下降，精神混亂等問題。

果然，前一刻還面目猙獰的妖獸一聽見降魔咒，直勾勾的眼神立時黯淡，動作也變得遲滯起來。

一旁的狄雲瞅準時機，手起劍落，直接將豹子的腦袋削掉了大半。而隔壁的花狸見狀，也不奮勇殺敵了，直接化做一團紫氣向東逃去。

顯然，陳松九雖然得到了血鬼棺這種旁門左道的加持，但在降妖除魔這塊領域還是個徹徹底底的門外漢，就連最基礎的常識都沒有。

隨著妖氣散去，庭中草木也紛紛恢復正常，鈴趁勢抄起雪魄，指向對面的望樓。

「陳松九，邪魔之術有傷天和，你逆天而行，所有種下的惡果最終都會報應到自己身上，元神消蝕，氣運衰折，不得好死……你的路已經走到頭了！」

她說這番話不是想嚇唬對方，而是想震一震周圍那幫看熱鬧的嘍囉。

人們對於那些自己不了解的事物，總是抱持著恐懼的心理，尤其像鳴蛇幫這種刀口舔血的匪徒，更是迷信。誅仙堂的人對陳松九的敬畏，有一部分便是源自於他操控妖鬼的能力。然而，經過了先前那場鬥法，以及鈴煞有其事的一番詛咒，他好不容易建立起的威信已然搖搖欲墜。

陳松九自己當然也察覺到了。但過去二十年來，他滿腦子都是當幫主的美夢，如今就快成真了，豈能眼睜睜看著到口的肥肉被他人搶下？

他對這個半途殺出的古怪少女一無所知，只好再次將苗頭對準了狄雲。

「狄雲，你的人可還在我手上！你自己不惜命，難道連她的死活也不顧了？」

狄雲一呆——方才勢危，他居然把三娘給忘了！

陳松九看見他的反應，當即露出得逞的冷笑：「你若不想她死，現在就把隔壁的妖女給殺了！」

狄雲不是傻子，自然不會被這種話給策反，但還來不及回應，忽然間，脖子根部傳來一股寒意，他低眉望去，卻是鈴將雪魄刀架在了他喉頭。

他沒想到這個小沒良心的居然這麼快就「變節」，心頭一驚，低呼：「丫頭！妳這是做什麼？」

鈴不理他，對陳松九說：「老賊，夜路走多了總會撞見鬼，你床底下藏了什麼髒東西，就不用我多提了吧？」

這話旁人聽不懂，陳松九卻愀然變色。

原來，想要煉製邪魔，便要將妖怪的本體和自己的一綹頭髮置入血鬼棺內，經過七七四十九天的焚香念咒後，再把棺材埋進床底下，方能用陽氣壓制穢氣，從而將裡頭的邪魔收歸己用。

但這件事是絕密，尤其不能讓自己親近的人知道，否則這一輩子就別想高枕無憂了。鈴在眾人面前說出暗示，就是在提醒對方這點。

這下，陳松九終於意識到眼前這少女對自己的威脅有多大了——絕不能讓她活著再多說半個字！

下一刻，他拔地而起，衣袂掠風，鋼杖的蛇口射出一根細物，朝對方眉心飛到。

鈴見寒光凜凜，曉得定是極厲害的暗器，放開狄雲，身子側翻。針尖擦過臉畔，削落一叢秀髮。

陳松九這回是鐵了心不再給她一絲喘息的空間，跟著併掌推出。鈴正要凝神接招，卻聽狄雲叫道：「他手有毒！」

定睛細看，對方的掌心果然纏繞著一綹紫氣。鈴心裡「喀噔」一下，連忙伸足在亭上一點，飛身避開。幸虧她輕功卓絕，否則吃了這一記掌，天曉得是否還有命在？

陳松九將狄雲晾在一邊，逕自揮舞蛇杖，朝鈴急攻。這回他真可謂是豁出老命了。兩人從院中一路打到望樓頂端，嗚蛇幫的其他人想要上前夾攻，卻被雲琅的風陣擋在了樓外。

又過幾個回合，鈴肩頭受杖，猛地撞上後方的樑柱。霎那間，她感覺丹田翻江倒海，忍不住咯出一口鮮血。陳松九正打算打蛇隨棍上，卻被斜刺裡的劍風逼開了兩步。

「哼，找死！」話音初落，他身隨勢轉，格開了狄雲的攻擊，又朝他發出了兩道銀針。如今，狄雲只要一動就會牽連腹間傷口。他強忍疼痛，舞劍捲住射來的銀針，左手則以珍瓏指朝對方雙眼插落。

陳松九沒想到他重傷後還能施出如此凌厲的殺招，忙挺腰避過，杖尾提高數尺，往對方胸口橫掃。

兩人此刻相距不過半尺，陳松九雖避開了要害，但這五指勢必要落在肩上，而狄雲亦閃不開這一杖，雙方轉眼就要兩敗俱傷。就在這個當口，後方的暗門忽然被人撞開，裡頭奔出一名披頭散髮的少女。她撲上去，一把抱住陳松九的腿，尖叫道：「不許傷他！」

原來這座望樓居然還藏了間密室！

在場三人皆是一驚。陳松九右足疾出，踢在少女下頦，將她如破布甩開。狄雲卻又驚又喜，雙眼陡然亮起，叫：「三娘！」

這突然出現的女孩便是失蹤了一天一夜的三娘。

原來，陳松九設下陷阱後，為了讓三娘好好欣賞自己主子受辱的戲碼，還特地將她轉移到二樓後方的密室中。可誰知，她察覺狄雲有難，竟不知從何處生出一股力氣來，自行衝開穴道，破門而出。

「賤婢，居然還沒死透！」陳松九惡狠狠地罵，朝著三娘腹部猛踹。然而，少女卻像著了魔似的，右手圈出，左手反扣，死死攀住對方的大腿不放。狄雲和鈴見了都臉色一變，狄雲更是怒不可遏，三招連發，全都是薙風劍法中的奪命招式。

陳松九下盤受制，頓時左支右絀。狄雲一招「龍捲」長劍下掠，直搗敵人臍間。陳松九撥轉杖頭，身子被震得一晃。還沒站穩，鈴已乘隙一掌擊中他背心。

狄雲上前抱起三娘，卻見她已然昏厥過去，氣息微弱，面如金紙。

戰局急轉直下，嗚蛇幫的人馬已將望樓層層包圍。鈴讓雲琅攔住弓箭手，自己則持刀護在狄雲身前：「你快帶她先走！」

事出緊急，狄雲也不爭辯，立即抱起三娘，展開輕功，從密室的後門闖了出去。鈴站在高處，一招「蛇舞」抄刀甩轉。敵人被她晃花了眼，有的前衝，有的後退，兩撥人在樓梯間相撞，登時鼻青臉腫，亂作一團。哀聲中，鈴如長煙縱起，點足竄出了望樓。幾下起落間，銷聲匿跡。

狄雲抱著三娘一路疾奔，卻感覺懷中嬌軀逐漸冷去。低頭一望，見少女俏麗的容顏面目全非，指節寸斷，膝蓋以下全是鮮血，不由得悲從中來。他柔聲喚她的名。她長睫歙動了幾下，迷迷糊糊地道：「你快走……」

「蠢丫頭！妳明知道我能應付的！」

狄雲雖不專情，但也並非無情。他見三娘這副模樣，心中又是憐惜又是慚愧，眼淚也跟著掉了下來。

淚水落在三娘的臉上，她睜開眼，笑靨在蒼白的面頰上盛開如花。

「別哭……凌大哥。」她伸手輕撫他的臉頰，一字一句堅定說道：「能遇見你，我已經是世界上最有福氣的女子了……」說完，用最後的一絲力氣抬頭，直接咬上對方的唇。

那是個十分青澀且粗蠻的吻，狄雲舌尖湧現淡淡的腥甜，悲傷地闔上眼，耳畔縈繞著三娘微弱的聲音：「記住……下輩子，我絕不會再把你讓給任何人。」

陸

又是一個和暖的夏日，天空湛藍如洗，彷彿昨夜的腥風血雨已將一切都掃淨。三娘被葬在錦絲鎮郊外的一座小丘。這裡有枇杷樹亭亭如蓋，抬頭還可瞅見連綿的青山和溪流，是狄雲口中的「風水寶地」。

鈴和狄雲身上均有帶傷，陳松九的人馬又正忙著緝捕他們。為怕被認出，他們此刻都戴著帷帽，遠遠看去就像兩名風塵僕僕的旅人。

腳邊的柴堆火光啪哧作響，飄起的紙錢和蒼白的灰燼在風中旋繞。

鈴沒想到，才離開天台山沒多久，她便又再次站在墳前。另外，她總覺得自己出現在此並不合適，想必三娘也不希望見到她。可每當她想託詞離開時，狄雲便拉住她的手，可憐兮兮地問：「你忍心丟下我一個人？」

鈴無奈，只得在一旁默默守著，從清晨守到傍晚，晚霞滿天，眼皮也有些沉重了。她望著狄雲微微落寞的背影，忍不住想：「待到自己死的那天，是否也會有人這般眷戀不捨？」

狄雲靠在親手挖的小小墳包前，不斷回憶著三娘臨終前，伏在他膝頭說的那番話。

「皚如山上雪，皎若雲間月」——儘管她比誰都了解他的心性，卻仍一直陪伴左右，無論天涯海角，不顧刀山火海。這份深情，他豈能不心存感激？

良久，鈴才意識到對方是在和自己說話。可不等她回應，狄雲已逕自說了下去。

「妳知道嗎？我十三歲就認識她了。」

「她父親原在兵部為官，後因得罪奸相李林甫，被貶離京。她爺娘在前往流放地的途中被匪徒所殺，她孤身流落江湖，幸得我二叔收留，這才倖免於難。那一年，她還是個小丫頭，頭上綁著元寶髻，跑起來一晃一晃的。她喜歡穿絳紫色的衣裳，還會做很好吃的七返糕……小時候過年，我們全家一起守歲，一起紮燈籠，放紙鳶……」

狄雲說得鈴眼角都發酸了，自己卻像沒事人一般，言笑晏晏。

但鈴知道，對方心裡的滋味肯定更不好受。昨晚一回到狄宅，他便讓府裡所有人收拾家當，連夜離開錦絲鎮。周楚含雖然依依不捨，卻也被安全地護送回家了。待到今早，鳴蛇幫上門來搜時，狄宅早已成了空城。

話罷，狄雲又拿出他那把龍頷琴來，起劃撥弦。

落指音色纏綿，宛如落花流水潺潺而逝，愁到盡處，竟無語凝噎。鈴更感覺自己的一顆心宛如細索鞦韆，隨著旋律徘徊搖盪，不知飄到了何處……

「鈴。」她突然說。

「嗯？」狄雲停下動作，側頭望她。他的雙眸似乎比平時更加亮澈了，讓她幾乎無法直視。

「……你就叫我鈴吧。」

狄雲笑了：「丁鈴噹啷，我喜歡。」

「別亂幫人起名字。」鈴嘟囔：「我回答了你的疑問，你也該回答我的。你來到錦絲鎮，究竟有何目的？」

談到正事，狄雲暖玉般的眼色頓時一沉：「有人委託我調查一起案子。死者和鄭東烈一樣，都是被妳說的那種邪術給害死的。」

「血鬼棺。」鈴說道，「這是種很古老的法門，如今懂的人已經很少了。也不知陳松九這個外行人是從哪學來的……」

「哼，把他逮來審問一番不就知道了？」狄雲冷笑。

鈴沉默了半晌。她自然不會放任陳松九繼續逞惡，但誅仙堂重兵把守，要想潛進去抓人毀棺也並非易事。她現在就怕狄雲一時衝動，為了給三娘報仇，什麼傻事都幹得出來。

但對方只是勾唇一笑，說道：「別擔心，我在錦絲鎮待的這段期間，可不是白混的。陳松九做了這麼多虧心事，盼他投胎的人多著呢，只要妳家那隻小狐狸有本事把信送到，對方一定會來的。」

「那小子有幻術傍身，應該不成問題。」鈴倒是不擔心瀧兒，「可你說的那位朋友，他到底是誰？」

「妳待會兒就知道了。」狄雲賣了個關子。

談話間，兩人已走出樹林，回到官道上。路旁有座短亭，他們在亭中候了小半個時辰，果真有人縱馬朝這馳來。奔到近處，馬上跳下一名彪形壯漢，手臂上的白虎刺青凜凜生威。

他一見到狄雲，連坐騎都顧不得綁了，直接大步流星地走上前。

「狄兄弟！」

「田兄，別來無恙啊。」狄雲向來者抱拳。

「俺聽說……」田歸文目光掃過鈴，微微遲疑了一下，「哎呀，究竟發生了什麼事？你還留在這做啥？誅仙堂現在發動全城搜索，正到處找你呢！」

「田兄，我有件事想請你幫忙。」狄雲目也不瞬，開門見山道。

「何事如此著急？」

「我要面見申龍堂主。」

白虎堂副堂主田歸文是名仗義直爽的漢子，剛一見面便讓鈴備感親切。

他曉得兩人有難言之隱，因此也沒多問，只是以隨從的名義讓鈴和狄雲跟他一起混入鎮裡。

守門的鳴蛇幫弟子見是田歸文的親隨，也不敢阻攔，直接就放行了。鈴在一旁牽馬而行，看著那些人臉上畢恭畢敬的神情，道：「田大哥，你好大的威風啊。」

田歸文挺起胸膛，一副「交給我吧」的模樣。

鄭東烈的兒子鄭瑜卿，也就是新任的申龍堂主，這幾日下榻在鎮西一座客棧。兩人抵達時，天色已暗，鄭瑜卿早已回到房中，和衣準備就寢了。

狄雲對守夜的申龍堂弟子說有急事要面見堂主，那人流露出不耐煩的神情：「少爺已經歇下了，有事明日再說吧。」

鈴想出手點那人的穴道，卻被狄雲阻止了。

「這位郎君，我真的是有很要緊的事必須立刻稟報堂主，您可否行個方便？」說著，往對方手中塞了一袋沉甸甸的東西。

那人掂了掂錢的重量，正在猶豫，屏風後方突然轉出一名白衣縞素的年輕男子，細眉大眼，相貌斯文，看上去約莫二十來歲。他一見到狄雲，立刻皺起眉：「怎麼回事？誰讓他們進來的？」

「……少爺，啊不，我是說，啟稟堂主。這二位是田大爺帶來的客人。」那名弟子忙將錢袋兜入懷裡，再揚起臉時，嘴角已掛起諂笑。

鈴瞥向來人，心想：「原來他就是鄭瑜卿。」

「這位公子說，有事和您相商……」那人話還沒說完，狄雲便接口道：「是關於令尊的案子。我們已經查明背後的主使是誰。」

鄭瑜卿表情一震。他先是用狐疑的目光打量狄雲和鈴，接著又左右顧盼，確定四下無人後，才低聲道：「隨我來。」

進了內室，鄭瑜卿屏退侍衛，關上房門，回首向兩人深深一揖。

「二位英雄，方才得罪了。」

鈴皺了皺眉。她十幾年的人生中，什麼難聽的話都被罵過，被稱作英雄倒是頭一遭。這位鄭少堂主莫非是腦子進水了？

「不瞞二位，自從家父去世後，我明面上雖被尊為堂主，但實際上卻是處處受人掣肘。就連身邊的屬下也不知什麼時候就會倒向『白虎』和『誅仙』。」鄭瑜卿說著，臉上浮現悲憤之色，「懇請少俠告知，家父是被何人所害？小生必當重金酬謝。」

鈴和狄雲相覷一眼。

狄雲將事件的始末娓娓道來，但為了避免嚇到對方，便將陳松九控制妖怪在錦絲鎮作亂的橋段給省略了，只說鄭老堂主的確是被對方下咒害死的。

鄭瑜卿聽完，跌坐在榻，臉色灰敗，單手撐在額上，微微顫抖。隔了少頃，胸中那股惡氣才終於爆發出來。

「陳松九那個欺師滅祖的小人！那個心口不一的偽君子！我從小敬他、信他、視他如親，他卻……！」

「你打算怎麼做？」鈴打岔問道。

鄭瑜卿掐住木椅的扶手，露出蒼白的苦笑：「他此時聲望如日中天，幫中的堂口十有八九都聽從他派遣。就算我想把他扳倒，那也是有心無力……」說到這，他突然跳起來，一把抓住狄雲肩頭。

「狄公子，你一定得幫我！」

狄雲望著對方殷切期盼的眼神，不禁啞然失笑：「喂喂……你才是申龍堂主，我只是一介被江湖追殺的通緝犯，你要我如何幫你？」

「我打算明日約陳松九出來當面對質，讓他將事情說個明白，請你務必到場替我作證！」鄭瑜卿望向對方的眼神無限誠懇：「別擔心，有申龍堂的庇護，誅仙堂是碰不到你們的。我固然勢單力薄，但維護你們周全這點，還是能做到。」

狄雲此行的目的本就是為了引蛇出洞。他看了看情緒激動的鄭瑜卿，又和鈴對了個眼，感覺時機成熟了，便搬出兩人事先排好的台詞，說道：「鄭堂主盛情邀約，狄某也不便推辭，但為了避免陳松九再次下咒害人，咱們還得預先做好防範。過程中須要準備一些東西，還得麻煩您去置辦。」

鄭瑜卿聞言大喜，忙不迭地答應下來。說完又朝兩人拜倒下去，卻被狄雲搶上去攔住了。

「先別謝，一切都要待到明日才會見分曉呢。」

狄雲這句話說得不錯，然而此刻，他和鈴怎麼也猜想不到，翌日的談判竟會以這樣的方式收場……

此時夜色已濃，兩人無處可去，又擔心鄭瑜卿守衛不足，便決定輪流守夜。狄雲自告奮勇守上半夜，但鈴躺下後卻怎麼也睡不著，只好又爬起來，跟他一同坐在廊下。

狄雲不知從何處弄來了一袋瓜子，翹起二郎腿嗑著，仍是平日那副好整以暇的少爺模樣，若不細看，還真瞧不出他眉宇間隱伏的那層愁色。

過半個時辰，瀧兒終於灰頭土臉，耷拉著耳朵回來了。他東躲西藏了整天，早已憋了一肚子火，一回來就開始和狄雲拌嘴。

鈴雖不知這段期間到底發生了什麼，卻發現他倆的感情似乎還不錯。兩人左一句「笨狐狸」，右一句「臭淫賊」，很快在走廊上追逐起來。

只見狄雲伸指在面前胡亂比劃了幾下，模仿起瀧兒的樣子，又往空中灑了一把瓜子，喝道：「看招！幻術來啦！」

「滾你奶奶的蛋！」瀧兒罵道，直接一拳砸了過去。

鈴無言地看著這一幕，心想：「這小流氓跟在自己身邊這些時日，除了功夫有點長進之外，這愛打架的臭毛病，怎麼就絲毫沒有起色呢？自己到底哪裡做錯了……」

「都什麼時辰了，小孩子趕緊睡覺去！」她催趕對方。

「吵死了，惡婆娘！」瀧兒立刻兇巴巴地頂了回來。鈴聽得怒火上沖，恨不得當場就把這妖孽給收了。

鬧騰了半宿，直到東方天空浮出點點粉光，瀧兒才終於放棄，癱在地上睡死過去。

鈴則轉身面對狄雲，道出心中一直憋著的疑惑：「你說有人委託你調查命案，那麼死者是誰？他和鄭東烈之間的連繫，你又是怎麼得知的？」

狄雲望著身旁的少女，笑得有些苦：「看來，我在妳眼中，還是不值得信任啊。」

鈴送他兩個字：「廢話！」

狄雲哈哈大笑：「妳這人眼光還真高啊……可妳既然連名字都告訴我了，就代表我還是有機會的吧？」

「我只是就事論事罷了，」鈴避開對方的眼光，咕噥道：「你可別自作多情。」

狄雲和她根本是兩個世界的人。許多事，她根本不指望對方理解。

「你不肯說就算了。反正我打不過你。」

狄雲聞言，搖頭一笑：「若這個江湖上真的是以武論成敗，那倒簡單多了。鄭東烈不會死，我們也不必在此瞎琢磨了。」

「這麼說，在你眼中，你所追求的答案，就真的勝過那麼多條人命？」

狄雲眉尖斜挑，狡黠地笑了：「妳已經知道啦？」

「你若不是連環兇案的主謀，嗚蛇幫何以追殺你到如此地步？」鈴反問：「想通了這一點，所有的謎團便都解開了。陳松九的目標是成為嗚蛇幫幫主，他抓你是為了把你鋪作上位的墊腳石！」

「真不愧是鈴丫頭，果然一語中的。」狄雲眼中流露出激賞，「至於真相嘛……」他眼波含韵，掃了鈴一眼，「過眼雲煙而已，能有多少價值？我只曉得，惡徒當見一個殺一個，見一雙殺一雙。」

鈴沒答話，望向淡金色的破曉，心想：「那麼我自己呢？為了揭開當年的黑幕，我又願意付出多少代價？」

她此番出山，原以為自己早已不是從前那個任人宰割的小孩子了，可誰知，才入江湖，便落入了撲朔迷離的局裡……

她之所以執意解開十七年前的謎案，不僅是為了洗刷師父的冤屈，更是為了讓天下人看清司天台的真面目。

自從三十年前，司天台將六大門收歸麾下，整個中原就再也沒有能與其抗衡的江湖勢力了。而司天台倡導的滅妖行動更導致人妖間的平衡遭到破壞，妖界從此再無寧日。

但她不會放棄扳倒這些人。她永遠不會忘記，在她最絕望的時候，是師父和赤燕崖的同伴將她從深淵裡拯救出來，給了她一個真正的家，讓她有了活下去的勇氣。為了完成師父臨終的囑託，就算要她螳臂擋車，身毀魂斷，她亦無怨無悔。

一旁的狄雲看不穿她心中所想，只覺得她較真的表情，以及雙眉攏起時，身上所流露出的那股超齡的氣質，別有一番可愛之處。

他飛揚的嘴角再度浮起壞笑：「鈴丫頭，我是越來越喜歡妳了。妳若真想知道一切，我便給妳個提示吧……」

柒

翌日，鄭瑜卿約了陳松九在酒樓會面。

陳松九只攜了四、五名心腹前來赴會，上樓進了包廂後，連聲招呼也不打，長袍一甩，逕自落席，明顯不把鄭瑜卿這個東道主放在眼裡。

但鄭瑜卿卻也沉得住氣。他拾起酒盞，走到陳松九面前，恭敬地叫了聲：「九叔。」

「賢侄今日邀老夫來此，不知有何事相商？」陳松九懶懶問。

「小姪聽說，九叔前天夜裡抓到了連續斷頭案的兇手，不知他現今身在何處？這等大膽狂悖之徒，小姪倒想一會。」

陳松九嘿笑一聲：「賢侄什麼時候也在意起這種事了？」

「九叔哪裡的話。」鄭瑜卿擠出苦笑，「從前，阿爺總要我學習處理幫中事務，但我卻只曉得窩在書房裡讀書，以致許多環節，直到現在都一知半解，實在慚愧……如今他老人家不在了，我只盼從今往後，能多聽多學，盡早贏得堂中諸位叔伯的信任。」

「嗯，你才剛上位，底下的人難免有些心浮氣躁。」陳松九把玩著手中的杯盞，慢條斯理道：「不過既然你有孝心，也不必急在一時。往後的日子還長，我自然會慢慢教你。」

鄭瑜卿神色大喜，道：「多謝九叔。」

「看不出，這位鄭堂主倒真是個戲精。」狄雲湊到鈴耳旁道。

兩人變裝混在鄭瑜卿的侍衛中，身穿襦褲，臂上掛著象徵申龍堂的「龍」字三角巾，臉上還用黃土抹得灰撲撲的。狄雲勉強像樣，鈴的個子卻比周圍的人矮出一個頭不止，看著十分滑稽。

狄雲裝模作樣地用臉上的灰畫出兩撇鬍子，扮了個鬼臉，將鈴逗得差點忍俊不禁。幸好他們站得離主桌有段距離，這才沒引起注意。

但鈴想起昨夜的那番話，笑容頓時消失。

「五蘊峰。」

狄雲提示的這三個字，令她震動。

須知，司天台的總祠位於嵩山。當中，五蘊峰更是除了司天台監、三名御使以及少數皇族外，誰都不得踏足的禁地。莫非，錦絲鎮所發生的一切，和司天台也有關連？

沉吟間，只見鄭瑜卿臉色酡紅，又舉頭飲盡了一杯。

「是啊，先父武功蓋世，可惜小姪自幼孱弱，只會念那些詩詞典籍、史書兵法，當真是百無一用，有失家門風範啊。」

鄭瑜卿向來拘謹，但大約是酒量不濟的關係，幾杯黃湯下肚後，言語竟越發跳脫起來，

「阿爺還和我提過，當年祿存堂叛變，顏幫主遣你倆去劍南道平亂，你們卻因為不熟悉地形，

中了敵人的暗算……」

陳松九聽到這，臉色突然一冷：「賢侄怕是醉了。令尊喪期未滿，你如此忘形，看在外人眼裡，成何體統？」他向身旁的護衛擺手，「還不快扶你家郎君下去休息。」

可話音未歇，鄭瑜卿卻忽然站起來，推開對方：「我不走！來人啊，再上酒！我今日要陪九叔飲個痛快！」

陳松九見他如此失態，眼中已含薄怒，正想出言斥責，卻聽鄭瑜卿道：「當時你跌入山溝，危在旦夕，若非我阿爺揹著你，在敵人的包圍中拼命殺出一條血路，恐怕你我叔侄今日也不得在此相敘天倫了……由此可見，人生在世，總是福禍相倚。小姪以為，金樽在握，須得盡歡才是。九叔您說是吧？」

陳松九還來不及回答，便見鄭瑜卿踉蹌了兩步，跌回椅上，堂堂七尺男兒，居然當眾掩面痛哭起來，邊哭還邊喊：「阿爺！孩兒不孝，害您死得冤枉啊！」

陳松九為人謹慎，戒心極重，但見到對方這副窩囊樣，也不禁眉頭緊皺，心想：「這小子生性怯懦，只會耍嘴皮，哪有他老子當年的半分氣概？這樣下去，申龍堂遲早要賠在他手上，倒也省了我一番功夫。」

後方護衛見狀，連忙上前扶持：「少爺，喝點醒酒湯吧。」

這本來也沒什麼，但當兩人經過陳松九身側時，卻不約而同地做出了同樣的動作：袖袍不高不低地往中間一掃。

那個剎那，陳松九似乎明白了即將發生的事。可惜，終究晚了一步。

下一刻，他腹間大痛，顯然是中了敵人的暗器。肚臍下方一寸的中注穴乃是沖脈足少陰之會，兩枚鋼釘釘下去，陳松九登時兩眼發黑，險些摔倒。

這招既巧又狠，顯然是經過精心策劃。陳松九身邊侍從見堂主莫名奇妙倒下，紛紛吃了一驚。

「九叔怕是喝多了吧。」鄭瑜卿收聲抹淚，抬頭笑道。

「你……！」陳松九被這麼一氣，連話都說不清了，舉起蛇杖就往地下敲。然而，任憑他使出渾身解數，蟄伏的妖怪依然沒有動靜。陳松九臉上青白交替，卻怎麼也想不到，這都是因為他剛才喝的酒裡被摻了「女床草」。

正所謂：「物老成精，木久成魅。」化靈後的木魅習慣白天躲在樹洞裡，直到黑夜才出來活動。長年累月下來，洞口附近的雜草受到了妖氣的感染，就成了俗稱的「女床草」。這種草藥磨成粉後無色無味，乍看之下沒什麼用處，卻是邪魔最害怕的東西。只要將它佩戴在身上，邪魔便不敢靠近。

且不僅僅是酒，鈴事先還讓鄭瑜卿的手下將焚燒女床草所留下的草灰塗在酒樓的外牆以及每一道門檻上面。如此一來，別說陳松九是個半調子了，就算他是個精通此道的行家，也非栽在這裡不可。

至於他帶來的那些手下，才剛從驚愕中反應過來，便被狄雲以珍瓏指打出的飛石擊中穴位，紛紛倒了下去。同時，一群綁著紅巾的申龍堂弟子從四方湧入，將整個包廂堵得嚴嚴實實。

陳松九撞見這一幕，仰天長笑：「姓鄭的，你以為自己這樣就能上天了？別痴心妄想了！」

「癡心妄想的人是你！」鄭瑜卿反唇相譏。

他走到陳松九面前，對準他脛骨踢去。陳松九一口真氣卡在胸中，既提不上來又咽下不去，被一個手無縛雞之力的人一踢，竟支持不住，當場跪地。

「我阿爺可是把你當成真正的手足來對待！」鄭瑜卿跟著一腳踩下，咬牙切齒道：「你卻嫉妒他在幫中的人望，以卑鄙手段加害。像你這種罔顧道義、喪盡天良的畜生，早該死一萬遍了！」

陳松九眼見多年的野心醞釀、算計籌謀即將全數化為烏有，抬起頭，表情比鄭瑜卿更精彩。

「鄭東烈算什麼東西？」他冷笑，「不過懂些拳腳，就自以為能稱王稱霸了……這等蠢材，就算穿上了龍袍也不像太子。老夫絕不會讓本幫大業毀在一介莽夫手裡！」

「住口！」鄭瑜卿怒吼：「來人！」

左右兩側的申龍堂弟子立即衝上前，將陳松九壓制在地。鈴和狄雲此時也從後方走出。陳松九一見到狄雲，雙目暴瞠，幾欲噬人。

「——是你！」

「正是狄某。」狄雲俯瞰對方，語氣輕鬆寫意，「幾日不見，陳堂主倒謙遜了不少。」

陳松九臉色忽陰，薄唇噘起，噴出兩根吹針，一根射向狄雲，一根則朝鈴飛去。

鈴感覺面上有什麼淡淡掃過，呼吸微微一窒。再一眨眼，狄雲已閃到了身前。她甚至不曉得他是如何移動到那裡的，但見對方併起的指間挾著一根針，針尖異彩灼然，宛如毒蛇吐信。

「臭小子……別得意太早！」陳松九陰惻惻道：「睜大眼好好瞧著。老夫完了，你也別想脫身！」

狄雲不知此話何意，卻很清楚，陳松九這類小人一向最是惜命。只需稍加威逼利誘，一切便能真相大白。

他正想問：「是誰傳給你血鬼棺的用法的？」眼前卻忽然乍現一截紅光。

剛剛還站在一邊冷眼旁觀的鄭瑜卿突然出手，拔起護衛的刀，手起刀落。

血箭「嗤」地射起。陳松九的喉嚨被捅出一道偌大的窟窿，腦袋歪向一邊，臉上依舊帶著瘮人的笑，竟是死不瞑目！

一代梟雄轉眼成了具僵硬的屍體，血花灑得遍地都是。這幕大出意料之外，鈴和狄雲都是一凜！

捌

次日，錦絲鎮的居民紛紛打開緊閉的門窗，湧上街頭，相互道喜，宛如過節一般。

此事還得從俞芊芊逃出地牢開始講起。

她歷劫歸來的第一件事，便是上街大吃一頓，接著和兩名師兄會合，找鳴蛇幫算帳去。可當翌日一早，幾人再次趕到紀家莊時，卻發現那裡早已人去樓空，就連當初關押少女們的那座地牢也被廢棄了，他們翻遍了每個房間，除了一個偌大的地洞和一堆枯枝爛葉外，什麼也沒找到，自然也沒有俞芊芊所說的「妖怪」的影子。

這可把俞芊芊氣炸了。最重要的線索就這麼無端消失了，朱孝先和丁應龍自然也頭疼得緊，可想了一整夜也沒想出應對的法子，就在幾人為此犯愁的時候，他們卻收到了中龍堂主鄭瑜卿的來函。

半個時辰後，靈淵閣一行人趕到西街的客棧，剛進門便聞到一股恐怖的臭味。這味道混合了沼氣、屍臭和百年朽木的腐敗酸氣，簡直不是凡人能夠忍受的。俞芊芊雖然性格勇猛，到底還是個初出茅廬的小姑娘，從沒受過這種刺激，當場就把昨晚的飯菜一口氣全吐出來了。朱孝先和丁應龍也好不到哪去，但為了靈淵閣的面子著想，還是摀著鼻子，硬著頭皮上前查看。

只見陳松九的屍體橫陳在屋子中央，除了頸部的致命刀傷外，兩隻眼睛都被挖爛了，指甲發黑，肚子鼓脹，割開皮膚一看，裡頭全是白花花的蛆蟲，和同是慘死的鄭東烈相比，可謂有過之而無不及。

一旁的鄭瑜卿卻還算鎮定。

陳松九死後，他為了避免消息走漏，將對方帶來的同伙全都殺了，甚至下令手下直接把人拖出郊外埋了。可沒想到陳松九的屍體卻突發異變，先是四肢抽搐，接著雙眼流膿，不到幾個時辰便成了這副模樣。沒人敢靠近，深怕沾上什麼不乾淨的東西，為了大夥兒的安全起見，最後還是決定請來專業的除妖師出面處理。

俞芊芊等人也算是有點道行的，一眼便看出陳松九的屍體妖氣縈繞，顯然是被邪祟給纏上了。可人都死了還如此怨氣沖天，這種例子簡直聞所未聞。

更邪門的是，無論他們如何驅符念咒，陳松九身上的那些蟲子卻始終緊咬不放。最後實在沒有辦法，只好一把火燒個精光，再讓靈獸將灰燼吞進肚子裡，永絕後患。

可憐陳松九活著的時候叱吒風雲，最後卻落了個骨頭渣子都不剩的下場。果真是人在做，天在看，現世報，來得快。

鄭瑜卿一邊唏噓，一邊向三人道謝。他還趁機歸還了俞芊芊在地牢時被搜走的寶劍和靈符，並表示從今往後，自己定會嚴格約束幫眾，再不會讓陳松九這樣的不良份子混在其中興風作浪。

面對這麼個文質彬彬，態度誠懇的青年，就連俞芊芊也深感無趣，懶得和他計較了。何況，六大門向來只插手妖魔鬼怪相關的案件，陳松九死後不久，盤旋在錦絲鎮上的妖氣也跟著煙消雲散，三人此行也算是功德圓滿了。至於其他事，大可睜一隻眼閉一隻眼。

為了安撫人心，幾人還在鎮上舉行了一場盛大的法事，宣布妖魔已除，擄走少女的歹徒也已經落網，再也不會出來作亂。得知這消息的村民們不分男女老少，各個歡欣鼓舞，還紛紛搶拿祭祀剩下來的符水和香灰，整個鎮子彷彿又活了過來。

由於表面上是申龍堂協助靈淵閣平定了這次的妖患，事後，村長還親自邀請鄭瑜卿到府上作客，又是打躬又是哈腰的，彷彿忘了這場風波從頭到尾全是拜鳴蛇幫的幫主之爭所賜。在一片應酬話中，無論是官還是匪，所有人皆其樂融融。

席間，周楚含在旁默默侍茶，眼波卻不時飄向鄭瑜卿身後的高挑青年。

同樣忙著偷看狄雲的還有俞芊芊。但很快，她的注意力便被對方身邊那名嬌小的少女給吸引了去。

少女此時已褪去了黑衣，換上了一襲半臂羅裙，簡單打了個樸素的雙鬟髻，底下垂著兩條淺紫色的穗子，那模樣就像個平凡的婢女。要不是她親眼目睹對方一掌將石牆轟出個窟窿來，俞芊芊恐怕都不屑看她一眼。

但少女的衣衫明顯不符合她的身板，不僅衣裳過寬，裙踞更是快拖地板了。她時不時扭動身子，一副不耐煩的表情。狄雲也發現了，貼到對方耳旁說了句悄悄話。少女扁起嘴，埋怨地瞪了他一眼。

俞芊芊瞅見這系列親暱的舉動，不覺神色大變。

而另一廂，鈴直覺敏銳，早就注意到對面有人正用殺千刀的目光瞪著自己。

當日在地牢第一眼見到俞芊芊時，她便猜，對方若不是個官宦千金，便是六大門某個牛鼻老道的弟子。如今，她瞄一眼對方腰間的雁翎劍，心想：「答案怕是：以上皆是。」

但她向來只做自己，無論旁人對她是喜歡還是討厭，她都一點也不在乎，所以直接就忽略了對方的視線。此刻的她一心只盼著村長老頭趕緊結束對話，好盡早擺脫這身愚蠢的行頭。

可偏偏這老傢伙絮絮叨叨的，每說兩句還要停下來喘口氣，抹把汗，簡直就像故意在折磨她！

狄雲瞧著她忸怩不安的模樣，臉上寫滿了幸災樂禍。

但瞧著瞧著，關於昨晚的記憶又湧了上來。

陳松九死後，兩人趁亂潛入他的住處，從床底下挖出了一口薄皮棺材。這口棺材尺寸很小，不到常人的一半，上頭卻刻滿了鬼畫符，還散發出一股濃濃的檀香味。

據鈴的說法，裡頭的東西十分危險，須找一株百年槐樹鎮一鎮他的煞氣才行。於是兩人又在野地裡折騰了半宿，最後終於在鎮子的東北角找到了一棵四人合抱的大槐樹，將棺材釘在了樹幹上。足足過了兩個時辰，那棺材裡的東西才停止掙扎，表面的黑氣也逐漸散去。

鈴小心翼翼地拔出釘子，橇開棺蓋。

只見裡頭躺著一節拇指粗細的竹子，表面光滑如絲，散發出淡淡清香。可那也僅僅是一瞬間的光景。下一刻，竹子便化做點點螢光散入空中。同時，整座森林彷彿活過來似的，無數落葉蕭蕭而下，樹冠如波濤起伏，就連平時難得現身的木魅也紛紛從各個角落鑽出，圍著兩人手舞足蹈起來。

狄雲久浸江湖，對各種血腥恐怖的場面早已習以為常，卻從未見過這等奇景，不禁一愣，下意識將右手往腰間伸去。然而，手指還沒碰到劍柄，便被鈴牢牢握住了。

「別怕。」她說。

這還是狄雲頭一次聽見女孩子對自己說這樣的話。他心中一動，循著對方的目光望去，只見半空中不知何時出現了一名身披銀袍的男子。他的膚色白若雪染，臂上纏繞著藤蘿，鬢邊還長著一對彎曲的鹿角，刀削般清俊的臉龐上找不到一絲一毫人間煙火的氣息。一隻棕色的豹子和一隻花狸奔過來圍著他打轉，顯然沉浸在重獲自由的快樂裡。然而，男子那雙美麗的鳳眼卻彷彿蘊含了千年歲月的荒涼，光是與他相對，便能感受到其中刻骨難抑的哀傷。

他望著面前這對年輕男女，先是哼哼哎哎唱了段悽苦的楚調，接著便抬手撥開了烏沉沉的天空，攜著兩頭異獸，駕乘雲彩消失在密林深處，只留下一陣香風，以及一朵銀白色的小花，飄落在鈴的掌心。

狄雲望著對方婀娜的背影，腦際閃過一道靈光，不知不覺吟誦起了《九歌》裡的句子：

「若有人兮山之阿，被薜荔兮帶女蘿。被石蘭兮帶杜衡，折芳馨兮遺所思。」

據說山鬼是居住在巫山的妖怪，心性孤高，潔身自好，同時也是庇佑純潔愛情的神祇。在傳說中的遠古時代，神妖不分，沒有來自各方不同的宗教信仰，也沒有禮教文化的束縛，人們對於自然界的一草一石皆充滿敬畏。

可惜，如今這世上像陳松九這樣的人太多了，一時的鬼迷心竅，不僅玷汙了自己，更玷汙了本該純淨無瑕的山林。

山鬼身為自然之靈，能夠自由操縱周圍的植物。自從他受到血鬼棺的刺激而走火入魔後，便一直潛伏在錦絲鎮的地下，利用妖力將爬藤蔓延至各個角落，宛如一張無所不在的巨網。這也解釋了為何整座城鎮都被妖氣籠罩，靈淵閣的人卻怎麼也找不到他的巢穴。

但大約是被封禁的時間不長的緣故，再加上陳松九慘死多少宣洩了他的怨憤，這隻山鬼在被釋放後並沒有繼續作惡，而是恢復了原本的模樣。這讓鈴大大鬆了口氣。

可一旁的狄雲關心的卻不是這個。只見他好奇地拿起鈴手中的花朵，一邊就著月光仔細端詳，一邊問：「那妖怪剛才咿咿啊啊的，到底都說了些什麼？」

鈴見對方難得露出一副傻樣，抿去嘴角的笑意，掉頭就走：「他說你不是個好男人，勸我離你遠點。」

這回答可把狄雲給噎住了，呆了半晌才追上來。

雖說無話可駁，可經過這番曲折，狄雲明顯感覺到二人之間的距離拉近了，至少對方已不再像先前那樣對他懷抱著強烈的戒心，就連打人的力道也減輕不少。

他一邊心情愉悅地回味著這些細節，一邊對村長和朱孝先等人之間的對話左耳進，右耳出，好不容易捱到一群人散去，正想直接將身邊的女孩拖走，卻被鄭瑜卿攔住了。

「明日午時，小生將在餐霞樓開桌設宴，和兄弟們共同慶賀，狄兄乃是本幫的恩人，還望萬勿推辭。」

「客氣了。」狄雲笑：「有美酒的地方，自然少不了我狄某。只盼鄭堂主別嫌我唐突，攪了眾位弟兄的興致就好。」

鄭瑜卿大喜：「狄兄肯屈駕，自是再好不過！」他說到這頓了一下，「那日我喝多了，一氣之下，沒等狄兄問完話便手刃了那奸賊……狄兄不介意吧？」

狄雲凝眉苦笑：「他是你的殺父仇人，自然該由你發落，我又有什麼可置喙的？」

「卻不知狄兄想從那廝口中打聽些什麼？或許小生能幫得上忙。」鄭瑜卿又問。

「不是什麼要緊的事，不必放在心上。」狄雲手一揮，面不改色。

其實，前陣子他蒐集的那堆頭顱中，也不乏申龍堂的弟子。只因陳松九一死，誅仙堂樹倒猢猻散，此事才沒被捅出來。否則，若鄭瑜卿發現他真的是無頭屍案的兇手，也不知會作何反應……

聽對方一句話輕輕揭過，鄭瑜卿也不再追問，卻突然將目光轉向鈴。

「姑娘想必也會來吧？」

鈴微微一驚。她與這位申龍堂主並非第一次說話，但對方從來只當她是個插花的，連名字都沒過問，沒想到此刻竟會突然留心起來。

還在考慮是否該開口，狄雲卻已一把摟住她的腰。

「哎呀，瞧我都忘介紹了！這位是我府裡的丫鬟，叮噹。她沒讀過什麼書，行事比較魯莽，請鄭兄不要見怪。」

幸好瀧兒討厭人多的地方，今早選擇了留在客棧，並未一起跟來，否則看見這一幕，肯定要氣炸。

對面的鄭瑜卿卻只是微微一笑：「既是狄兄的人，便是小生的貴客，能請到姑娘芳駕降臨，鄭某深感榮幸。」

「哪裡。」鈴僵硬地笑了。

鄭瑜卿一轉身，所有的旖旎頃刻間煙消雲散。鈴掙開狄雲的環抱，順勢給了他一記肘擊：「什麼叮噹不叮噹的？誰是你丫鬟？」

「哎唷！饒了我吧，我傷還沒好呢！」對方捧著肚子，矯情地叫起來。

鈴嘴上埋怨，心裡卻明鏡似的。

狄雲剛才的話，表面是在占便宜，實則是在替她打掩護。畢竟，眾人早已見慣了狄雲身邊的女人來來去去，就算突然多出一副新面孔，也根本不足為奇。這招「大隱隱於市」倒是頗見高明。

然而，這又令她想起了這身衣裳原來的主人，三娘。那個英氣非凡、敢愛敢恨的姑娘，如今已成了荒山中一座枯塚。外頭的人都忙著慶祝，又有誰注意到她那清秀的身影已經不在了？陰陽永隔，繁華與寂寞兩相對比，如何能不教人黯然神傷？

兩人正走在回去的路上，一名高壯的力士突然縱馬追了上來。

「狄兄弟，鈴姑娘！留步！」

「田兄！」

來者正是田歸文。他躍下馬背，壓低嗓，一臉凝肅道：「昨晚到底發生了何事？整個誅仙堂都亂套了，申龍堂的人口風又緊得很，外頭現在可是什麼流言都有！該不會你們真的把陳松九那廝……」

無需答腔，鈴和狄雲臉上的表情已告訴了他答案。田歸文愀然變色，兩道濃冽的眉緊擰在一塊，使他原就粗獷的容貌平添一層戾氣。

「是你動的手？」他質問狄雲。

「是鄭堂主。」

田歸文錯愕：「鄭瑜卿那小子竟如此膽大包天！連誅仙堂主也敢殺！」

「待到明日，申龍堂自會聚集眾人，將此事交代個清楚明白，田兄無須憂慮。」狄雲道。

但田歸文似乎還是有些不放心，搖頭道：「可你畢竟不是本幫中人，又捲進了這麼大的事情裡，還是趕緊離開，避一避風頭為妙。」

那日，狄雲遭誅仙堂追殺，透過瀧兒傳信給田歸文，等於是將自己和鈴的性命都交到對方手上。這舉動令田歸文深受感動。兩人雖相識不過數日，可經過這番波折，都已將彼此視為至交，推心置腹。

「多謝提點。兄台眼光透徹，明辨是非，狄某深感佩服。」

田歸文一擺手：「既是兄弟，何須言謝。」

「不過，田兄身為白虎堂主的左膀右臂，如今推任新幫主在即，想必會忙得不可開交。」狄雲笑。

「唉，咱堂主的心思俺最清楚，」田歸文一撇嘴：「他絕不是那種沉溺於利益之爭的人。俺只盼一切快過去，也好離開這鬼地方。」

「明山秀水，香澤美人，田兄也捨得離開？」狄雲向對方擠擠眼。

田歸文想到那日紅拂院中的秀娘，老臉一紅，連忙把話岔開：「俺瞧此地不好，邪得厲害。本來好端端的事，一到這就全亂套了！你們還是別耽擱了，儘早上路吧！」

「別擔心，我們明日宴後便出發。」狄雲笑道：「日後江湖再見，狄某定攜美酒登門，與田兄暢飲，一醉方休！」

「一言為定！」田歸文咧嘴一笑，翻身上鞍，「鈴姑娘也多加保重，咱們後會有期！」

「後會有期，田大哥！」

田歸文撥轉馬頭，絕塵而去，留下鈴與狄雲目送他寬大的背影漸漸變小，終於不見。

狄雲見鈴笑容一沉，問：「怎麼了？」

說實話，鈴自己也不知道。田歸文勸兩人離開錦絲鎮，分明是一番好意，可他剛才一席話，卻令她困惑不已。明明眼下幾件大事，都已得到了妥善的解決，可心裡總覺得有哪不對勁……

行了！別亂想了！她揮開這些不祥的念頭，轉向狄雲。

「你今後打算去哪？」

「怎麼不問『我們』打算去哪？」狄雲反問：「妳沒聽見鄭瑜卿的話嗎？妳如今可是我的人啦。江湖遠大，咱倆一同去雲遊四海，豈不妙哉？」

鈴忍不住笑：「你後宮佳麗三千，各個巴不得你帶她們走呢。你若嫌寂寞，隨便帶上幾個便是了。」她頓了一下，「喏，那位周姐姐人既美，性子又溫柔，我瞧著就很好。」

狄雲聽了卻搖頭嘆息：「唉，既是美人，又豈能用這種沒滋沒味的手段得到手？」他湊到對方面前，「何況……我現在已經有妳了呵。」

「你夠了哦。」鈴嘴上警告，耳根子卻紅了。

「好啦，不說那些了。」狄雲轉身，極其自然地牽起對方的手，「趁著妳家那隻笨狐狸不在，咱倆終於可以好好去賞山玩水了。」

兩人身高差距大，鈴被這一拉，踉蹌了半步。

「總之，鈴丫頭，妳今日歸我管。跟我走就對了。」

玖

狄雲是個吃喝玩樂的高手。他在錦絲鎮住了數月，對附近環境早已熟悉無比。

他帶著鈴從鎮子南端的一線峽出發，一路向東行。途中怪石遍布，奇峰環繞，果真是山色如黛，一步一景。狄雲的嘴更是片刻不歇。介紹完風景，又開始敘述歷史。鈴本來話就不多，大部分時候都讓他唱獨角戲。但即使這樣，狄雲也不嫌無趣，反而越說越起勁。

「據說，此處以前是仙人住的地方，當地人都管它叫『不老泉』。」

兩人走到一處泉邊。狄雲去汲水，回來時還不忘指著路旁一塊爬滿蘚苔的石碑解釋，「鎮上的耆老說，喝這裡的水，不僅能延年益壽，還能永保青春。」說著將水袋遞給鈴，「喏，多喝一點，包不准還能長高哩。」

「要你管。」鈴接過水袋，沒好氣道。

狄雲瞧著她瞋怒的樣子，笑意更濃了。

兩人坐在河邊的岩石上小憩。他伸手懶懶勾住對方的肩。她的肩膀非常窄小，比他曾經摟過的任何女人都來得纖細，這麼一碰，都快能摸到骨頭了，卻不會予人楚楚可憐的遐想。

時下流行豐腴之美，但狄雲卻在鈴身上發現了另一種更加炫目的氣質。

此刻，陽光靜靜斜落，打亮她的半邊容顏。光與影相互交織，越發顯得她瑩白的肌膚吹彈可破。位於中央的薄唇微微弓起，弧度雖小，卻足以傾城。

狄雲覺得彷彿有人在正用手指輕撓他的心尖，情不自禁地湊到對方腮邊，道：「喂，鈴丫頭。知道我為什麼喜歡妳嗎？」

「因為我是個女的吧。」鈴抹抹嘴，心不在焉地答道。

「嘖，妳怎麼對自己就這麼沒自信吶？」

「你還好意思說。」鈴橫了對方一眼，「還不是你整天在我耳邊蘇紅姑娘長、虢國夫人短的……」

狄雲長長的眸中閃過一絲異彩，下一刻，不禁哈哈大笑起來。

「小貓兒原來也懂吃醋啊！真是孺子可教也。」

笑聲未歇，身形已閃了出去，正好躲過鈴的飛踢。

「等等……咱們可說好了。今日是喜日，不能動武！」

「誰理你！」

「那我就直說吧。當我第一眼看見妳的時候，就直覺妳是特別的。」狄雲笑著注視她，「所謂美人易得，知音難覓，我的感覺從沒失準過。妳和我，到底是同路人。」

鈴感覺自己的耳根子彷彿要燃燒起來，連忙撇開臉，嘟囔：「誰想和你一樣啊……有病！」

傍晚，微雨，兩人到一間酒肆用飯。店裡的夥計都識得狄雲，招呼打得十分親切。

狄雲心細，他見鈴對滿櫃的好酒絲毫沒興趣，就對小二說：「先來壺小峴春，再炒幾道小菜。」

黃山盛產茶葉，煮出的茶湯顏色清碧，格外醒神。杯中的芍藥花瓣在水面上打旋，緩緩舒展開來。

「別瞧這家店小，老闆娘的手藝那可是出了名的。」狄雲得意吹噓。

香氣鑽鼻，鈴肚子裡的饞蟲也跟著蠢蠢欲動。

她從小有一餐沒一餐慣了，因此，當食物擺在眼前時，絕不輕易放過。這一頓她也沒打算客氣，反正狄大少爺有的是錢。

對面的男人見她大快朵頤，湊趣道：「前陣子妳在我府裡住，也沒見妳好好吃過東西，沒想到這麼會吃，真不曉得肉都長哪去了……」

鈴心想：「廢話，當時我只怕被你給毒死哩！」

她顧著夾菜，頭也不抬問：「你今日到底是來請我吃飯的，還是來打探我底細的？」

「都有。」狄雲面不改色地呷了口茶，「我喜歡妳。一個男人想花時間去了解自己喜歡的女人，這是常情吧。」

鈴直接嗆著。她捶了幾下胸口，又喝了一大口茶，好不容易才把嘴裡的食物給嚥下去。而整個過程，狄雲只是用很玩味的眼神看著她。

「你以為這樣我就會開心？」鈴終於放下杯子，紅著臉怒道：「你這人成天把這種話掛嘴邊，也不害臊。」

狄雲沒有馬上回答，只是專注地望著對方。

就是這個。她每次說這種話時，眉心就會像這樣小小的一抽。這代表她表面不開心，卻沒有真的動氣。不知為何，這樣平凡的小動作深深吸引著他。

他握住了她的手，未語先笑：「我知道妳是不會輕信我的。但沒關係，咱們年輕，有的是時間。天下這麼大，江山如畫，風月無邊。叮鈴噹啷，我要帶妳去看江南的花，塞外的雪。待咱們攜手去玩個遍，再做打算……」

鈴聽到這，燙得可以把蛋煎熟的臉霎時冷了下來。

「我可從沒答應過你要和你走。」她嚴肅地打斷對方，「我還有其他得做的事，你自己不也一樣？別說這種不可能實現的夢話。」

「所謂夢話，不就是人們心中最真實的渴望？」狄大少彷彿不知「知難而退」四字怎麼寫，依舊滿面春風，「且包不准，說久了，妳某天就答應了啊……我可是很難拒絕的。」

吃飽飯，鈴本想直接回客棧的，也好暫時遠離隔壁這位藍顏禍水。可誰知，外頭的雨卻越下越大，天空就像被豁了個口似的。

「哎呀，真糟糕。」狄雲倚在門框上，臉上笑開了花，「看來咱們得在這兒再多耗上一陣了。」

面對這一連串的發展，鈴真不知道自己該哭還笑。她坐在月牙凳上，眺望雨幕中的青山。過了一會兒，轉頭看見狄雲遞來一瓣切好的瓜果。

「喏，店裡招待的。」

鈴狐疑地瞅了對方一眼，心想：「八成又是這傢伙對人家老闆娘施了什麼媚術！」

「別老這麼盯著我看。不然先幫您試毒，您瞧好不？」狄雲說著，毫不客氣，直接大口啃落，讚道：「真香！」

「誰准你吃了？」鈴臉色一黑，把瓜奪回來。

於是兩人並肩坐在屋簷底下，一邊聽雨，一邊啖瓜。這個季節的瓜又甜又飽滿，直透心涼。

然而，鈴想靜下來思考接下來的去向，思緒卻一直被對方給打斷。

「妳髮色帶赤，莫不是有鮮卑血統？」

鈴微微一怔。說實話，自己頭髮什麼顏色，她根本沒留意過。

「這種事誰曉得啊！」說著，將頭髮往耳後撥。

但狄雲不死心。他似乎永遠有問不完的問題，就連些雞零狗碎的細節也打聽得津津有味。鈴被他纏得煩了，最後乾脆反問對方：「你說你去過長安，是真的嗎？」

狄雲卻彷彿等這一問等很久了。他開始興沖沖地介紹長安城中各個好玩的景點——崇仁坊的深宅，平康坊的歌舞，曲江旁的春柳，東市的鬥雞走狗，秋日裡耀眼的朱雀大街……屬於京城的風情萬種全在他舌尖上活了過來。

跌宕的話聲中，一輪月亮緩緩升了起來。

鈴默默抬頭，心想：「為什麼……明明什麼也沒做，就是坐在這吃瓜看月，他就能露出如此滿足的表情？」

愣怔間，對方身子突然一歪，好巧不巧，靠在了自己的肩窩裡。

她心頭一悸，下意識想閃，隔壁卻傳來驕懶的聲音：「我累了，妳就借我靠一下嘛，大俠……」

鈴額角的青筋不由自主地暴抽了幾下——這傢伙還真是得寸進尺！

少頃，周圍終於安靜下來。鈴目光往旁一掃，發現對方居然以一個非常舒服的姿勢闔上了眼。長長的睫毛在月光下微微歙動，右邊袖口處露出半截手腕，上頭一圈清晰的牙印，正是被她咬出來的。

她當時一心想致對方於死地，因此，儘管傷口癒合了，卻依然留下了疤。鈴突然想起昨日，對方出手替她擋針的事，心尖有道非常微小而炙熱的電流竄過。見狄雲睡得正熟，她偷偷伸出手指，輕輕滑過那排齒印。

就在此時，對方突然動了一下。她像觸電似的縮回手，心想：「這狡猾的傢伙，該不會是在裝睡吧？」

夜裡，回到客棧，鈴幾乎是用跑的進了房間，將門緊緊拴上。她背靠著門，一動不動地恍然出神，心臟像抽了筋，有股說不清的苦澀和委屈。一旁的瀧兒已經躺在地上打鼾了。鈴突然有股衝動，想把對方給搖醒，師徒倆收拾細軟，就這樣連夜逃離這個是非之地——可這股恐懼從何而來？她自己也說不上來。

她心想：「自己還得找出害死夢悟大師的兇手，還原十七年前的真相，既然選擇了這條路，就不能回頭了，更不該因為某個人、某件事而產生動搖！田大哥說得對，如今陳松九已死，嗚蛇幫的事情也告了段落，自己應該儘早抽身才是……」

她的行事作風向來說一不二，從不會猶豫不決。可這兩天卻罕見的有些迷亂，就連很多從前覺得理所當然的事物，一夕之間也忽然變得撲朔迷離、難以捉摸。這種感覺，真的很惱人……

她忙深呼吸，強迫自己鎮定下來。

狄雲此刻人就在走廊對面的房間。她該去向他把話說清楚。

轉身，將手搭在門把上，卻遲遲沒有拉動。

明日就是答應鄭瑜卿去餐霞樓赴宴的日子了。吃完這一頓，就要準備上路了。她心下一軟，想著：「還是明日再說吧……等明日，一切結束後，再找對方好好談談。」於是，又緩緩鬆開了手。

隔天天一亮，不等狄雲來叩門，鈴便獨自從後窗溜了出去。她找了個四下無人的地方，吹了一早上的風，直到午時才到餐霞樓和眾人會合。

兩人見面，氣氛頓時有些尷尬，狄雲用奇怪的眼神瞟了她一眼，說：「我還以為妳不來了呢……」

鈴沒答腔，低頭躲開對方的視線。

走進樓，馥郁的酒香撲面而來，另外還伴隨著一股沁甜的微風。鈴好奇地抬起頭，這才發現二樓的每扇窗底下都放置了偌大的水晶盆，裡頭冰鎮著鮮紅圓潤的荔枝，散發出絲絲白煙。鄉下一間小小的酒樓，哪來得這麼闊綽的手筆，顯然是為了今日的宴席特地準備的。

鄭瑜卿不再著孝服，而是換上了一襲剪裁合身的花青色圓領襴袍，手握折扇，坐在主位上，看上去既俐落又華貴，比起黑幫統領，更像是某個簪纓之家的世子。

他一見兩人，立刻起身招呼：「狄兄，快請坐！」

狄雲也不客氣，拉著鈴在對方身邊坐下。

美酒菜餚均已上齊，赴宴的人數卻比預期中少很多，只有鄭瑜卿身邊的幾名親衛和心腹。

狄雲目光掃過桌子，隨口問：「怎麼不見『白虎』和『誅仙』的兄弟們？」

「是這樣的。陳松九被發現謀害鄭老堂主，茲事體大，為了安撫眾心，咱們暫且將消息壓了下來，想等明日，和柴堂主商議過後，再一同告知兄弟們。」回答的是鄭瑜卿的一名親隨，名叫王縱。

「是啊，這段時間，大夥兒都辛苦了。」鄭瑜卿抿了口酒，微笑道：「家父大仇得報，全仰仗諸位扶持。瑜卿雖不才，卻願與諸位生死盟誓——從今往後，有我有你，不論出身，不問貴賤，咱們兄弟齊心，共圖霸業！」

他這番話說得並不激昂，可眾人聽了卻紛紛舉杯站起，說堂主英明，必將挺身效死云云，一圈下來，頗有豪氣干雲的味道。

鈴眉毛一挑。她沒想到，這位鄭少堂主還真會籠絡人心啊。一介文弱儒生，卻能憑著圓滑的手段，將底下這幫武人治得俯首帖耳。

此外，第一次見面時，他曾說自己身邊沒有可信之人，可這些部下看上去都對他忠心耿耿啊……

她瞥見狄雲的臉色，便知他和自己是同樣的心思。

但狄雲天生愛熱鬧，剛剛不過隨口一問，並沒打算深究。另外，同為養尊優的少爺，他和鄭瑜卿在飲食方面也是一拍即合。兩人左評一道「鮮鯽銀絲膾」，右論一道「香芹駝蹄羹」，很快聊得不亦樂乎。

這些精緻的佳餚，鈴自然是連聽也沒聽過。只可惜，她今日實在沒什麼胃口。旁邊的中龍堂弟子見她筷子虛握，還以為她在客氣，不斷熱情勸菜。

戶外蟬聲如沸，樓內卻涼爽透風。幾番觥籌交錯下來，就算內力深厚如狄雲，也有些微醺了。

他舒服地靠在坐榻上，說道：「狄某老家有株百年柿子樹，每逢秋天，結實累累，皮薄如紙，曬化後的柿餅甜而不膩，最是爽口。多年未嘗，今日想起，很是思念。」

「狄兄果然是有口福之人。」鄭瑜卿笑。

他一拍手，屏風後轉出一排俏婢，圍著眾人扇風。當中一人托著鎏金蓮瓣銀盤走到狄雲面前，盤子中間放著兩個水晶八曲杯。

「這是小生託人從長安送來的新進葡萄酒。」鄭瑜卿道：「此酒源自高昌，釀工精細，號稱千日醉不醒，十年味不敗，據說就連聖人都讚不絕口呢。還請狄兄品鑒。」

「那必定是好酒！」狄雲笑道：「別的不說，單論美酒美人，我和李隆基那老兒卻是志趣相投。」

直呼皇帝名諱乃大不敬，但在座均是江湖草寇，聽了也只是哈哈大笑。

「這杯恰好拿來祝賀鄭兄夙願得償，前途無量！」狄雲說完，亮出杯底。

鈴本以為剩下那杯鄭瑜卿會自己乾了，不料對方卻將其遞到了自己面前。

「姑娘，請。」

她連忙搖手推辭：「我不行的。這麼好的東西，還是公子自己留著喝吧。」

她說的是實話。由於身上帶著黃泉脈印的關係，她酒量和酒品都極差。有了幾次慘痛經驗後，她就滴酒不沾了。

鄭瑜卿眉梢含笑，溫言道：「論禮，喪期本不該放歌縱酒，但今兒是喜日，還請姑娘成全在下孝心，替我飲了這一盞吧。」

他說這話時，眼神真誠，情詞懇切，鈴心間微動，終於還是伸手接過。杯中紅如醉顏。

她聞了那味道，心口一陣怦然。

但她此刻尚不曉得，在往後的許多日子裡，夕照月影，午夜夢迴，她總是忍不住去回想這一幕——她多麼希望自己當時沒飲下這杯香醇的美酒！

酒液滑下喉嚨，沒有半絲嗆辣之意，放下杯時，雙頰卻已染上一層緋紅，如同胭脂淡掃。身旁的狄雲倒在桌上，不省人事。鈴抬頭，正好對上鄭瑜卿和煦的目光。

「多謝姑娘。」

她感覺身子漸漸垂軟下去。一個不慎，方才的酒杯掃到地上，碎了。

那聲音如同冰泉嘩拉，剎那間喚醒了她的理智。

她驀地想起，鄭瑜卿和陳松九相約談判那日，鄭瑜卿以酒醉為由，一刀宰了敵人。可現如今，對面的青年卻是目光清澈、神智清晰。今日，他明明也飲了不少，然而至始至終應對從容，哪有半點出格的行止？

「混帳……！」

她意識到自己被人耍了，想抽出雪魄，但手指卻不聽使喚。

她推開桌，搖搖晃晃地向鄭瑜卿走去，可才邁出兩步，一切便天旋地轉。腳下地板化為無數扭動的黑蛇，吐出的毒液將她緊緊包裹。

她慌了，舌根麻得動不了，在心中不斷呼喚著雲琅。下一刻，黑暗宛如滔天巨浪捲來，將她吞沒。

拾

「鈴丫頭！醒醒啊……」

恍惚間，鈴彷彿聽到有個聲音喚她，既清晰卻又距離遙遠。

她沒有理會，目光痴痴盯著面前跳動的火苗。荒野中微弱的一團篝火，卻也是她唯一的依靠與指望。

幾尺外，高大的身形裹在粗織的獸皮裡，看不出年紀的臉幾乎完全被濃鬍所覆蓋，鼾聲雷動，結實的胸膛起伏如濤。

陰風吹來，鈴雙手放在篝火邊取暖，看雪花紛紛揚揚飄下，落入無垠的黑暗。黑暗深處有盤結的戾氣。

她肝顫了一下，旋即抓起一根點燃的木柴，站了起來。但邪惡沒有退走，反而越靠越近……她雖看不見對方，但仍感受得到那股澎湃的妖氣。

她將手中火把朝黑暗擲了過去。火光掠過樹梢，照亮了樹幹上纏繞的紫色巨蟒。

男人被她的尖叫聲驚醒了，揮舞木棍跳起來。巨蟒張開血盆大口，昂首竄出，鑲著金圈的瞳孔散發噬人精光。

熊羆般浩大的身軀宛如一道堅實的城牆，擋在鈴的面前。她卻瑟瑟發抖，連逃命的勇氣都沒有。直到前頭傳來一聲悶哼，窒人的血腥氣在空中逸散開來。她用雙手捂住臉，下一刻，卻從五指的縫隙間瞥見那座偉岸的長城在自己眼前轟然倒塌……

清雪漫漫，滾燙的血花盛開在白皚皚的雪地上，驚心動魄，靡豔非常。這一幕撞進鈴的眼底，覺得心好像被挖空似的。侵膚蝕骨的寒意擴張到四肢百骸，比冰雪還涼。

「不要……」她拖著顫抖的四肢，磕磕絆絆地爬到男人身邊，口中喃喃重複：「不要……不要！」

她再不要有人因自己而死了！她當初拋下江離，離開寒光觀，便是這個意思。或許那些人說的沒錯，她身上的黃泉脈印就是詛咒……或許這個世界上少了她這個人，對自己和旁人來說，都是一種解脫。可既然如此，她為何還會感到恐懼？

一個熟悉的聲音在她心中響起：「躲不過，就讓它來吧！」過了不知多久，她五指握住棍子，緩緩站起。火焰早已熄滅，但燒熱的木頭仍冒著白煙，和她呼吸的熱氣融為一體。

「我不怕你……」她說道，眼神緊盯著前方的蛇妖。

童稚的嗓音在曠野中迴盪，格外刺心。

巨蟒昂起醜陋的頭顱，獰笑起來：「小娘子真香！」

刺骨的風刮過鈴的面皮，但她心間的風雪已戛然而止。此刻，身前身後空空如也，浩蕩寰宇之間就只有她一人，獨自面對席天捲地而來的凜冽命運。

她的靈台一片澄明。雖然聲音還在抖，持棍的手卻穩了——本該如此。

「既不怕，那就把妳的元神交給我吧。」。

蛇妖說完，撕開大嘴，以不符合體型的驚人速度向她撲了過來。

鈴站穩勢子，將全身力氣貫於手上的燒紅木棍，向上斜刺。

她個子矮小，整個人被包在蛇妖咧開的嘴裡，而這一棍正好貫穿了妖怪的上顎，隨著牠俯衝的力道，直沒至頂。

黑色的血液噴薄而出。蛇妖痛苦長嘶，龐大的身軀重重地壓在鈴的身上。她奮力想將牠推開，但這條巨蟒最少也有百斤重量，她一個小小孩子，又怎推得動？

仰躺在冰冷的雪地裡，身上的獸皮衣染滿了蛇妖腥臭黏稠的血。她遙望著頭頂上閃耀的北斗七星，耳中盡是夜風的呼號，心想：「這便是我此生見到的最後一個畫面。」

不知過了多久，茫茫的地平線忽然出現了一抹不可思議的赤色，如同妝點絳唇。

恍惚中，鈴看見一道不可思議的景象——一道披著猩紅大氅的身影跨乘在碩大的白象背上，腰間還插著一把雪亮的短刀，宛如天降神兵。

嗤嗤微響間，那人身子未動，右手揮處，卻飛來兩道金光，將蛇妖的身軀生生斬成了兩半！

「孩子，抬起頭來。」

鈴小臉微揚，淚眼朦朧中，卻見一雙妙目浩瀚如海，彷彿能看穿世間一切苦難離合，牢牢注視著自己。

「師父……」

「喂！醒醒啊，鈴丫頭！」

有人正拍打著鈴的臉，力度還不輕。

睜眼，狄雲皺緊的眉心映入眼簾。

「你幹嘛呢？」她將他推開，頰上火辣辣地。

「這話該我說吧。妳還真能睡，被人賣了都不曉得！」

鈴迷迷糊糊起身，打量四周。兩人所在之處一片漆黑，有陣陣冷風襲來，似乎是個荒蕪的山嶺。她不由呆了一呆。

狄雲撣了撣衣服上的土，苦笑道：「看來，是咱們小覷那位公子爺了。也不知這是什麼地方……」

「該死！」對方一提醒，鈴頓時什麼都想起來了，忍不住咒罵一聲。

她向來謹慎，卻不料，才一放鬆戒備便落入了敵人的圈套。更沒想到的是，在錦絲鎮這盤錯綜複雜的棋局裡，鄭瑜卿原來才是隱藏最深的那一個！

他先是裝出一副懦弱謙恭的姿態，一步步誘得兩人卸下心防，助他鏟除大敵，最後再來招兔死狗烹——如此連環心計，比起陳松九，可謂有過之而無不及！

如今靜下心想，所有陰謀終於浮出水面。鈴的聲音不禁微微顫抖。

「陳松九一死，誅仙堂就成了斷頭蛇，不足為懼。田大哥自己也說了，白虎堂主柴剛壓根沒有爭奪幫主之位的意願……因此，照這樣下去，幫主之位遲早會落入鄭瑜卿手裡。但為了讓『誅仙』和『白虎』心甘情願奉他為主，他還需要一個萬全之策……」

「就在此時，我自己送上門來了。」狄雲自嘲道。

「恐怕他早就知道無頭屍案是你的手筆了。現下，他只要再將鄭東烈和陳松九的死一併栽到你頭上，他就兩袖清風，而你，卻是跳進黃河也洗不清。」

「得不到則毀之。夠狠。」狄雲「嘖」了一聲，「這位鄭少堂主可真是青出於藍啊。咱們所有人都被他給耍了。」

目光掃過去，除了荒煙敗草外，還當真一無所有。

「但他特地先將我們迷昏後丟到這，卻不知是為何？」

「此事之後再想。總之，先找個地方過夜。」鈴說著，縮了縮肩。不知為何，她突然覺得身子有些發冷。

順著山坡向前走，才沒走出多遠，天就下起了雨。兩人踩在泥濘的地上，一深一淺的，好不容易看見前方有座山洞，連忙奔了過去。

洞穴的入口鋪滿苔蘚，裡頭卻比想像中來得幽深，有巖石擋風，連空氣也是暖的。除了頭頂鐘乳石滴下水滴的聲音外，什麼也聽不到。兩人沿著曲折的甬道走出一陣，身子不自覺地越靠越近。

鈴去摸一旁的石壁，著手處又濕又黏，還附了層蛛網，空氣中浮漾著一股奇特的味道。她停下腳步，拉了拉狄雲的衣角：「別再往裡走了，等會兒迷路就麻煩了，就在這歇息吧。」

狄雲不見答，半晌，卻突然將長眸斂起，喃喃道：「好香啊……」

——香？等等！

鈴的神經瞬間緊繃，暗叫一聲：「不好！」然而，不等她反應，左肩卻驀地閃過劇痛。

狄雲見她突然跪倒，吃了一驚：「鈴丫頭！怎麼回事？」

鈴感覺自己快無法呼吸了，咬咬牙，衝他擠出兩個字：「快走！」

她從未見過狄雲如此著急的模樣，然而，隨著痛楚一波波襲來，她已經無暇他顧了。心一橫，推了對方一把：「笨蛋……叫你走就走！快離開這山洞！」

這種感覺，她太熟悉了。

她身上的脈印其實早該發作了，只因內傷期間，狄雲給她灌了許多昂貴的藥材，這才將毒給逼了回去。可過去兩日，又是打架又是飲酒的，還被灌了迷藥，潛伏在體內的毒性終於徹底反撲。

但為何偏偏挑在這種時候？這不是要搞死她嗎？

鈴恨自己的不爭氣，目光卻不敢放鬆，緊盯著黑暗，尋找著那作祟的妖怪。而就在狄雲轉身，拔劍出鞘的同時，周圍忽然響起銀鈴般的笑聲。

「姐妹們，快來看！這位郎君生得多俊哪！」

翩勝驚鴻影，輕裾隨風還。有的自上方飄落，有的從石壁裡鑽出。乍看之下，七名女子音容笑貌各不相同，但皆是白衣翩躚，媚態風流，鴉色長髮如絲緞般垂落在側，身段柔若蒲柳，說不出的風騷入骨。而那股攝人心魄的香氣，正是由她們身上發出來的。

「是妖，別看她們！」鈴伸手去遮狄雲的雙眼，但距離過遠，終究是晚了一步。

「郎君……」一名妖嬈女子姍姍而來，胸前的豐盈在薄紗裙的包裹之下更顯誘人，「別站離奴家那麼遠嘛。」

「就是說啊。」隔壁的女子掩口輕笑，「來，陪奴家跳支舞……」

兩人一左一右挽住狄雲，將他拉到中間。狄雲就像丟了魂似的，目光發直，連鈴叫他的名字也毫不理睬，看來是已經中術了。

七女中最年幼的那個卻注意到了鈴，叫起來：「哎呀，這兒還有個小娘子呢。」

「女的？」

女妖們像見到了稀有動物一般，紛紛圍攏過來。

鈴忙抓緊機會解釋：「各位姊姊見諒，我們並非有意擅闖，這就打算離開……」

「離開？」為首的女子冷笑，「妹妹怕是誤會了吧。盤絲洞的規矩——凡是入我洞門的人類，咱們七姊妹必會盛情款待。但說到離開，卻是萬萬不能。」

鈴大驚：「這是為何？」

「這座山，古時喚作盤絲嶺，南面有個小鎮，名為錦絲鎮。我們姊妹原本跟山下那些人類井水不犯河水。可有一年，他們想開發礦材，居然把歪腦筋動到我們的地盤上！咱們忍不下這口惡氣，出手殺了幾個不長眼的村民……不承想，此舉卻招來了司天台的鷹犬。他們武功高強，我們七姐妹合力也不是對手，元氣大損，只好用法術封住洞口，這才保住性命。」

「從那之後，我們便發誓要用人類的血，人類的元神來彌補我們折損的五百年修為！」

「冤有頭，債有主，傷你們的是司天台，干我們何事？」鈴怒道：「你們濫傷無辜，這樣的行為和司天台又有何分別？」

「哼，我們原本生活得好好的，是你們人類自己貪得無饜！」一名指甲纖長的女子發出冷笑，「若不吃你們的元神，盡快恢復功力，下次再有除妖師來犯，如何能禦敵？咱們盤絲七姝雖勢單力薄，卻也不能任人欺凌！何況，這片山本就屬於我們，是你們自個兒送上門來，可怨不得旁人！」

這些話聽在一般人耳裡，多半會被認為是強詞奪理，但鈴曉得妖怪對領土的概念和人類很不一樣。由於是天地精華所孕育，多數的妖對自己的原生地都有著非常強烈的情感連結，故鄉對他們而言乃是生命中密不可分的一部分。這也使得他們對人類不斷遷徙，占地為王的行為難以苟同。

她張了張嘴，一時竟找不到話好反駁。她也終於明白，鄭瑜卿原來是打著這樣的算盤……想通的剎那，渾身發涼。

「大姊，快來啊！跟她囉唆那麼多幹嘛？」背後的大眼少女乘機插口進來。

「瞧瞧，六妹就是心急。」被喚做大姊的女子轉頭，頃刻間綻開暖融融的笑意，「人又跑不掉，妳急什麼？」

「不是我急，是怕又和前幾回一樣，被三姊搶了先！」六妹噘嘴。

「三妹那個饞鬼……也不怕羞！」大姊笑。

「咱們的勾魂術雖然對女子起不了作用，但妳的元神卻是要定了！」六妹衝鈴射來一道帶刺的眼風，「但妳放心，咱們會好好招待妳男人的……反正天下男人都是一個樣。死在銷魂窟裡，想必也是樂意的！」

鈴對七女的行徑不以為然，卻也不得不承認，這話套用在狄雲身上確實合適。

自古以來，凡是擁有一定修為的妖怪多半都會選擇化成人形。這不僅是因為人的身體更能適應文明生活，更重要的是，牠們還能藉機混入人群，獲得更好的物質條件和更多誘捕獵物的機會。

「妳就暫且委屈點唄。待我們料理完他，就輪到妳啦。」

說完，四名女妖齊齊圍上。她們口吐乳白絲線，三兩下就把鈴裹成了一顆粽子。四肢都被緊緊纏住，只剩頭露在外面，眼睜睜看著妖怪們簇擁著狄雲，拐個彎，消失在石窟盡頭。

原來是蜘蛛精啊，鈴心想。怪不得擅使迷香之術蠱惑人心。

她試圖在心中召喚雲琅，卻感應不到對方的氣息，想必是敵人在洞口外張開了結界。如此一來，就算雲琅想來救他們也沒辦法踏入洞內。

「可惡！」真是屋漏偏逢連夜雨——倒楣透頂！

正在焦頭爛額之際，頭頂上突然飄來一個虛弱的聲音：「小姑娘……」

鈴一個激靈，轉頭問：「誰？」

「咳，老朽在這兒呢。」

鈴順著聲音抬頭望去，只見石壁角落掛著一個雙拳大小的白繭，上頭鑲嵌著一張皺摺密布的醜臉，嘴角歪斜，張著一口爛牙，正睥睨著自己！

「你是什麼東西？」

「小丫頭真沒禮貌。」老臉怒翻白眼，「老朽好歹比你大了幾百歲，嘴上也不知放尊重些！人類果然不識好歹……」

鈴哭笑不得，又不知對方葫蘆裡賣的是什麼藥，姑且從了命。

「敢問前輩有何事指教？」

「這才像話嘛。」老者慢吞吞說道：「老朽可是這兒的守護神吶。」

「守護神？」

「老朽原是這盤絲嶺上一株千年仙草，吸收天地靈氣煉化成妖，過得自由自在。卻不想，近年來，山下的人類越來越多，越來越猖狂……不僅四處築城占地，還欲將附近的山川河澤全都霸為己有，絲毫不把天地間的規矩放在眼裡。那幾個蜘蛛丫頭傻啊，偏偏要與他們硬抗到底，終於為盤絲嶺帶來了災難。司天台放火燒山，老朽失去了容身之地，差點連命都丟了……」

原來是隻花食怪啊。鈴聽到這，害怕一掃而空。

須知，由花草幻化而成的妖怪俗稱「花食」，是一種極為弱小的妖物，就連在妖的社會裡也不受待見。這樣的小怪，還敢自稱「守護神」，真是狂妄。

花食怪見她露出輕慢之色，氣得吹鬍子瞪眼。

「哼，老朽不過是見妳年紀輕輕，身上還帶著山神大人的信物，想必不是凡人，這才想救妳一命……不料，妳竟這般放肆！」說完別過臉，不再理她。

鈴這才想起山鬼送她的那朵銀花，心裡頓時有些羞愧：「是我魯莽了。能蒙前輩指點，實乃平生之幸。」

花食怪聽她道歉認錯，這才又轉回來。

「若非二十多年前那場大火，家園被毀，老朽才不會委身在這陰暗潮濕的鬼地方哩……」他悻悻道：「但在那之後，盤絲七姝卻仍不長教訓，不斷勾引進入山中的年輕男子，進而捕食，吸取他們的元神作為養分。老朽幾番好言相勸，她們非但不聽，還罵我懦弱、吃裡扒外……其實，自從司天台成立，六大門相繼歸附朝廷，老朽便知道，往後，這中土哪裡還有我們妖怪的立足之地呢？與其負隅頑抗，還不如趁早認清現實，能躲多遠躲多遠。」

但別說身為同類的蜘蛛精，他這番話就連鈴聽了都覺著刺耳。她心想：「老東西膽小怕事，一味長他人志氣，滅自己威風，難怪會招嫌。」

「這世界本就是弱肉強食。妳們這些小輩少不更事，不曉得戰爭的可怕，我這把老骨頭卻早禁不起折騰囉……」花食怪嘆了口氣，被蛛絲緊緊綑住的身軀在空中晃了幾下，看上去既滑稽又悲涼。

「五年前，老朽設法救了一名被蜘蛛精抓住的青年，要他逃出去後警告其他人類，千萬別再來盤絲嶺。卻不想，人沒走脫，老朽幫助他的事卻露了餡，盤絲七姝一怒之下便把我綁了吊在這裡……」

鈴不禁搖頭：「就算你當時真的救下了那個人類，他出去後也必會通知司天台前來除妖。你們照樣逃不掉，還不如斬草除根，以絕後患。」

「話是這麼說……」花食怪黯然道：「但老朽和盤絲七姝不一樣，我自知功力淺薄，也無心修煉，只盼安安靜靜地了此殘生，別再捲入什麼可怕的爭端就好。」

鈴沉默了。

是啊，強權傾軋，被犧牲的卻總是夾在中間的老弱婦孺。既無力反抗，又不願任人宰割，也難怪花食怪會不惜背叛同類，只為求偏安一隅。這決定背後的辛酸，確非她一個局外人能夠理解的。

放眼天下，同樣如此。世人皆道大唐昌盛，河清海晏，可人與人、妖與妖、人與妖的爭鬥卻又何曾止歇過？

她凜了凜神，將話題拉回關鍵：「老前輩，您說您曾幫助一名人類逃脫，還差點成功，是如何辦到的？」

雖然對方顯然不怎麼可靠，但眼下狄雲命在旦夕，她也只能死馬當活馬醫了。

「盤絲七姝的蛛絲雖然厲害，但碰到我身上的毒液，不過一時半刻便會被腐蝕。」

「當真？」鈴雙目放光。但她旋即發現了話中的矛盾，「既然如此，您怎麼不自己割斷束縛呢？」

花食怪慘然一笑：「當年，老朽為了幫助那名人類逃跑，把身上所有毒液都榨光了，如今早已一滴不剩。」他看見鈴失望的神情，續道：「但這附近有不少像老朽一樣的『烏頭草』。妳將汁液塗抹在蛛絲上，應能見效。」

鈴按照對方的形容，果然在離自己不遠的石縫裡看見了幾株暗藍色的小草。她使勁晃動身子，不斷壓在草葉上，過了一段時間，手腳還真的逐漸能動了。她不禁大喜。只要撕開一點小縫，她便能從袖裡抽出雪魄，將剩下的蛛絲切割乾淨。

折騰了一頓飯時分，她終於從繭裡解脫出來。雖說毒性來勢兇猛，胸口如火燒灼，但至少能走動了。

她爬起來，摘掉殘留的幾綹蛛絲，對花食怪深揖：「前輩果然是這裡的守護神！救命大恩，不敢言謝！」

可她要揮刀斬去對方身上的蛛網時，卻被花食怪制止了。

「天殺的小孽障，妳要害死老朽啊！」

鈴一臉不解，花食怪道：「老朽受困多年，雖說吊著一口氣，但時間過去了那麼久，蛛絲早已化入莖葉，如今已與老朽的身體融為一體，再也分不開啦……」

「怎會如此？」鈴睜大眼。

「反正老朽已行將就木，只要別被不長眼的小ㄚ頭誤砍了，便是燒高香了，妳自己好自為之吧。」花食怪悶哼：「趕緊去救妳的朋友。務必要小心一路上的毒絲，那些東西可是比刀還利！」

鈴被對方這幾句重如泰山又輕如鴻毛的話給震懾了，跪下去連磕了三個響頭：「敢問老前輩尊姓大名？」

「老朽花柳客，妳愛記便記，不愛記便罷了。快走！別站在這囉唆！」花食怪撇嘴，小小圓圓的眼睛瞳孔突出，使得本就皺巴巴的臉更顯畸形。

明明是幅嚇人的畫面，鈴心口卻湧起一陣暖意。

「是，晚輩記住了！」說完，她拾起狄雲掉落的重劍，朝前方蜿蜒無盡的黑暗走去。

耳畔飄來若有似無的嘆息，宛如風中殘葉。

拾壹

拐過轉角，來到下個洞窟，鈴已是氣喘吁吁，不得不停下腳步歇息。

此處空蕩蕩的，無半個人影，只有中央一顆蘑菇形狀的怪石。

然而，就在她咬咬牙，想繼續向前時，劍身卻反射出面前一道光，直晃人眼。她想起花柳客先前的警告，倏地站住。

果然，定睛一望，便發現前方掛著一條極細的蛛絲，高度更是不偏不倚。若她再貿進一步，頭顱就要和身體永遠告別了。

「哼，一介小小人類，竟也能從黏絲網中脫身。莫不是花柳客那個老不死的又多嘴了？」

鈴循聲抬頭，只見蘑菇石上不知何時竟出現了名老婦人。她身形佝僂，一頭鶴髮亮如絲瀑，疊擰成一個華麗的墮馬髻，宛如在頭頂種了根胖蘿蔔。

她咳嗽一聲：「婆婆問妳話呢！」

鈴肩上痛得厲害，哪有心情和對方扯淡，怒道：「別擋路！」

「不知死活的兔崽子，竟敢在我羅婆面前放肆。」老婦用黃油油的眼睛瞪視鈴，「難怪姑娘們容不下妳……嫌老婆子擋路，有本事妳倒是過來啊。」說著怪笑一聲，「老婆子就坐在這兒等妳。」

鈴完全不想理這瘋婆子，但若想通過石室，就勢必得過對方這關。跨出兩步，忽然膝下一痛。幸好她輕功佳、反應快，一驚覺有異，立刻向後斜竄。落地時飛快一瞥，卻見左小腿處已被劃出一道血淋淋的創口。痛還是其次，可怕的是，她竟連對方何時出招，如何出招的都不知道，臉色不由變了變。

「怎麼，這樣就怕了？」羅婆獰笑。

鈴卻盯著對方的手。剛才，她分明見到那雙爪子抽了一下。

屏氣凝神間，腦後忽現風聲，連忙將頭一偏。

下一刻，一道蛛絲無聲無息橫來，急急從她臉上掠過。鈴被刮得面皮生疼，但這回總算看出貓膩了——她眼沒花，絕對是那老妖婆搞的鬼！

「妳是六大門的人？」羅婆雙目瞇起，「小小年紀，身手不錯啊，可惜……」

一聲嘆息未畢，尚不知「可惜」什麼，又是兩條鋒刃斬落。

蛛絲極細，來勢極險，若非鈴眼力遠超常人，早被削成豆腐塊了。同時，她驚恐發現，自己竟是處在一座漫天織就的大網裡，且這面網還在不斷收緊當中！羅婆靠著拿揉自己的頭髮控制周圍絲線的移動，而她座下那顆蘑菇岩，實際上就是一枚巨大的紡墜。

這些紡出來的「蛛紗」遠比盤絲七姝吐出的絲來得鋒利。

鈴用慣了輕盈的兵刃，只覺得狄雲這把寬背重劍既重且鈍，一劍下去，不但沒能砍斷絲線，自己還被震退兩步，劍身「滋」一聲，冒出一縷青煙。

她從懷中抽出冥火符，朝羅婆射去。符咒被蛛絲絞得粉碎，迸出一團藍色火焰。本期待火攻能奏效，但旋即，石洞的頂端竟垂下出許多隻小蜘蛛，張口噴絲，轉眼間就把燒斷處重新接上了。

鈴見自己的攻擊全無效果，心臟一緊。這樣下去，別說救出狄雲，恐怕連自己的小命都要搭進去！

可就在這個當下，腦中忽然閃過一句話：「躲不過，就讓他來」——多麼耳熟的一句話！她一時卻想不起是從哪聽來的。

更奇妙的是，隨著這個念頭浮現，心中頓時冷靜了許多。她又將這七字默念三遍，感覺靈臺清明，似乎連傷口也沒那麼痛了。

看樣子，想闖出這個蛛網陣，就得先拿下那個羅婆。

她想起從前在赤燕崖時，二叔孔雀精孔達教她的一個遊戲：雙生崖取蛋。

雙生崖之所以稱作雙生崖，是因為兩面峭壁距離極近，輕輕一縱便能從一面山躍到另一面山。同時，那裡也是滅蒙鳥的棲地。

滅蒙鳥這種妖怪和麻雀差不多體型，喜群居，叫聲宛如嬰啼，雖很少主動攻擊人，但飛行速度快，還能模仿不同聲音，惟妙惟肖，因此在赤燕崖被充當信鴿豢養。牠們沒有築巢習慣，下蛋後會在裸露的山壁上挖洞，把蛋埋進去，以躲避掠食者的攻擊。

但滅蒙鳥沒想到的是，某天，家門口卻來了個明目張膽的「竊蛋賊」。

鈴手提竹籃，在絕壁間來回竄躍，將蛋從一排排的小洞挖出來，兜進籃裡。這下可惹火了滅蒙鳥。日出是牠們一天當中最活躍的時刻，一旦遇敵，便會傾巢而出。

剛開始，鈴總被啄得頭破血流，好不容易偷到的蛋或失手碰碎，或掉落深谷。成功取回的蛋，便是當日的早飯，孔達稱此為「一日不作，一日不食」。因此，鈴每天都有很大的動力，天還未亮就起床，到雙生崖和鳥群搏鬥。

孔達從不授她任何祕訣，全憑她自己摸爬滾打。如此風雨不輟，長年無休下來，除了養成了精準的眼力，身法也練得益發敏捷。尤其是將輕功裡的「游」字訣應用到中盤，更有了些別開生面的意思。

隨著鈴取回的鳥蛋日漸增多，一個籃子裝不下了，就攜上第二個、第三個……孔達說，若能在半個時辰內取回七十顆完好無損的蛋，就算出師了。

下山前一天，鈴特意數過自己的戰果——共六十八顆。

鈴想起二叔那句輕飄飄的「還差著呢」，剎那間，眼底迷霧散去，只餘一座致命的刀山，向她鋪天蓋地襲來。

她錯開兩步，鼻尖一涼，已和一條蛛絲擦面而過。隨後，手腕一陡，長劍「嗡」地拔起，幾縷細碎寒光落於眼睫，正如漣漪倒映，蠅飛振翅。

羅婆見她整個人忽然氣質陡變，出劍的氣勢也不一樣了，兩排黃牙磨得「咯吱」響，紡紗的速度更快了。但越是這樣，動作就越容易被看穿，陣式的變化也越容易預見。這和滅蒙鳥受到刺激而發出鳴叫是相同的道理。

鈴在萬丈懸崖間和妖怪鬥智鬥勇，早已錘煉出了輕功和刀法分心二用之技。八年光陰，當別家的孩子忙著玩耍、蹴踘時，這就是她的家常便飯，就算閉起眼睛，身體也不會忘記那感覺。

隨著千絲纏來，她一改方才硬碰硬的打法，改用黏、勾、撥、挑的方式，腳不沾地，劍光渡越，在密密麻麻的網中強行豁開一道容身之隙，整個人借力蕩起，直撲陣央的羅婆。

羅婆叱喝一聲：「找死！」噴出兩枚尖牙，分別飛向鈴的左脅和右腿。但鈴卻不閃不避，直接舉劍砍落。

她這招毫無半點花哨，完全是以力破巧，靠著寬劍本身的重量加速度，硬生生將羅婆的右臂齊肩削了下來。

羅婆晃了晃，雙眼望著劍上張貼的冥火符，表情難以置信。緊接著，她整個人被捲起的青焰包圍，倒了下去。

鈴倒抽一口涼氣，拔出身上的兩粒尖牙，整個人癱在冰涼的石地上，只覺得渾身無處不痛。待血止住，這才勉強爬起，拄著劍，摸著牆，繼續往前走。

沿著地道兜了幾轉，前方赫然隔出一間石室，裡頭飄出銀鈴般的笑語。

原來，百花屏風後頭，正是盤絲七姝簇擁著狄雲。鶯聲燕燕，談笑正歡。

然而席間，眾人雖不斷做出飲酒的動作，杯中卻空無一物，想必又是蜘蛛精的幻術在搗鬼。

當中一女見鈴站在門口，驚呼打斷了旖旎的氣氛：「哎，這不是剛才的小丫頭嗎？」

鈴沒說話。她強撐著走到這，身體早已不堪負荷。下一刻，眼前一黑，直接摔了下去。

大姊望見這幕，忍不住皺眉：「大好的日子，死在咱們門口，連元神都沒了，真是晦氣……四妹，還不趕緊把人扔出去！」

排行老四的女子上前，用腳尖頂了頂鈴的側腰：「大姊，瞧……她還沒斷氣呢！」

「那快把她元神吃了，省得麻煩！」大姊撇嘴，卻被老三拉住了手。

「哎，等等！」她笑吟吟道：「她費盡千辛萬苦來到這解救她的相好，可不挺感人的嗎？難道妳們就不想聽聽她想和郎君說什麼？」說到這，忍不住吃吃笑起來，「我敢打賭，一定甜死人哪！」

「妳真是……」大姊拂袖，「我都不知該怎麼說妳了。」

老三嘻嘻一笑，朝老四招了招手：「快，把人帶上來！」

恍惚中，鈴被人從地上拉起，七姝中的一人俯身貼到她耳邊，道：「小妹妹，咱們七姊妹雖說是妖，卻也有佛心，不忍見情侶強遭拆散。所以，臨死前，我們就發一回慈悲，讓妳和情郎再說上幾句體己話。」言罷，直接將鈴往狄雲的方向推，「喏，妳儘管說吧。說完也好安心去了。」

鈴撞在狄雲懷裡，抬眼，卻見他目光發直，毫無反應，顯然仍深陷幻術的魔障。

她愣怔半晌，深呼吸，附到對方耳旁，說了幾個字。她的聲音極低，幾名女妖紛紛好奇地豎起耳朵。

然而，還沒聽清對方到底說了些什麼，眼前驀地寒光一凜，竟是鈴以極快的速度揮出雪魄，刺入狄雲肩頭。

俗話說，血光能沖煞，其實一點也沒錯。尤其是蜘蛛精這類締造幻境，迷惑人心的妖怪，最怕的就是在施術之時見血，因此，他們才會在捕食前盡量避免讓獵物受傷。鈴這一刀刺得很深，拔出來時鮮血噴湧，女妖們紛紛尖叫。

狄雲痛得眉頭緊擰，混濁的雙眼一下子變回清澈。

他捂住傷，低頭瞥見鈴伏在自己膝上，一動也不動，腦內頓時炸開了鍋。

拾貳

「喂，鈴丫頭……」

一聲聲連喚，也沒能喚醒懷中人。狄雲再抬頭時，臉上已罩了層嚴霜。

七姝見他突然清醒，又驚又怒，紛紛現出青面獠牙的原形，將兩人團團圍住。

空氣中的香氛越發濃了，肩上的痛楚卻如冰稜鑽入骨髓，令狄雲無比清醒。他抱起鈴，一記側飛踢將圓桌給掀翻，挾著尖風朝蜘蛛精砸去。

「很好……」冷笑間，上前兩步掇起長劍，「妳們方才招待本公子盡心竭力，現在換本公子招待妳們了——有種別走！」

眾女見他目光森寒，不禁害怕起來。也只有七姝中的大姊尚能保持鎮定，罵一聲：「臭小子，別得意！」

然而，先前那柄還被鈴嫌笨嫌鈍的劍，一回到主人手裡，頓時如冷鐵生魂，鋒芒大漲。青光起落間，射來的黏絲直接被長風斬為數截。

狄雲揮開重劍，動作堪稱優雅，卻招招指向敵人要害。縱然蜘蛛精有妖氣護體，卻也被逼得手忙腳亂，若非七姊妹配合無間，一人遇險，其餘同伴立即施招相救，早已潰不成軍。

她們噴出的絲線結成一張大網，中央冒出許多七彩銀腹的小蜘蛛，以大軍壓境之勢，兇猛攻向狄雲。

換做常人，早被這一幕嚇得魂不附體了。但狄雲卻連腳步都懶得移，直等到蟲群近身，這才抖出手腕。

隨性一揮，激起的劍氣卻猶如暴風過境，捲起千堆雪浪——這才是「薤風劍」的真容！

「再來啊。」狄雲望著滿地落下的屍體，唇角凝笑，眼中卻笑意全無。「我倒想看看，妳們這幫害蟲還能翻出什麼花招？」

七姝中的老二抬頭，滿腔憤恨：「若非當年我們遭到司天台的算計，白白折損了五百年的道行，像你這樣的惡徒，就算再來十個，咱們姊妹聯手，又有何懼？」

狄雲語氣帶嘲：「說得好！我本來就是惡徒……」話音未斷，身形幌動，已將對方隻手拽過，五指緊緊扼住她咽喉，「連本公子的人也敢碰，找死！」

那女妖被掐得臉色發黑，舌頭吐出。一旁的少女護姊心切，奮不顧身朝狄雲撲去。狄雲連眉毛也沒動一根，左腿飛起，如貓崽子般將她甩向石壁。

鈴一睜眼，撞見的便是牆上的長長血痕。她從來只見狄雲憐香惜玉，卻沒見過他發火的樣子，不禁一呆。

且以她對江湖門派的認識，瞧了半天，卻愣是看不出他究竟是什麼武學背景，只覺得他下盤甚穩，身姿卻又異常翔動，她被他單手攬在懷裡，竟也並未感到不適。

只見他重劍騰起，直逼為首的女妖。她挺腰避過，正待反擊，卻被未盡的劍風震退半步，還順帶打了個寒噤，彷彿後知後覺地意識到自己惹錯了人。

可惜，晚矣。狄雲一別手腕，劍光由虛轉實，已罩住了她面門要害，當場將這副千嬌百媚的身軀捅了個對穿。拔劍時，還意外掀飛了幾顆牙。

「——不！！」眾女妖此時早已倒得倒，暈的暈。一旁小妹見到大姊慘死劍下，不禁崩潰大哭。

「無恥人類！」她披髮散鬢，揚起臉，狠狠瞪住狄雲，「等著吧！你會遭報應的！」說完，拚著最後一口氣，轉身猛撲。

紅光乍現，少女一頭撞在劍口上。她的身子詭異地扭了幾扭，血不斷從豁開的額頭淌出，眼看是活不成了。但那怨毒的目光至始至終都沒離開狄雲的臉……

狄雲甩開對方，抱著鈴走出石室。

然而，正當他轉過屏風時，握劍的手驀地傳來一陣刺痛。低頭望去，只見袖口不知何時竟爬出一隻銅錢大小，通體斑爛的七彩狼蛛。狼蛛雖小，一雙長牙卻閃爍凜光，深深扎入他的手背！

想必這隻蜘蛛定是七姝中的小妹撞劍自殺時，偷偷放到他身上的。他被對方的瘋狂之舉震懾，一時竟沒察覺。

好心計啊！狄雲眸色一動，喉中發出不知是哂笑還是無奈的聲音。

盤絲嶺下，火光熊熊如晝。看那陣仗，少說也有百餘號人。其中豎得最高的那面旗幟，繡著一隻昂首吐信的巨蛇，背上突出兩雙翅膀，赫赫生威。另外三排較小的旗幟，分別是赤色的「龍旗」、黃色的「仙旗」以及白色的「虎旗」。

「狄雲奸賊！你殺死兩位堂主，意圖顛覆我幫，吾等奉新幫主之命伐罪魁首，快快出來受死！」

孤星高掛，暗潮洶湧。長夜裡，火光和刀光交織成一幅血淋淋的畫面。誅仙堂弟子們見到洞口有人影晃動，立時就要往山頂衝，為堂主「報仇」。後頭的鄭瑜卿一派悠閒地坐在膘肥的胡馬上，搖著扇子，眉宇間笑意沖淡。

「他們竟敢……！」

狄雲懷中的鈴被驚醒了。她瞥見山腳下的景象，一口氣卡在嗓子眼，差點又要吐血。

「什麼敢不敢的？不過一群可憐蟲罷了。」狄雲輕笑，彷彿一切的爭鬥廝殺、風波詭譎都與他無干。

鈴此刻動彈不得，而狄雲的右手中了狼蛛之毒，不過一炷香時間，已腫脹變形，連劍都握不穩了。他又朝山下深深望去一眼，這才揹起長劍，抱著鈴毅然轉身，往後山奔去。

鈴再度醒來時，發現自己躺在一個溫暖乾燥的樹洞內，身上還裹了件男人的衣裳。她感覺胸口發燙，四肢卻冷得打顫，頓時明白，自己體內的黃泉之毒已全然發作。

狄雲用樹葉盛了點水，湊到她嘴邊。她忙不迭咽下，口裡發苦，難受得想哭。

「妳覺得怎麼樣？」

平日裡，狄雲總是油嘴滑舌，沒半句正經。鈴頭一次聽他用這麼溫柔的語氣和自己說話，頓時生出幾分疑惑來。

想直問，喉嚨卻像被塞了烙鐵似的，蠕動半天，只發出兩聲比貓叫還弱的嗚咽，急得她臉都白了。

「沒關係，妳不用說話……我來說吧。」狄雲撥開她汗濕的額髮，目光柔和宛如沉了一塊暖玉，「聽好了，鈴丫頭。我真正的名字叫凌斐青，狄雲只是我的化名。抱歉，瞞了妳這麼長一段時間……過去兩年，我一直在暗中調查『司天台之變』，來到錦絲鎮，接近嗚蛇幫，全都是為了這個目的……」

鈴聽得睜大了眼。

她曉得，對方口中的司天台之變，指的正是十七年前轟動朝野的大案，而一切風波的根源正是一本名為《白陵辭》的祕笈。

《白陵辭》乃是晉代詩人寇白陵所著的奇書。不知從何時起，江湖上便有傳言：「白陵歧術，天下相爭，邪魔具現，江河四溢，千仞之山，轉眼成塹，廟堂之巍，安能不懼？」詩中暗指《白陵辭》裡的武功具有更迭朝代的力量，引起了君王的強烈忌憚。

宋、齊、梁、陳四朝政治動盪，各路梟雄為了爭奪《白陵辭》不惜相互殘殺，直到隋文帝楊堅舉兵南下，一場腥風血雨才終於落幕。

而後，大唐治世來臨，《白陵辭》順理成章落入了司天台之手，並由武藝高強的藏經洞主朱松邈看管。

可不承想，十七年前，六大門中聲望極高的塗山掌門韓君夜，竟被司天台指控殺害朱松邈，竊取《白陵辭》。韓君夜遭處死，而《白陵辭》卻從此下落不明。

事發時，凌斐青還只是個懵懂孩童，但他的人生卻因此迎來了巨大的轉折……

此刻，他想到自己追尋真相的旅程即將畫下句點，墨玉般的眼眸不覺含了一絲氤氳。

「家師便是人稱『玉風俠』的長孫岳毅，」他告訴鈴，「他和死於司天台之變的塗山掌門韓君夜乃是八拜之交。多年來，無論天下人如何議論，他一直堅信韓大俠的清白，竊取《白陵辭》的兇手肯定另有其人。我也這麼相信。」

「藏經洞主朱松邈遇害時，五臟破裂，天靈蓋被掀開，胸口皮開肉綻。這手法足以證明他和鄭東烈一樣，都是被邪魔所殺。雖然我不認為陳松九有這般能耐，但此案背後，必定隱藏著很深的陰謀……」

鈴終於明白了：「這正是狄雲——不，是凌斐青——不惜千里迢迢來到這個荒郊小城落腳的真正原因。」

然而，他隱藏了這麼久的身分，為何要在此時向她吐露呢？她突然感到一股深深的恐懼。

凌斐青將她的手握得更緊了，但她的視線卻落在了他的另一隻手上。雖然傷口已經過了包紮，但依然能看見捋起的袖袍下，他的整條右臂都已化為青紫。

他平日裡抱琴撫奏，他最引以為傲的「薤風」，靠的都是這隻手。

這一刻，鈴的眼淚終於奪眶而出。

然而，凌斐青自己卻跟沒事人似的。他目光眷眷地定在對方臉上，笑道：「我雖不是什麼除妖師，卻也知道，七彩狼蛛毒性兇猛，不是輕易能解的。幸好有妳在這，否則，我到最後連個說話的人都沒有，豈不寂寞？」

鈴身不能動，口不能言，只有淚水最誠實，流得一塌糊塗。

「傻丫頭，別哭啊……」凌斐青笑著替她抹淚，「下山後，記得替我去找我師父，將查到的線索告訴他老人家。這件事，唯有交給妳，我才放心……」

鈴明白，對方說的每句話都十分要緊，可每聽見一個字，她的心就像被滾油燙過。她想大聲喊叫，想狠狠抽凌斐青，想對他說：「我是韓君夜的徒弟啊……你想說的，我全都懂……」她這輩子，從沒有像此刻這樣渴望向人吐露心聲。然而諷刺的是，現在的她卻偏偏做不到！她唯一能做的，就只剩點頭。

而就在這個當口，不遠處飄來陣陣喊殺聲，顯然是鳴蛇幫仗著人多勢眾，攻上山來了。凌斐青卻置若罔聞。

「鈴丫頭，求妳告訴我一件事……」他俯下身，將話音壓得很低，彷彿害怕被人聽去似的，「在盤絲洞裡，妳最後對我說的那句話，可是真的？」

鈴徹底愣住了。

她不敢相信，到了這種時候，對方心裡竟還惦記著這個！——天底下怎麼會有這樣的傻瓜？

軟弱的情緒在一瞬間噴薄而出。她破涕為笑，拼命點頭，直到脖子都痠了。眼淚一滴滴漏進嘴角，化作不可言說的苦滋味。

他最後一次為她綻開笑意，仍是最初那個足以溺死人的弧度。

「如此足矣。」

殺伐聲越來越近，連帶著地面也跟著隆隆震動。

凌斐青低下頭，在鈴眉心匆匆落下一吻，旋即掙開她的手臂，轉身朝外走去。

鈴曉得，他這是打算自己充當誘餌，去替她引開敵人。

淚光簌簌裡望出去，那峻拔的背影宛如凌雲之巔飄落一片純白雪花。

她心底急叫：「別走！」但不過一眨眼的工夫，對方早已越出洞口，沒入黑暗。

須臾，外頭響起兵刃相交的動靜。那刺耳的聲音就好像刀子深深扎在鈴的心窩上，而她近乎崩潰的嘶喊，卻沒有一人能聽見。絕望處，只得蜷緊拳頭，狠狠地哭著。

第陸章、荒山鬼

壹

恍惚間，鈴感覺一雙冰冷的手撫上她的臉頰，溫柔地、小心翼翼地，彷彿怕攪了她的夢。她抓住那隻手說：「別走！別丟下我一個人……」但話才出口，又再次被拉入沉甸甸的黑暗。

再度睜眼時，她發現自己身下鋪著乾淨的床被。窗外是白天，薄薄的陽光覆滿了整個房間。想坐起，胸口卻像被大石頭壓住，連氣也喘不上。這幕被門口的少女看見了，連忙衝了過來。

「別動！傷口會裂開的！」

鈴想和對方說，自己受夠了，就算死又有何妨，可胃裡驀地湧上一陣噁心，將嗓子眼給堵了。

少女將水盆遞到她面前，輕拍她的背：「不要緊。吐完就沒事了。」

鈴早已沒力氣去爭。低頭嘔了半天，彷彿將五臟六腑掏了個遍，這才昏昏沉沉地倒回枕上。再醒來，已是黃昏。不可思議的是，那少女居然還在。圓圓酒窩，靜好容顏，見她張開眼，開心地笑了。

「妳醒啦？」

鈴喉頭滾了一下，發現自己能說話了：「……妳是？」

「我叫夏雨雪，下雨的雨，雪花的雪。但中間那字念法跟平時不一樣，要念成『玉』。別唸錯啦。」

「我怎麼會在這？」

「我們在山裡發現妳的，妳這都睡了好幾天了。」夏雨雪說著，伸手去探鈴的額頭，「謝天謝地，高熱終於退了。想當初，妳燒得跟爐膛裡的炭似的，可把我們嚇壞了……」

對方絮叨了半天，可都不是鈴想聽的。

她慢慢閉上眼：「盤絲嶺……到底發生了什麼事？」

「這個……」夏雨雪躊躇起來。下一刻，見鈴臉色倏變，又欲掙扎起身，這才掂量著道：「好，我說……妳別激動啊。」

「七天前，為了追捕仇家，嗚蛇幫出動大批人馬包圍整個盤絲嶺，還一把火燒了盤絲洞。當時咱們恰好路過附近，但趕到時，整座山早已面目全非。若非師姊機警，也不會發現妳藏在樹洞裡。」

「那麼……仇家呢？」

「嗚蛇幫的人向來下手狠毒，不達目的絕不罷休。除非此人有通天遁地之能，恐怕早燒成灰了。」夏雨雪垂下目光，「說起來，妳真挺幸運的。」

幸運？這兩個字挾著一股深深的無力感，鈴幾乎都要笑出來了。

「可否麻煩妳出去？我想一個人靜靜。」她說。

夏雨雪很識趣，默默退了出去。而她剛將門帶上，鈴的表情立刻便糾結起來，平時烏黑明澈的眸子變得黯淡無光，宛如兩潭死水。

她覺得自己彷彿置身在最古老而荒謬的噩夢之中——該死的沒有死，想活的卻活不成，這一切就像個殘忍的玩笑……

絕望間，腦中彷彿又響起熟悉的聲音：「這件事，唯有交給妳，我才放心。」

凌斐青那個大白癡！

她雙拳攥得死緊，直到將掌心掐出滴滴血珠。可就算內心痛極，也終究忍住沒哭出聲來。因為她知道，夏雨雪此刻就在門外。

臨別之際，凌斐青曾問她：在盤絲洞裡，對他說的最後那句話，是不是真的……當時，她以為對方還沉溺在幻術中，應該聽不見她說話才是。不承想，還是被他聽去了。然而，若早知如此，要她說上一百遍、一千遍又有何妨？

「我跟你走。」

短短四個字，卻彷彿承載了一輩子的重量，狠狠碾過她的滿身瘡疤，直到破碎支離。

「阿離。」

當夏雨雪問及她的名字時，鈴脫口而出腦中浮現的第一個答案。

她看著對方胸前掛的八卦鏡，心中一動，說道：「敢問姑娘，這裡可是江南夏家莊？」

夏雨雪水靈的雙眸一閃，笑道：「我就知道，妳肯定不是普通人，果然見多識廣。不錯，夏家莊主是我阿爺。可惜，這裡不是我家，是玄月門。」

六大門之一，位居武夷山的玄月門。鈴萬沒想到，自己居然鬼使神差地來到了這，還碰上了夏家莊主的千金。

但眼下，她還有更大的煩惱須面對。

自從那日她和凌斐青去餐霞樓赴宴後，就和瀧兒失散了，就連雲琅也不知去向。醒來後，更發現自己雙腳虛浮，連一絲內力都使不上。她揣測，恐怕是在盤絲洞時中了羅婆的毒牙，導致體內雙毒碰撞，才傷了身子的根底。

外在的傷口總會一天天好起來，但苦苦修來的真氣卻沒這麼容易。且少了練妖術，鈴也無法和同伴們聯絡。她感覺自己成了個徹底的廢人。

為了不引起懷疑，她向夏雨雪誆稱自己是個孤女，欲往杭州投親，借道盤絲嶺時被奸人所擄，之後的事情便一股腦兒推說忘記了。夏雨雪也不忍追問太深，只是常常來陪她談天，講些稀奇好玩的故事逗她開心。

某日，她突然說起：「妳昏迷時，一直喊著某個人的名字。他對妳來言，一定很重要。」

「或許吧。」鈴將臉別開，輕聲道。

可惜，有些事，永遠尋不到答案了……就如同山鬼贈予她的那朵花，遺失後便再也找不回來了。夏雨雪瞥見對方的表情，沒敢繼續問下去。

但既然都來了，鈴也不打算空手而歸。

「我不能白住妳們的。」她對夏雨雪說：「至少得當面拜謝諸位女俠。」

「這個容易。」對方笑，「不如明日隨我去九曲台。那裡是咱們每日練功的地方，我給妳好好介紹介紹。」

但到了隔天，兩人往九曲台的方向走去，穿過跨院時，頭頂卻突然縱落一道花影，揮劍朝夏雨雪肩頭疾刺。夏雨雪退了半步，這一劍便刺了個空。那人不死心，將目標轉向鈴。

鈴下意識舉起雪魄擋格。但她如今雙腳虛浮，反被對方的劍壓倒，一個跟斗摔了出去。

「宛在，快住手！」夏雨雪急叫，「別傷著人啊！」

那人哈地笑了，就要往鈴身上繼續刺落，鈴連忙縮身滾開。同時，夏雨雪一記綿掌朝對方後心拍去，逼得他撤劍圜身。

「嘁，不好玩！」

鈴爬起來時，背脊還隱隱作痛。夏雨雪連忙上前相扶。

「李宛在！你再胡來，我可要去告訴師父了！」她怒道：「阿離姑娘可是咱們的客人呢！」

「我哪知道她不會武功啊？玩玩而已，何必大驚小怪……」

說這話的人雙腿頎長，身穿一襲柳色翠紋交領袍衫，腰繫月白絲條，腳踏麂皮短靴，兩條濃眉斜飛入鬢，一雙桃花眼尾端微微挑起，儼然一名氣宇軒昂的美少年。

「嘿嘿，加上今天這回，我已經連續贏妳十六回啦！」他上前，一把勾住夏雨雪的脖子，開心地宣布，「小妮子還不俯首認輸？」

「呸，誰跟你比啦？」夏雨雪橫了對方一眼，「還不快給阿離姑娘道歉？」

少年裝模作樣地轉過身，朝鈴打揖：「阿離姑娘，對不住！」

「你是……？」

「他便是這裡的混世魔王，人稱『小李羅剎』李宛在！」夏雨雪說著，往李宛在的腰側捅了一下，「這丫頭平時最愛胡來了。」

「丫頭？」鈴都快被這兩人攪糊塗了。

「是啊，別瞧她這副不正經的模樣，可是如假包換的女孩兒。」

還當真是……細看下，李宛在腰肢纖細，可嗓音低沉，眼神魅惑，令人雌雄難辨。

「我說……妳就不能給點面子嗎？」李宛在好戲被揭穿，語氣很幽怨。

夏雨雪白了她一眼：「妳還嫌鬧不夠？山下的那些姑娘們被妳這樣一攪和，都甭嫁人啦！」

「是她們自己非要纏著我，干我何事？」李宛在連忙撇清，說完轉向鈴，眼中閃著興奮的神采。

「說說唄，妳這把刀哪弄來的？」

這話過於直接，夏雨雪聽了忍不住皺眉。但鈴本人卻不介意。不知為何，這兩個姑娘雖是六大門的弟子，可卻給她一種一見如故的感覺。

「是家中一位長輩所贈。」

「是嗎？」李宛在挑起眉，用垂涎三尺的眼神盯著雪魄，「若我猜得不錯，能擁有這樣的寶刀，那定是位高人！」

「倒不是……只是見我武功差，給我防身罷了。」鈴心虛地將刀收起，夏雨雪則伸手挽住李宛在：「得了，別折騰啦。大家都在等咱們呢。等會兒又被師姊罰蹲馬步，我看妳如何開脫！」

李宛在這才扮了個鬼臉，隨她而去。

貳

玄月門的建築風格雖然大氣，內部的陳設卻相當簡單，全都是以自然素淨的顏色為主，就連一眾女弟子的裝扮也沒有半點多餘的修飾，和其餘的五大門派那種窮奢極侈的作風全然不同，倒是教鈴耳目一新。

九曲台乃是這裡最大的演武場，下連九曲江，上接天游峰，渭然臨於水中央，後方的石壁上刻著四個氣勢滂礴的篆體大字：「日月同輝」。

三人到時，場中已站了二十來名白衣女子。

鈴向眾人見禮，大師姊孫苡君態度十分親切，二師姊許琴卻在一旁小聲嘀咕：「師姊真是的，連條野狗也撿回來……」

「舉手之勞，何必計較。對了，關師妹呢？」

「那尊大佛，除了師父，誰又請得動啊？」許琴白眼一翻，冷笑著走了。

「算了，由得她去。反正這些她也都會了。」孫苡君說著，轉頭打量鈴，「阿離姑娘可曾習過武？」

鈴苦笑：「小妹哪有各位姊姊們那麼厲害的功夫。」

「那也沒關係。咱們每日早晚都會在此處練習切磋，妳若願意，便和雨雪她們一起來吧，雖說妳不是修行之人，但久了也能強身健體。」

玄月門的外功乃是由「玄月劍法」、「日月綿掌」和「小蘭息手」組成，其中又以劍法最為著名，因其靈感源自武夷山的自然景致、四季風光，從招式的名稱到動作皆充滿著一股孤高的隱者氣息，故又稱為「月隱劍」。

夏李二人蹲完馬步後，正要和師姊們開始對招，忽然有名年紀稍小，頭梳雙鬟髻的弟子跑來報信。只見她手上滿是血跡，邊跑邊叫道：「不好了！」

「怎麼了，小檀？」

名喚小檀的少女滿臉慌張，一上來便緊抓住孫苡君的衣擺不放。

「師姊，妳們上次帶回來的那人，她瘋了！」

「什麼瘋不瘋的……」孫苡君下意識轉頭朝鈴望去，卻被小檀給打斷了。

「不是她，是那位大娘！」

孫苡君這才反應過來對方指的是誰，但旋即又皺起眉頭：「妳說的那位……自從我們回來後，她不是一直沒醒嗎？」

「是啊！」小檀一副傷透腦筋的模樣，「可她經常夢魘，發作時不但全身打顫，還會亂踢亂咬，這回就連我和青末都制不住了……大師姊，妳還是趕緊去瞧瞧吧。」

孫苡君聽了這話，頓時神色一肅，還劍入鞘：「今日的練習暫且告一段落，許琴，詩詩，妳們倆隨我來。」說完，便跟在小檀後面下了武台。

「走，咱們也去看看。」李宛在最愛湊熱鬧了，立刻拖著夏雨雪加入隊伍。鈴心中頗感好奇，便也跟了上去。

一行人走過短橋，來到位於西南角的廂房。此處環境清幽，蘭葉葳蕤，撲面而來一股沁涼的藥味，就連門上寫的「靜望居」三個字都透出一股飄然出塵的感覺。然而此刻，室內卻一點也不平靜。屋裡傳出來的哭聲宛如厲鬼索命，一陣比一陣淒厲，教人聽了毛骨悚然。

掀簾而入，只見榻上躺著一名年約四十的中年婦人，手腳都被粗麻繩牢牢綑住，可整個人卻仍痙攣似的扭動不休。更詭異的是，她的雙眼至始至終都緊緊閉著，彷彿困在一場可怕的惡夢中。

在旁照料的白衣少女一見到孫苡君等人，就跟見到救星似的，急忙起身迎接。可才剛開口喚了聲「大師姊」，便被許琴推開了。

「沒用的東西，還不閃一邊去！」

「青未，妳這幾日辛苦了，先下去休息吧。這裡交給我們就好。」

孫苡君說著，走到榻前，認真打量昏迷的婦人。

只見她臉色青灰，眉頭緊緊擰成一個川字，眼下兩圈皮肉黑得發紫，顯然是被什麼邪祟給纏上了，因而陷入幻覺，痛苦不堪。

鈴從沒見過這種症頭，正想湊近些查看，床上的婦人卻忽然怪嘯一聲，如殭屍般暴起，朝她撲來。

隔壁的夏雨雪嚇得尖叫。幸好許琴眼明手快，直接祭出一張黑色的符咒貼在婦人的腦門，這才將她徹底制住。

孫苡君上前幫忙的同時，忍不住分出目光朝鈴瞥去，見對方躲在李宛在身後，眼裡卻是疑多於懼，也並未慌張失措，不禁暗自納罕。

她趁著那名中邪婦人動彈不得之際，將食指和中指駢起，輕輕點在對方手腕的「陽谷穴」上。

鈴望著孫苡君專注的表情，以及這個和把脈有幾分相似的動作，心想：「莫非，這便是玄月門大名鼎鼎的『相心術』？」

但還未等她出聲相詢，李宛在已按捺不住好奇，問道：「如何？有線索嗎？」

孫苡君眉頭一皺，緩緩搖頭：「這鬼東西雖纏人，卻成精不久，煞氣不重，目前還探不出其來頭。只是……或許和孩童有關。」

「孩童？難不成是傒囊*作祟？」

「先別管那麼多了，救人要緊。」孫苡君不理會李宛在連珠砲的發問，逕自轉移話題：「詩詩，還是由妳來吧。」

名喚沈詩詩的少女生得細眉長眸，膚若凝脂，極為秀氣，舉止也十分嫻雅端莊。只見她走到患者身前坐下，先是撩起對方的眼皮仔細查看，接著摘下腰間的銀鈴。

那銀鈴約拳頭大小，顏色清如秋水，亮不刺目，有淡淡清光附於其上，顯然就是傳說中的法器「攝魂鈴」了。

隨著沈詩詩開始低頭誦咒，一旁的李宛在湊到鈴耳邊道：「沈師姊的『淨心咒』在我們這輩弟子裡頭可是最厲害的了……就連師父都誇她是難得一見的好苗子呢！」然而，話才出口，便被許琴狠狠瞪了一眼。

「再過兩個月就是天月論劍了，妳不抓緊時間練習，整日就知道嚼舌根，是存心丟本門的臉嗎？」她怒道。

所謂「天月」指的乃是六大門中的「天道門」和「玄月門」兩個門派。玄月門的祖師

＊ 傒囊：中國神話中的妖怪名，狀如小兒，出自干寶《搜神記》。

梁瑾深曾是天道弟子，直至年歲漸長，大器晚成，這才自立門戶。這層關係使得兩派一向走得很近，為了促進雙方弟子交流切磋，還約定每三年舉辦一次比武交流競賽，名曰「天月論劍」。關於這點，鈴早有耳聞，只是沒想到時機竟然這麼湊巧，正讓她給碰上了。

思忖間，又聽許琴道：「別以為一味的逢迎諂媚，就是在討下任掌門的歡心……指不定到最後是竹籃打水一場空呢！」

她這話含酸拈醋，分明就是說給沈詩詩聽的，但沈詩詩卻十分沉得住氣，只管繼續唸咒，連眉毛也沒動半根，而她手中的銀鈴也隨著那節奏震動起來。

攝魂鈴發出的聲響普通人聽不見，卻具有驅魔安神的功效。在沈詩詩婉轉低迴的吟誦聲中，整個房間彷彿被溫柔的潮水給洗滌了一遍，就連榻上的婦人僵直的四肢也慢慢放鬆了下來。又過半炷香時分，她眉心舒展，緩緩睜開了眼睛。

「呀，太好了！」

小檀趕到床前查看，只見在攝魂鈴的光輝下，對方的臉上雖仍無半絲血色，卻已不似方才那般黑氣縈繞。

沈詩詩這才停止手上的動作，抬眸微微一笑。

「許師姊教訓得是。淨心咒乃本派內功之基礎，所謂『心淨則意專，靜定則歸真』，唯有掌握好這個要訣，外功才能不斷地進步。小李，雨雪，妳們須牢記在心，也好在這次的論劍會中為咱們玄月門揚眉吐氣。」

她語氣謙遜，輕描淡寫的幾句話，不僅給自己圓了場，還給對方遞去了台階。可惜對面的許琴毫不領情，只是不屑地哼了聲，倒是李宛在厚著臉皮接茬道：「我這陣子的進步可大呢！詩詩姊若不信，不妨來切磋切磋！」

「還切磋呢……」沈詩詩抿嘴一笑：「每回和妳練劍，都趕上妳鬧肚子疼，才沒過幾招便跑得沒影了。這些日子，妳的劍法進益如何我不知道，輕功卻是越發厲害啦！」

在場眾人素來了解李宛在的性格，聽了沈詩詩的話都忍不住笑起來，尷尬的氣氛頓時一掃而空。

眼看婦人逐漸從失魂中緩過來，孫苡君開始詢問她的姓名來歷，以及過去十日內是否撞見過什麼不尋常的事。

夏雨雪則在一旁向鈴解釋，玄月門歷來不招收男弟子，是因為淨心咒只有天生靈根清澈的女子方能施展。她們雖不會治病，卻會定期遊歷四方，透過相心術替各州百姓除祟祛邪，這個過程被稱為「收魔」。鈴和這名自稱張姑的婦人便是一行人遊方歸來時所遇見的，因為病情特殊，這才被帶回來照看。

張姑是個氣質樸實的鄉下婦人，講起話來帶著濃濃的南方口音，還有點結巴。她稱自已在宣州琴城縣一戶陳姓人家擔任管事娘子已有十年，這次出門也是為了替主家購買日常物資，不知為何會突然昏倒路邊。

孫苡君向她打聽這段期間是否去過陰氣濁重的地方，見過什麼不乾淨的東西，她吞吐了半天，始終答不上來，只是不斷重複自己得回家。

「待您身體痊癒，我們自然會送您回家。不過，在您身上種下邪氣的妖怪尚未驅除，只怕還會出來作亂。敢問，府上近來可有發生孩童橫死的事件？」

「這倒沒有……」

孫苡君見張姑眼神飄忽，愁眉不展的樣子，明顯就是心裡有鬼，可無論如何旁敲側擊，對方卻只是一逕的搖頭。這便令人頭痛了。

收魔和行醫一樣，總會碰到各式各樣的病患，有主動求助的，也有像張姑這樣刻意隱瞞的。畢竟，人心本就是世上最複雜難辨的東西，再厲害的法術也無法一一洞察。不過，既然對方堅持不肯透露實情，玄月門這廂也不好再多說什麼，此事只得作罷。

經過這番折騰，張姑身子早已困乏，很快便在攝魂曲的催眠下安穩入睡，就連一旁的小檀也忍不住倦意，連打了好幾個哈欠。沈詩詩見狀，便自告奮勇留下來，讓對方趕緊回房歇息，另外又讓青末去準備沾了柳枝的淨水給眾人洗手，以免沾染上屋子裡的穢氣。

如此安排甚是妥貼，孫苡君自然同意，簡單交代了一番便領著其餘人等離開了靜望居。

然而，李宛在剛回到九曲台便被許琴叫住了。

對方的表情似笑非笑，語氣卻不容質疑。李宛在一見，臉立刻垮了下來。想找人求救，偏偏沈詩詩又不在，她磨蹭了半天，萬般無奈下，這才硬著頭皮走上前去。

「許師姊……」

「妳不是說自己進步很多嗎？那正好，下來陪我打一場！」

許琴此話一出，其餘的弟子們全好奇地湊了過來，在兩人身邊形成了一圈圍觀的人牆。李宛在在同門間人緣極好，眾人皆替她擔憂，無人露出幸災樂禍的表情。

「別怕，」許琴說著，嘴角挑起輕蔑的笑意，「我不會白占妳便宜。不如這樣，我左手讓給妳。但倘若妳輸了，今年的天月論劍就不必獻醜了！」

原來，過去九年的論劍會無一例外，都是由天道門勝出，玄月門為了挽回面子，這一次特意立下規矩：凡是想參加論劍會的弟子都必須事先接受考核，順利通過者才有資格出賽。

夏雨雪一邊向鈴解釋，一邊又忍不住加了句：「可距離大會開始，尚有兩個月的時間，許師姊以此為要挾，未免太苛刻了些……」

事到臨頭，連李宛在也笑不出來了。她一咬牙，收起輕挑的神色，準備應戰。對面的許琴則將左手負於身後，一副勝券在握的模樣。整個九曲台都籠罩在山雨欲來的氣氛中。

先動的是許琴。她一招「孤峰素魄」，托劍前指，劍勢如虹，發出破空之音。

李宛在虛步提腕，避過劍鋒，烏光流竄，直削手腕。還沒得手，對手左腿踢出，貼著她的面門掃過。李宛在大驚，連忙向後斜仰。許琴刁腕點劍，改刺她腳脛。李宛在長劍下掠，「噹」地一聲，正好截住這一擊。

孫苡君在旁凝神觀戰，叫了聲：「好！」

許琴面色一沉，劍勢去得更快了。

玄月門的劍法和內功一脈相承，最是講究以靜制動，以柔克剛，在雙方對彼此劍路都十分熟悉的情況下，出手的時機更是關鍵。隨著武台中央的兩道纖影不斷交錯，時進時退，時緩時疾，寒鐵相交的聲音不絕於耳。

鈴看了一會，轉頭問夏雨雪：「妳認為誰會贏？」

「許師姊經驗豐富，宛在雖然輕功好，但近身戰久了還是難免落敗……」夏雨雪眉頭緊鎖，話到一半，突然叫了起來。

原來此時，場上的許琴忽然轉身，長劍竄出，直逼對手咽喉。

這招「玄夜飛霜」是玄月劍法中少數極狠極辣的招式，按理說，若非遇上難以收服的妖怪，絕不會輕意使出，何況對手還是同門？

「宛在，快避開！」夏雨雪心裡一急，失聲高呼。

但李宛在用不著她提醒，雙足一蹓已向後滑開數尺，這一劍遂生生從她鼻尖擦過。

許琴迴劍挽了一個爽利的劍花，嗤笑道：「說妳沒用，妳還真趴下去學狗爬啦！」

這下搞得連一旁觀望的鈴都有些傻眼，低聲向夏雨雪打聽那兩人之間到底有何過節，怎麼一動手就這樣苦大仇深的。

但對方的回答也很無奈：「許師姊平時就是這樣。她自己不得師父賞識，卻總把氣出在咱們這些晚輩身上。」

「她方才那招，可有破解之法？」

「有是有，若在對方劍鋒將出未出之際打她脊樑的『懸樞』、『中脊』兩個穴道，便能逼她撤劍，但機會只在一瞬，實在難得很。」

鈴聽了對方的解釋，陷入沉吟。

武台上的李宛在此刻已仗劍再上。

她素來不是逞能之人，可現任的玄月掌門柳露禪十分看重天月論劍。賽中表現出彩者，不僅能在江湖上打響名號，還有望得到掌門親自點撥。但反之，若連上場的機會都沒有，未來三年，連山門都無法踏出半步都有可能。因此，弟子們在劍會來臨前都紛紛卯足全力，爭取被選入參賽的名單中。

三年前，李宛在年紀還小，沒能上場比武，但對天月論劍的憧憬卻也是不遜於人的。

她知道許琴向來不喜歡自己，卻沒想到她會用這種手段逼自己退賽，霎時動了真火，心想：「我小李羅剎可不是任人捏的軟柿子。今日就算輸了，也要讓妳嚐嚐厲害！」

許琴全然不將她放在眼裡，劍身高舉，左手二指搭劍中段，向下斜刺。

她曉得李宛在一向吃軟怕硬，只要自己祭出殺招，她非退不可。但殊不知，對手這回居然是吃了秤砣鐵了心，提劍朝她臍間猛攻。「噌」一聲，李宛在的劍被對方絞開，但她不死心，閃到對方背後，趁著對方轉身之際，反劍一勾。

這個動作恰好完美融合了玄月劍法中的「桃花弄月」和「光蝶破繭」兩招，就連許琴也未曾見過，正想抽劍迴架，卻發現了一件驚悚的事——她手中的劍長度不足，根本繞不過來！

也不知到底是瞎貓碰上死耗子，還是對方早有預謀。但事到如今，再不容她多想，只得提腿向後躍，這才避開了對方奮力的一刺。

圍觀的眾人見李宛在臨危果斷，於劣勢中還能反守為攻，頓時采聲如雷。

許琴唇都白了。她捏緊劍柄，劍尖微揚，冷冷道：「這可是妳最後的機會了。妳若現在討饒，我便放妳一馬。否則到時候出了意外，連師父也救不了妳！」

李宛在同樣也被激得沸騰了起來。

她想，一不做、二不休，遂模仿對方的口氣，冷笑道：「該求饒的是妳！」

這下可把許琴氣炸了。兩人同時出劍，翻翻滾滾地又鬥在一起。

夏雨雪看著，又氣又擔心，跺腳道：「宛在那個大傻瓜！」隔壁的鈴卻低聲說：「我瞧她未必會輸。」

只見許琴挑刺削砍，劍風如席捲的鐮刀，招招刺敵要害。十招間，李宛在手臂上已被劃出三、四道創口，鮮血逐漸浸潤。接著，她一劍走空，正想抽回手臂，許琴出手如電，劍柄迴砸，正巧撞在她臉上。

若換作平時，李宛在早就認輸討饒了。但她和雨雪早已有約在先，今年要一同參加天月論劍，一起下山遊歷各地。為了這個約定，她今日就算給敵人蹬鼻子上臉一百次，也得再爬起來！

此念既出，她用袖子抹了把鼻血，長劍掄圓，一招「墮天殘雪」劈向敵人面門。

這招的精髓，全在一個「殘」字。李宛在於緊要關頭參透了那種由枯轉榮，生生不息的感覺，長劍頓時像被附身一樣，多了幾分銳不可當。

許琴被逼得一路退到了比武台的盡頭，眼看著就要落入身後的九曲江了，對手的劍光卻仍不依不饒。此時的許琴才醒悟過來，對方已不再是那個可以隨意欺凌的小師妹了。

她足下打旋，於分毫間滑開了對手的劍尖，左手探指如梭，拂向李宛在的肩井穴。

李宛在收勢不及，長劍當場被震飛，而許琴則是趁機一躍，落回武台中央，結束了這場出人意料的比試。

場中鴉雀無聲。許琴雖勝了，臉色卻難看得很。觀戰的群眾沒能看到許琴跌成落水狗的好戲，也紛紛露出嘆惋的表情。

但李宛在本人卻似乎不覺得可惜。她飛身接住長劍，站定後一拱手，道：「師姊，承讓了。」

許琴暗自捏了把冷汗，旋即反唇相譏：「妳被打糊塗了嗎？分明是我贏了，還想狡辯？」

但李宛在畢竟是李宛在。她眼珠一轉，順口接過話茬：「比賽開始前，妳答應不用左手，如今卻出爾反爾，自然輸了。」

許琴聞言，頓時語塞。

她確實說過不會用左手，且在場還有這麼多雙眼睛盯著呢，想賴也賴不掉。然而，以她高傲的性子，又豈肯善罷干休？

這時，恰好瞥見夏雨雪笑著朝台前跑來。許琴想起對方在比武中曾出言警告李宛在，滿腔憤怒遂轉嫁到了她身上。

「門規有言：『觀者不語』，妳找死嗎？」她怒道，反手打出一枚月雷鏢。

月雷鏢乃是玄月門的獨門暗器，無論對妖還是人都能造成極大傷害。而此時，夏雨雪正因李宛在得勝而心花怒放，哪裡會有所提防？

隨著銀鏢從側面襲到，外圍的孫苡君、沈詩詩紛紛大驚。李宛在更是急叫：「小心！」

夏雨雪轉頭見暗器飛至，竟全忘了自己會武功，當場愣在原地。

剎那間，「鏘鏘」兩聲，月雷鏢被長劍擊落在地。夏雨雪睜開眼，不可置信地望著自己手中的劍。

可還來不及細思其中原委，李宛在已經撲上來抱住了她。

「沒事吧？」

夏雨雪嚇得魂飛天外，一時答不上話，只是搖頭。

李宛在確認對方沒有受傷，這才誇張地吁了口氣。

「乖乖……真是嚇死小爺啦。」

夏雨雪張了張嘴，目光越過對方肩膀，偷偷朝鈴瞟去。

說實話，方才那一劍又快又準，連她自己都不認得。只知在千鈞一髮之際，有人按住了她右手的「曲澤穴」，將她的內力給逼了出來，同時以極快的速度揮劍擊落了暗器。

她從小生長在春秋神莊，又博覽群書，自詡對江湖上的能人異事多有了解。卻不承想，天下間竟還有假借他人之手施展武功這等奇事，登時有些錯愕。

這時，其他師姊妹也跟著圍了上來，盛讚夏雨雪武功大有進益，唯有孫苡君隱隱覺得事有蹊蹺。可她方才站的位置和夏雨雪有段距離，一切又發生得太快，根本來不及看清。

「雨雪，妳剛才用的是哪招啊？我怎麼沒見過？」李宛在也不禁好奇。

夏雨雪正想解釋，背後卻冷不防傳來一道蒼冷的聲音。

「何事這麼熱鬧啊？」

鈴循聲望去，只見一名披著白狐圍邊的銀髮老婦在青末的攙扶下朝比武台緩緩走來。眾女見了，紛紛讓路。

「師父！」

鈴怕引起注意，忙低下頭，但又忍不住用眼角偷瞄對方，心想：「原來這婆婆便是『千手觀音』柳露禪！」

柳露禪五官扁平，看上去已年屆古稀，可目光犀利，眉宇間自有威儀。她視線掃過在場的眾弟子，最後落在李宛在身上。

「小李，為師瞧妳長進不少啊。」

「謝師父誇獎。」李宛在咧嘴而笑，半點也沒有要謙讓的意思。

「方才的招式是妳自己想出來的吧。」柳露禪笑道，「妳能耐很大啊，想來，為師很快就沒什麼好教妳了。」

這句話出，李宛在的笑容登時僵在了臉上。幸虧她還算機靈，立刻「撲通」跪下。

「沒有！絕對沒有！弟子笨拙，還需師父時刻指點！」

「蠢貨，站起來。」柳露禪眉頭一緊，「瞧妳這樣子，當真是空有一副好皮囊，若在天月劍會上露面，為師就算有十張臉皮也不夠妳丟！」

李宛在莫名其妙挨罵，心中煞是委屈。但她了解師父的性格，只管閉上嘴巴，擺出一副低眉順眼的乖巧模樣來。

柳露禪見她不再作怪，才又道：「妳既有這份上進的心思，那我就成全你。」說著轉向許琴。「就由妳來教她，『日月綿掌』六式練熟了，再學『小蘭息手』，整套擒拿術學全之前，妳倆誰也別想踏出山門一步！」

許琴的臉黑如鍋底，諾諾應承。

解決了一樁事，柳露禪緊跟著又將目光轉到了夏雨雪身上。

「還有妳，平時不是挺能幹的嗎？怎麼緊要關頭笨得跟頭白兔一樣！」

夏雨雪極少挨師父的罵，不由得從臉頰一路紅到了耳根，羞愧地低下頭。

「聽好了，咱們玄月門和天道門被江湖人稱作兄妹門派，那不過都是胡扯！」柳露禪話鋒一轉，語氣越發冷肅，「本派祖師梁瑾深乃是貞觀時期的一代奇俠，她不僅武功卓絕，還獨闢蹊徑，發明出了相心術這套前無古人的除妖法門。她心懷宏願，走遍大江南北，替無數百姓消災解厄，和她相比，她的那些師兄弟不過一群沒出息的三流小丑罷了……但天道門向來不重視女子，祖師婆為了在江湖站穩腳跟，將自己的心血傳承下去，這才決定另立門戶。咱們現在所練的功夫都是她老人家晚年鑽研出來的，和天道門沒有半毛錢關係，懂嗎？」

除了鈴以外，在場諸人聞言，紛紛答應道：「師父所言甚是，弟子定當銘記。」

「哼！趙拓那臭小子，如今之所以敢在我面前耀武揚威，還不是仗著天月劍會上的勝績！」柳露禪說到這，鼻孔賁張，顯然十分憤怒。孫苡君連忙上前勸解：「師父，您放心。咱們今年一定會贏的！」其他人也跟著附和。過了片刻，柳露禪才總算面色轉霽。

「好了，自己人就不必鬧虛文了。今日囉唆了這麼多，妳們聽得進固然好，聽不進便罷了，只消記住一點——無論一時進退如何，都不可違反俠義道。方諧本願，不負初心，如此一來，掙到的勝利才有意義。」

話罷，眸光一下子跳到了鈴身上。

「孩子，妳過來。」

鈴知道自己為夏雨雪擋鏢的事大約已經露餡了，心中打了個突，但仍依言走了過去。

她尋思：「對方好歹是一派掌門，總不至於對自己這樣一個武功盡失的無名小卒痛下殺手吧？」何況，直覺告訴她，眼前這位婆婆雖然毒舌，心腸卻不壞。

柳露禪抬起鈴的下巴仔細端詳，又捏了捏她的手腳，忽然面色一凜，道：「妳瞞得過小徒，可瞞不過老身。還不從實招來——妳究竟是何方妖孽，混入我玄月門又有何目的？」

眾人聽到這都愣住了，鈴更是渾身一震。

須知，她九歲開始學習練妖術，身上雖沒有妖氣，但元神所散發的氣息確實和普通人不一樣。只是，她從沒想過，竟有人洞察力如此敏銳，能在未交手的情況下察覺這點！

看來，柳露禪身為六大門中資歷最深的頭領，果然有其過人之處。對付這種九曲迴腸的老狐狸，若不兵行險招，轉眼間便會死無葬身之地。

她腦中急轉，定了定神，這才迎上對方的目光，說道：「回師太的話，晚輩從小就沒了阿爺阿娘，直到幾年前才在林中偶遇一名獵戶，他見我可憐，便收我為徒，教了我一些拳腳防身。後來，我姑母寫信告知我她人在杭州，我便向師父辭行，獨自南下，可誰知，半途竟遭蜘蛛精擄去。那時我中妖毒，危在旦夕，若不是眾位師姊及時趕到，我早已屍骨無存。有道是：大恩不言謝，我雖讀書不多，卻也懂得這道理，又怎敢存心欺瞞師太？」

柳露禪聽完這段三分真七分假的故事，眼神瞇起，顯然是不信。

夏雨雪見狀，忍不住在一旁幫腔：「師父，是真的！阿離她不是壞人啊。」

柳露禪懶得理她，朝鈴斜瞥一眼，冷笑道：「好個小妖精！一來就鬧得本門雞飛狗跳、人心不和……」

孫苡君本來也想開口替鈴求情，可一想到先前在靜望居時，中邪的張姑突然襲擊對方的情景，以及鈴那過於冷靜的反應，旋即又頓住了，臉上神色連連變換，一時間竟拿不定主意。

鈴見她欲言又止，心裡也是七上八下，忐忑得緊，表面卻仍故作鎮定，說道：「晚輩如今已無處可去，若師太不信我，那我也只能認了。」

柳露禪沒接話，卻忽然目光一寒，發掌朝鈴心口拍去。

鈴早猜到對方要動手，卻沒有抵擋，也沒有躲避。

玄月門的日月綿掌外柔內剛，柳露禪這招的內力忽吞忽吐，更是妙至毫巔。她若此時忍不住出招接掌，豈不是間接承認自己說謊？所以這一掌，她非挨不可！

而柳露禪那廂，頃刻間便察覺了蹊蹺。

化為人形的妖怪均有真氣護體，受到攻擊時，這股力量便會自動激發而出。然而，她掌心落處，卻好像打在了一團毫無生氣的棉花上頭。柳露禪不由暗吃一驚：「不好！這丫頭果真沒有半點內功！」

幸虧她此番只出了兩成的力，否則，普通人吃了她一掌，哪裡還有命在？

可儘管如此，這掌下去，也夠鈴受的了。她在眾人驚愕的目光中彈飛了出去，摔在武台邊緣，咳出一灘鮮血。

譁然間，只聽柳露禪的聲音傳來：「——快，封住她的穴！」

李宛在眼明手快，搶至鈴身邊，伸指在她的「靈台」、「壇中」二穴上一點，夏雨雪則從懷裡掏出內傷靈丹給鈴服下。

柳露禪本是想逼對方現出真容，沒想到卻弄巧成拙，心中怫然不悅。倒是鈴，雖然痛得腸子都打結了，心裡卻很痛快。

「多謝師太手下留情。」

她撐開眼皮，望著頭頂上開闊的天空，耳邊盡是自己澎湃的心跳。

方才的行為雖然冒險，但總算是成功保住了小命，順利的話，往後還能放心在玄月門安養一段時日。她想到這，嘴角不覺逸出一絲笑意。

參

武夷山地處嶺南，三伏天裡，蟬鳴織成一片汪洋，再加上一群打拳練劍、嬉耍追逐的少女，滿山的空氣彷彿能將人醺醉。

是日，天氣晴朗，一名短打少女走在花間小徑上，鴉色的秀髮隨意挽髻，手上拎著兩份食盒，步履輕快，一派熟門熟路的樣子。她穿越竹林，繞過幾塊突出的山巖，順著琮琮的流水聲來到一座瀑布前。

武夷山被九曲江環繞，特殊的地勢形成無數的岩洞與幽潭，像這樣的美景隨處可拾。只見少女逕自走到水邊坐下，揭開漆製的盒蓋，裡頭立刻飄散出蒸餅的香氣。她再從懷裡掏出一壺酪漿，仰頭咕嘟嘟地喝了一大口。

「阿離！」

一道絳色的影子從瀑布另一端的洞窟鑽出，飛身落在岩石上，濺起大片水花。

這少女正是鈴。一轉眼，她來到玄月門已有半月，也漸漸習慣了別人喊她「阿離」。

這裡有活潑熱情的李宛在、善體人意的夏雨雪、豪爽的孫苡君、溫柔的沈詩詩等一干師姊妹，和她原先對六大門的印象相去甚遠。就連柳露禪也變了。自從上次在九曲台將她打傷後，對方不僅沒有再為難她，還命人收拾出一間單房給她好好休養。這一切都令鈴感到不可思議，甚至有種回到赤燕崖的錯覺……

從水底現身的紅衣人正是李宛在。

玄月門眾女成日裡皆裝扮素淨，也只有這位「小李羅剎」喜愛穿紅著綠，且永遠以男裝示人，乍看之下，還以為是哪位俊俏郎君呢。

李宛在躍上大石頭，撩起濕漉漉的長髮向後一甩：「阿離，妳怎麼才來？我肚子都要餓扁啦！」

「今日要先練完兩百招才吃飯，這話可是妳親自說的。」鈴提醒對方。

李宛在想反駁，瀑布後方又鑽出一名手持長劍的白衣少女，噘嘴嚷道：「小李，妳又躲懶！」

「總和妳待在一起，自然是要偷懶了。」李宛在順手拋給夏雨雪一塊油糕，笑嘻嘻道。

「既然如此，我去請許師姊來。」夏雨雪雙手叉腰威脅道。

「還不如挖坑把我埋了比較快！」李宛在嗤笑。「就怕妳捨不得！」

「少自作多情，我看妳是禍害遺千年！」

鈴在旁聽著她們鬥嘴，忍不住也笑了。

自從來到玄月門後，她幾乎天天和這兩人混在一起，早已將她們的性格摸透了。她知道李宛在日日來這水簾洞「練功」，主要還是為了躲避師姊許琴。

前陣子，柳露禪命許琴將「日月綿掌」六式中最難的「飄風式」和「裂雲式」傳給李宛在，李宛在冰雪聰明，學是學會了，但許琴不僅缺乏耐性，還十分厭惡李宛在，總是找各種藉口訓斥刁難。李宛在為了自身安危著想，只得東躲西藏。

「明日就要動身去尋鴿峰了，這樣下去，妳到底能不能通過師姊的測試啊？」夏雨雪責問李宛在。

尋鴿峰在天游峰之上，不僅清涼許多，景色也更為壯麗。山頂有座「會仙台」，每到天月劍會前，柳露禪就會率領一幫弟子遷往那裡暫居，一來可以避暑，二來更是為了即將到來的比賽進行特訓。

「我沒問題，妳還是擔心妳自己吧！」李宛在笑。

夏雨雪頓時無話可駁。她雖然心細，卻遠不及李宛在腦筋靈活，又加上遇事容易緊張，向來對自己的武功缺乏自信。

鈴見她蹙眉不語，忍不住問：「雨雪，令尊難道沒想過把妳接回家親自教導？」

說實話，她一直對夏家莊主的掌上明珠心存好奇，甚至還曾考慮透過她遞信給夏空磊。但茲事體大，並非輕易能開口的。

「小的時候，阿爺的確教了我許多東西。」談及童年往事，夏雨雪的笑容帶了一點苦澀，「但他經常嫌我資質差，半點也不像他的女兒……直到我滿十歲那年，他說姑娘家嘛，要投師還是玄月門較為合適，便把我送來這了。」

她年幼喪母，父親又將她遠遠推開，心中難免含了委屈。但鈴早就聽師父說過，夏家莊主夏空磊不僅精通機關巧術，智計更是天下無雙，而夏雨雪心思靈巧，又怎能說是「資質差」？想必是做父親的愛之深、責之切了。

「妳別瞧雨雪這副樣子。」李宛在笑著打破沉默，「武功雖非她所長，但她會的東西可多了，說出來定讓妳大開眼界！」

「什麼叫『我這副樣子』！」夏雨雪轉身，把水往李宛在臉上潑，「本姑娘這樣子礙到妳啦？」

話說完，兩人再次揮掌掃腿，笑著打成一團。

玄月門四周山環水抱，弟子各個水性精熟，其中更以李宛在水底功夫最為厲害，自稱「武夷小神龍」。鈴初來乍到時，就曾被對方強行拖到溪中喝了好一通水。李宛在還傳授了她一套自創的武功，取名為「天上地下小神龍游水功」，浮游、閉氣、潛水、換氣，無所不包。雖然失去內力後學習較慢，可如今，她亦可在水中穿梭來去了。

鬧騰間，只見李宛在從水底冒上來，眼珠子噌噌發亮，對夏雨雪道：「都說百聞不如一見，不如妳就幫阿離算一卦吧！」

夏家莊號稱「料事如神」，當年，上至達官將相，下至平頭百姓，全都爭相拜訪，門檻都被來求籤的人潮給踏破了。雖說司天台之變爆發後，夏空磊旋即宣布退隱江湖，但夏雨雪從小耳濡目染，自然也對天文算數、八卦六爻等雜學頗有心得，只是一直沒機會施展罷了。

聽了李宛在的話，她臉上閃過一絲興奮的神采，可旋即又遲疑起來。

「我會的都僅是些皮毛……哪能拿出來現人啊。」

「那有何妨？」鈴笑。「能勞動夏大娘子親自出馬，這樣的機會旁人可是求之不得！」

她目睹過太多不公不義的事，自然是不信命的，但儘管如此，還是想親眼見識一下夏家莊的本領。

夏雨雪受到鼓舞，終於又露出微笑：「既然阿離開口了，那我就試試吧。」

「太好了！」李宛在撫掌大樂，心想：「這下可有好戲看了！」

於是三人吃飽後便收拾東西，一起回到夏雨雪的房間。

夏雨雪沐浴後換上乾淨的衣裙，又端來一盆清水，放入桂枝，將雙手洗淨，和鈴相對而坐。

夏家莊的卦術以六壬*為主，夏雨雪幼時總愛黏著父親，看他如何幫人解卦，親自操作起來也架勢十足。只見她取出籤筒、筮竹和兩卷易經，點燃一柱香置於香案上。

她迎上鈴的目光，又瞄了眼窗外的太陽，須臾，舉起左手掐指一算，道：「妳在尋人？」

鈴眸光一跳，心想：「自己眼下想找的人果真不少。除了不知去向的瀧兒，還有凌斐青的師父，以及司天台之變中誣陷師父的始作俑者……」於是微微頷首，「算是吧。」

夏雨雪不動聲色，將四十九根筮竹分為兩份，代表陰陽兩儀，緊接著抽出一根，熟練地夾在左手的小指與無名指之間。此舉稱為「掛一」，代表著將天、地、人「三才」分開。下一步，她又將餘下的四十八根筮竹四根為一組分開，象徵四時。

占卦之法，需經過四次的營算才能算得一變，三變才能算得一爻。一卦為六爻，則需要三六十八變。

過了半柱香時分，夏雨雪排出了今日的第一卦：「風地觀」。

夏雨雪指著排出的卦象，解釋道：「闚觀，利女貞。本來此象無傷大雅，但妳意在尋人，卻無法窺得事情的全貌，因此不利妄動。」

---

* 六壬：中國古代三大占卜術之一，以五行生剋預測吉凶。

此話正好挑中了鈴的心事，她不由得一愣。

「那，如何才能破解此局？」

夏雨雪又開始營算。她的神情異常專注，十指飛快地分竹、揲竹、歸奇，眉宇間更是流露出不同於往常的飛揚之色，排到最後，竟連雙袖都汗濕了。

待到第三柱香燒斷，她解除盤坐之姿，開心地宣布：「有啦！」

鈴和李宛聽她這麼一說，才趕忙湊上來圍觀。

只見席上整齊的排開十二個卦象，分別是風天小畜、雷山小過、地火明夷、水天需、天澤履、坎、天火同人、澤山咸、天山遯、震、山風蠱、風山漸。

這些圖像鈴半個也不認得。但見夏雨雪依著每卦所對應的天干地支加以推算，最後從籤筒中抽出一把籤。

赤星墜，碧簫吹，胡帳夢醒天下危

金聲出，青花渡，飛煙雪凋高台暮

「這是什麼意思啊？」

鈴將夏雨雪信筆寫下的這六句詩連唸了三遍，只覺得晦澀難懂，忍不住朝隔壁的李宛在瞥去。但對方同樣一臉困惑。

兩人有所不知，此詩乃是由「夏家六十四卦籤辭」排列而成。這種占卦法源自夏家莊初代莊主夏智晉，他師承貞觀時期的數術大師李淳風，耗費三十年光陰，嘔心瀝血寫下六十四道讖詩，傳予子孫，用來曉諭天下大事。爾後，夏家莊正是憑著這項驚豔絕技崛起於江湖，成為了如今家喻戶曉的「春秋神莊」。

夏雨雪大功告成，抬起頭來，目光亮如積雪。

「詩中真意唯有問卦者自己清楚。但從『胡帳』二字來看，妳找的人如今位於西北方位，並極有可能位於關外。剩下的『赤星』、『碧簫』、『金聲』、『青花』，妳還得自己去找。等四角齊聚，自然會真相大白。」

「真相大白……」這四個字猶如雷霆般擊在鈴的心上。她腦中再次浮現師父臨終時的情景，不由得渾身一震，就連抓著裙襬的手也跟著顫抖起來。

李宛在和夏雨雪見狀，心中均感奇怪。

「阿離，妳怎麼了？」

「是哪裡不舒服嗎？」

鈴對兩人的呼喚恍若未聞，直到李宛在捏了捏她的手臂，這才回過神來。

「嗯，我沒事。就是想起了從前的事……」

「這麼說，妳的記憶找回來了？」夏雨雪問。

「算是吧……」鈴含糊道。

她為人處世向來愛憎分明。經過這段時日的相處，早已將夏李二人視為摯友，只因雙方立場不同，才不得不隱瞞自己的身世。這份愧疚就像一根刺梗在她喉中。同時，也令她不得不反思自己過往的觀念。

從前，她總以為六大門中盡是些大奸大惡之徒，卻沒想到，自己也會有寄人籬下，受人恩惠的一天……

夏雨雪見鈴一副鬱鬱不樂的樣子，想起對方在病中的夢囈，連忙道歉：「都是我不好，淨顧著自說自話，倒惹得妳傷心了。」

「哪裡是妳的錯？」鈴擠出一絲苦笑，「是我自己執意要問的。何況，事情都過去了……我只是在想，妳作的這首詩真的很特別，雖然我現在看不懂，可或許將來哪天，還能派上用場呢。」

「但願如此。」夏雨雪表情一鬆，笑道，「父親總說，我們讀萬卷書，為的不是窺探天機，而是秉持一顆中正之心，好幫助別人看清自己。至於未來如何，對方如何抉擇，卻不是我們該操心的。」

「此言甚是！」李宛在說著，雙手分別勾住左右兩人的肩，「還沒發生的事，又何必想東想西，自尋煩惱？咱們還不如及時行樂，一醉方休！」

「妳這又是在胡鬧什麼？」夏雨雪半笑半嗔，掃了對方一眼，「幸好我這兒點心不少，等等就去拿來，堵上妳的嘴！」

鈴聞言也忍不住笑了，緊繃的氣氛霎時瓦解冰消。

又過一會，夏雨雪果然弄來了兩碟牡丹形狀的透花糍，三人一邊吃著甜點，一邊無拘無束地說笑，話題很快又轉到別處去了。

窗外風花微搖，日光照在一旁的岸芷汀蘭屏風上，被切割成耀眼的光柱。

人生便是這樣——許多事，當下不覺得有什麼，日後回想起來，才感到不可思議，感慨萬端。

就好比這個時候。座中三人都尚年輕，她們並不曉得，自己剛剛見證了改變大唐命運的預言，更不曉得，此詩將在不久後流傳江湖，成為名噪一時的「天寶四色歌」。

肆

翌日，鈴隨著玄月門眾女來到了會仙台。

這裡雖不比武夷宮寬敞，卻是個鍾靈毓秀的吉祥地，當年，玄月祖師梁瑾深離開茅山後，便是在此結廬隱居，當作靜心修行之所再合適也不過。

然而，今年卻出現了一個連柳露禪都沒料到的問題——會仙台鬧鬼了。

此事得從眾人來到尋鴿峰的第三天說起。

那天傍晚，大夥兒練功累了，早早便回房歇下，只有李宛在趁著天黑溜了出來。

原來，按照玄月門的規定，弟子住在會仙台時必須茹素。但以李宛在的性格，如何受得了齋戒？幸好她腦筋動得快，提前備了十斤好酒，藏在會仙台的冰窖之中。夜闌人靜，她肚中酒蟲搔癢難耐，便決定來大快朵頤。

她輕功高妙，行走無聲，一下子便來到冰窖，從裡頭取出一壺綠蟻酒，接著又悄悄躍上屋頂，咬開瓶塞，往旁一吐。

「怎麼，有好東西還想藏著？」

李宛在喝得正開心，突然聽見背後有人說話，嚇得大嗆，差點從屋脊栽下去。好不容易立穩腳跟，回頭見一名嬌小少女坐在幾尺外的屋瓦上，似笑非笑地瞅著自己。

「原來是阿離啊……」

鈴見對方搗胸皺眉的模樣，覺得十分有趣，忍不住笑道：「還『武夷小神龍』呢……膽子真不濟！」

李宛在天不怕地不怕，就怕鬼。她從鼻裡哼了一聲，問：「大半夜的，妳不睡覺，跑來這做什麼？」

「睡不著。」

「我瞧妳是做了什麼虧心事吧……」李宛在露出壞笑，「何不說來聽聽？」

隨著她此話出，鈴腦際再次閃過方才的惡夢——張牙舞爪的蜘蛛精、漫天烈火、凌斐青決然離去的背影……她嘆了口氣，無奈地接過酒壺。

從前滴酒不沾，一來是因為酒會刺激她身上的黃泉脈印，二來是必須時刻保持警醒。然而，如今她內功盡失，還總夢見盤絲嶺的情景，輾轉反側，夜不能寐，又有什麼好顧忌的？還不如一醉解千愁來得暢快！

李宛在見她毫不猶豫地將烈酒往喉裡灌，拍手稱好。

「這就對了！來，咱倆乾了這罈！」

兩人遂妳一言，我一語，天南地北閒扯起來。

鈴原本酒量就差，才一會便覺得雙頰滾燙，如同火燒。

夜更濃了。頭頂上缺了角的明月灑落銀白光輝，宛如盛夏吹雪，一點一點地飄在她搖晃的視野間。

聊得正興，李宛在忽然起身，對著月色打了個響亮的酒嗝，接著摸了摸肚子，自告奮勇說要去打些野味來壓壓酒。

鈴自然沒有異議，可就在李宛在回房取弓箭的途中，卻忽然感覺頭頂刮過一陣怪風。她聽見黑暗中落下一聲冷笑，以為又是鈴在搗鬼，心想：「笨蛋才上妳當呢！」

然而，隨著鬼影「嗖」地竄過眼前，她微微暈沉的腦袋立刻清醒過來。這輕功！這身法！別說是阿離了，一般人就算插上翅膀也追不上啊……

李宛在的內心咚咚地打鼓，最後還是禁不住好奇，朝鬼影消失的方向跟了上去。但才沒追出多遠，對方便如一縷青煙般憑空消失了，而就在她想回頭時，眼角餘光正好瞥見腳邊躺著一團不明物體……

頭低下的瞬間，她的心臟差點跳出胸來。原來，地上那團裹滿血污的東西，竟是一具冰冷的屍體！

另一廂，鈴見李宛在去而復返，本來還挺高興的。可她雙眼眯了又睜，睜了又眯，這才瞧清楚，對方不僅面色蒼白，手裡還抓著一隻死掉的白鼬！

白鼬的臟腑支離破碎，顯然是被人以凌厲的掌風擊斃。

李宛在從小在玄月門長大，卻還是頭一次見識到如此厲害的外家功夫，不禁越想越是不安。她將鈴搖醒，說起方才的經過，連聲音都在哆嗦，面子什麼的，全拋到九霄雲外去了，只是不斷重複著：「肯定有鬼！」

鈴聽得莫名其妙，還道對方是在說醉話。

李宛在不禁氣結：「也不看看我是誰？若這點酒量都沒有，我跟妳姓！」

不過事到如今，爭辯這些也毫無意義了。兩人徹底敗了興致，將屍體草草掩埋後便各自回房睡了。

本以為這件事就這麼無聲無息地揭過了，可沒想到，隔天，同樣的戲碼竟再次上演——一名師妹半夜起來如廁，被門口的屍體絆了一跤，嚇得連聲尖叫！

那之後的每個晚上，會仙台的四周總會莫名出現鼬的屍體。有時，直到太陽升起，發出陣陣惡臭才被發現，有時卻又憑空出現在眾人眼皮底下。

身為「第一目擊者」的李宛在不甘心自己一人被嚇，更加油添醋，將此事當作怪談四處宣揚。在她口中，「夜鼬殺手」有時是名瞎眼老人，有時又搖身一變，成為一名髫齡女童，各種光怪陸離的說法紛紛出籠。

但事情一鬧大，孫苡君可就倒楣了。

如今，柳露禪正在會仙台後方的「會仙洞」閉關，臨走前交代，自己不在的期間，一應事務都交由孫苡君打理。

若論膽量，孫苡君自是比李宛在等人高出不知多少，但其性格一向不拘小節，又是第一次代理掌門職務，難免有些失於急躁。事發後，她親率眾人在會仙台外圍布下符陣，風風火火地忙了一夜，卻連個影子都沒撈著。隨後，還是沈詩詩心思縝密，見大師姊無計可施，便提議讓大夥兒分成兩人一組，每晚輪流守夜，若看到可疑分子，便敲響金鈸示警。

可即便如此，輪值的隔天，兩名巡邏的玄月弟子就被人稀裡糊塗地打暈了。從傷痕判斷，敵人是從遠處彈出石子打中了兩人的穴道。雖說只是輕傷，但這種隔山打牛的驚人手法，也足以讓整個會仙台陷入風聲鶴唳了。

事情發展到了這個地步，鈴也不得不相信李宛在那夜所說的話了。然而，經過這幾天的觀察，她已經大略弄清敵人的路數了。她敢肯定的是，這名夜鼬殺手絕非妖魔鬼怪，而是一名世所罕見，內外兼修的高手！

她曾目睹飛石打穴的絕技，也見過踏雪無痕的輕功。可她想不明白，這神祕人圖的到底是什麼？他既能將她們一網打盡，又何必藏頭露尾，故弄玄虛？

懷著這份好奇心，鈴決定親自去會一會這位高人。

翌日，她叫上夏雨雪和李宛在兩人，一同去附近的林中打獵。李宛在是名經驗老道的獵手，沒過多久便發現了獵物的蹤跡。那天傍晚，三人帶回了兩黑兩白四隻鼬，還趁機捉了一隻野兔來打牙祭，吃了個撐才打道回府，覺得格外滿足。

暮色降臨時，鈴將捕獲的白鼬放置在會仙台的後牆邊，自己則躲在不遠處的花叢後，守株待兔。

她發現夜鼬殺手每次行動都遵守著某種規律，就好像經過精心策劃似的。落子一錯，滿盤更局，只要打破這個規律，她相信對方肯定會出現。

果然，來到三更，一道灰影神出鬼沒地掠過紅牆白瓦，落在花圃間。

他如陣風般捲入跨院，伸手去抓地上的白鼬屍體。鈴一凜，連忙將手一抽。

原來，她事先在死鼬身上埋了一條釣線，尾端繫著魚鉤，只要輕拉就能扯動。

夜鼬殺手撲了個空，身形一頓，顯然是被眼前的景象震驚了。

而隨著他抬起頭來，鈴終於看清了對方的真面目。那是一名穿著粗布褐衣的寬膀男人，一叢灰髮亂如蓬草，臉上還戴著一副鐵打的面具，模樣甚是詭異。

面具後方的雙目迸出精光，男子右手暴長，五指深深插入鼬的身體。

鈴怕魚鉤被對方抓住，反倒暴露自己的藏身處，連忙撒手。可不料，這點技倆還是被對方識破了。下一刻，鐵面人咆哮一聲，身子晃進，出掌朝鈴襲來。

面對這突如其來的攻勢，鈴根本無暇反應。正當她以為自己要被打成肉泥時，鐵面人的手掌卻在半空中停住了。只見他賁起的右臂肌肉顫動不已，顯然極為掙扎。

而就在他天人交戰之際，右首邊的廂房驀地亮起火光。一名白衣少女破門飛奔而出，提刀朝男子頭顱斬落。

鐵面人閃身斜走。那少女足下不歇，連連搶攻。

仔細一看，她手中的雙刀尾端勾連著鐵鎖。刀葉甩動間，鎖鏈嗤嗤作響，猶如靈蛇吐信。

可惜，再厲害的兵刃，在鐵面人面前也不過是班門弄斧。他伸出雙指一挾，隨便就將飛刀給絞開，旋即冷笑著縱上了牆頭，幾道起落間，已消失無影。

那少女眼看追不上，氣得一刀劈在身旁的石柱上。這番動靜很快惹來了巡邏弟子的注意，而後，隨著鈸聲大作，其餘的玄月弟子們也陸續趕到。

「關師妹，阿離姑娘，妳們沒事吧？」孫苡君一看見眼前狼藉的景象，急忙問道。

「夜魑殺手呢？」李宛在從旁插嘴。

「跑了……」

李宛在聽了鈴的回答，大呼可惜，那名使飛刀的少女卻是不屑地哼了哼。就連鈴和她道謝，她也毫不理睬，只顧著低頭擦拭飛刀。

刀光如鏡，映照出她嬌豔的容顏，長眉如遠山凝碧，雙眸如冷玉生煙，雖未施粉黛，卻自有一股清靈之氣，宛若月宮仙子一般。

此女雖生得沉魚落雁，神色卻極為冷淡，甚至也沒打向眾人打招呼便逕自掉頭走了。

雨雪見鈴愣在原地，走近前，略帶歉意地拉了拉她的衣袖。

「妳別往心裡去啊，雲綺她一向都是這個樣子。」

鈴盯著那背影離去的方向，心間恍然：「原來她就是關雲綺。」

鈴剛到玄月門便聽說了不少關於關雲綺的傳聞。據說她乃是柳露禪的關門弟子，不僅琴棋書畫樣樣精通，武藝也十分出眾。但自從來到武夷山後，鈴卻一次也沒見過對方。此人彷彿不屑與燕雀同食的孤鷹，總是獨來獨往，就連練功時也是帶著鎖鏈飛刀到很遠的山崖上練習，直到日落才回到會仙台。

鈴從來不是愛亂嚼舌頭的人，若換作平時，她肯定一下就將這件事拋諸腦後了。但關雲綺和鐵面人的那一戰卻意外帶給了她一束靈光。

那天回房躺下後，她腦中翻來覆去全都是兩人交手的畫面，怎麼也睡不著。而為了證實自己這瘋狂的想法，隔天天一亮，她便起身披衣，獨自往山上走去。

早晨迷霧散去，青空如洗，從尋鴿峰的頂端向下俯瞰，會仙台的飛檐碧瓦、棟宇軒窗便像墨卷般清晰地鋪開在腳邊。整齊的院落和回字遊廊宛如星辰錯落，即便相隔遙遙，依然能感受到當初設計者的巧思，一筆一畫皆蘊含深意，幾乎可用「巧奪天工」來形容。

鈴望著此景，一下便陷入了恍惚。

伍

鈴本打算等夏雨雪和李宛在一起床便將這項發現告訴二人，然而，當她懷揣著興奮又忐忑的心情回到會仙台時，卻發現整個大堂已亂成了一鍋粥。她攔下一名路過的弟子，詢問發生了何事，對方眉飛色舞道：「有人來向關師姊挑戰啦！」

又是關雲綺！

但還來不及細問，對方便轉身跑了，那湊熱鬧的興頭，簡直就跟趕集一樣。鈴急忙跟了上去，腳步剛轉到前廳，就看見孫苡君等人和幾個陌生男子鬥在一起。

來人形容各異，有揮舞鋼棍的壯漢，有面若婦人的儒生，還有手執拂塵的道士。最後那名手提長槍的男子面色黝黑，嘴唇扁厚，身材矮短，動作卻異常靈敏，竟是名崑崙奴*。

孫苡君瞅準破綻，雙劍叮噹輪擊，左挑鋼棍，右撬長槍，激盪起漫天寒星。

其餘的玄月弟子們也不甘示弱，迅速結成陣勢，將敵人團團包起。混戰中，有人道：「又是一窩癡心妄想的淫賊！上山前也不撒泡尿照照……想娶關師姊，還不如重投一次娘

---

* 崑崙奴：唐朝人對於皮膚黝黑的異族奴隸的稱呼。

胎！」眾人聽了都忍不住迸出笑聲。

說話的正是李宛在。她的身子在半空輕靈一折，居高臨下地彈開對手的拂塵，接著提氣一縱，劍鋒順勢捲出，又削去了對方的半截鬍子。

那道士摀住流血的面頰，向後趔趄。李宛在略一長身，已抓住了對方掉落的鬍子，笑道：「這次便宜你了！滾吧！」

那道人氣得渾身發抖，奈何技不如人，只能悻悻離去。同時，那壯漢也在孫苡君的攻勢下不停倒退，半晌，後臀撞上角落的石柱，狼狽地拔腿而逃。剩下的書生以及崑崙奴武功都頗不弱，和眾女從門口一路打到了後院的竹林裡。

突然間，崑崙奴一聲怒嘯，手中的陌刀落地回彈，逼開左右。旁邊的書生則趁亂身形急幌，從袖中射出兩枚鐵膽。

「這位兄台好一手『地堂刀法』，莫不是長安青龍會的人？」

「兔兒爺別囉唣！」崑崙奴操著一口怪腔怪調的官話說道：「否則連你一起宰了！」

「同是來一親芳澤的，兄台何必動這麼大的火？」那書生笑，「不如咱們聯手吧。否則，還沒抱得佳人歸，就成了這些潑婦的劍下亡魂，該有多不值？」

「登徒子，罵誰呢？」

聽見腦後風生，那書生頭也不回，直接出掌挾住來劍。此外，他手上還疑似戴了金蠶手套之類的軟甲，居然隨手一折就將對方的寶劍給扳斷了。

「哼，算你有點本事。」崑崙奴道。

「客氣。」書生一拱手。

兩人再上，一個以厚重的刀法牽制住周圍的玄月門弟子，另一個則高踞樹梢，鐵膽連發，將前方清出一條道來，動作配合竟還挺有默契。

沈詩詩長劍竄出，直奔那書生背心。男子足尖輕勾，隨著腳下的修竹輕飄飄地盪了開。此時，又是一陣清風拂來。竹濤起伏，沈詩詩一招「月上九重」先穿過竹幹，接著又以一個不可思議的角度拐了回來，直取對手的大椎穴。

那書生沒想到她連風向都算準了，著實大吃了一驚。虧得他輕功厲害，將身子壓到最低，這才堪堪避過劍鋒。

看著被捅了個對穿的襆頭，他瞳孔一縮，暗叫：「好險！」

「月隱劍果然名不虛傳！」

沈詩詩俏臉一沉，冷冷道：「閣下明知本派女子並非好欺侮的，卻仍硬闖上山，如此不懂禮數，就休怪得罪了！」

「此話差矣！」那書生笑著張開折扇，「貴派關姑娘想尋個文武雙全的如意郎君，此事早已傳遍江湖。小生雖然年輕，可自詡非池中物，堪為令師妹良配，此回是特意來提親的。」說到這，賊目一轉。「姑娘再三阻撓，莫非是瞧中了小生？」

沈詩詩是中規中矩之人，聽了這種沒有羞臊的話，臉色頓時一變，長劍倒提，尖端分花，朝對方前胸疾刺。

那書生哈哈大笑，懷中再飛出三枚鐵膽，一枚擊中沈詩詩的劍身，兩枚落在眾人腳邊。沈詩詩聽見劍尖傳來異響，神色一凜，喊道：「小心！」

下一刻，三枚鐵膽同時爆裂，竹林中霎時白霧沖天，誰也見不著誰，打成一團的人們只好暫時罷手。

混亂間，只聽得竹葉沙沙，那書生如猿猴般嗖嗖竄過眾人頭頂，一逕地去了，中途有幾人試圖攔截，紛紛被他折斷了兵刃。男子得意極了，還不忘回頭涼涼地拋出一句：「承蒙兄台援手，小生先行一步！」

那崑崙奴被擺了一道，氣得幾欲吐血。

待白煙散去後，玄月門弟子合力制服了崑崙奴，趕到竹林盡頭，卻見那名白面書生站在一座別院門口。屋子的門是敞開的，帳內飄出琴聲。

「且慢！」孫苡君道。

鈴也混在圍觀的人群裡。她立刻就認出來了，前天夜裡，她被戴著鐵面具的夜魖殺手襲擊，正是在這棟小屋前面！

從那些登徒子的話推斷，關雲綺應該是在招親，可沒想到卻惹來了一堆蒼蠅。再加上昨晚的事，鈴覺得這位美人的脾氣當真古怪至極！

悠揚的琴音宛如空谷冷月，雛鳳清啼，明明近在眼前，卻又遠離塵世喧囂，不受羈縻……

只見那書生背起雙手，輕輕一咳：「在下鐵膽莊陸漸，女俠芳名，小生久仰，今日有幸拜會，足慰平生。若姑娘不棄，還請出屋一見。」

琴音陡然斷絕，簾內人答道：「古人怨信次，十日眇未央，加我懷繾綣，口脈情亦傷，劇哉歸游客，處子勿相忘。」

「若能說出此詩的意思，就讓你進來。」

陸漸且喜且憂，暗想：「這不正是姑娘家的表白嗎？還能有幾個意思？」

但鈴沉吟片刻，忽然想起小時候江離教她玩的猜謎遊戲。其中一種方式正是將想表達的文字拆開，藏在詩句當中，又稱為「離合詩」。

照這規則，剛才關雲綺誦的那首詩，第一句的首字「古」，去掉第二句的「十」，是個「口」。第三句的「加」去掉第四句的「口」，是一個「力」。第五句的「劇」去掉第六句的「處」，剩下一個「刂」。析出的字合在一起，正好組成一個「別」字。

除了指離別外，此字也有「不要、莫」的意思，再加上詩中的那句「劇哉歸游客」，很難不讓人聯想到關雲綺正在下逐客令。

可惜，陸漸空有一張文人的表皮，搜腸刮肚了半天，卻答不出個所以然。幾名玄月弟子見狀，忍不住掩嘴偷笑。

聽見那聲音，陸漸的表情變得難看起來。他心想：「夢裡佳人近在咫尺，自己卻不得其門而入，普天之下豈有此理？」何況，他大張旗鼓地前來挑戰，若鎩羽而歸，日後傳出去，恐怕整個鐵膽莊都會淪為笑柄——他絕不會容忍這種事發生！

「姑娘果然好文采。」他長揖到地，故作瀟灑地一笑，「此詩情殷辭切，意境深遠，請容小生細細琢磨，再回姑娘的話……」

但答話的同時，他的身體卻很不安分，暗中運氣，似乎想直接闖將進去——這點齷齪心思哪裡瞞得過閱人無數的關雲綺？

剎那間，屋裡衝出一道銀光，流星趕月地朝陸漸招呼到，眼看就要將他那張引以為豪的臉蛋給砸爛。可陸漸畢竟是這撥求親者中的翹楚，又有寶甲護身。危急之際，只見他雙袖揮起，直接迎上了刀刃！

下一刻，林中響起落雷似的慘呼，鳥雀受到驚嚇，紛紛撲棱著翅膀飛起。鮮血似瓢潑般往外淌，染紅了斑斑的竹葉，當中還夾雜了幾個可疑的「肉塊」……

沈詩詩眼明手快，遮住了夏雨雪的視線，低呼道：「別看！」但同時，一旁的鈐卻將這一幕瞧得真真切切——那些濺起的肉塊正是陸漸的手指！

男子倒地哀嚎的畫面既恐怖又滑稽，而關雲綺也在此時徹底失去了耐心。她不再吟什麼詩、撫什麼琴，隔著簾幕叱道：「滾！」

仙姑震怒，陸漸哪還敢造次？立刻爬起來，捧著血淋淋的手掌往回奔，連自己掉落的指頭都顧不上了。李宛在將其撿起，想追上去還給對方，卻又覺得不合適，簡直哭笑不得。

望著滿地的血跡，鈴腦中卻浮現出另一張面孔。

關雲綺的飛刀就連鐵膽莊的鎮莊之寶金蠶手套都能穿透，卻奈何不了昨晚那個鐵面人，足見其深不可測！

打退那幫登徒子後，傷者被安置在南廂，其餘人則忙著將狼籍的廳堂恢復原狀。鈴也去搭把手，一路忙活到傍晚。直到大夥兒用過晚齋，各自回屋後，她才又悄悄溜出來，去叩夏雨雪的房門。

夏雨雪本已和衣睡下，聽到聲響才又起身下地。

「小李，別鬧了，都這麼晚——」門一開，她的話尾斷了：「阿離？」

鈴眼神中罕見的閃著興奮的光采。她連寒暄都省了，直接踏步入內，問：「可有棋枰*？」

夏雨雪目光一眨才反應過來，從身後的博物架上取下棋枰和兩缽黑白棋子。

「都這個時辰了，妳怎麼突然想到要找我下棋？」

「我想確認一件事……」

鈴盯著眼前縱橫交錯的棋盤，一手執黑，一手執白，心思飛快地轉動著。

夏雨雪雖看不懂對方在做什麼，但她深知鈴心思縝密，從來不會無的放矢，因此也沒有多問，只是安靜地坐在一旁看著。

隨著黑白子陸續填上，局勢逐漸明朗。原來，這座會仙台的位置十分巧妙，正好夾在四座山峰中間。且不知是有心或者無意，其房舍、院落以及假山、竹林，從上方俯瞰，正好構成了一張工整的棋盤！

鈴終於懂了。夜魎殺手每晚的行動並非無端的裝神弄鬼。相反，他是在利用會仙台特殊的地形布棋對弈！也難怪她擅自將白魎留在中庭，對方會大發雷霆。

但到底是什麼人吃飽撐著，幹出如此瘋狂的事？

＊棋枰：古時對棋盤的稱呼。

她對下棋一竅不通，自然琢磨不透，可來到中局，卻聽對面的夏雨雪低呼一聲，彷彿若有所悟。

「這是《吳圖二十四》啊！」

「什麼圖？」鈴轉頭疑惑道。

「就是三國時期吳國流傳下來的古棋譜。其中就以這場殘局最為巧妙，據說近百年來，從未有人能以黑子破解呢。」

夏雨雪見鈴眉緊皺，笑吟吟地拈起一子：「話雖如此，可我阿爺閒來無事，最愛研究這種玩意了。我小的時候，他就已將《吳圖二十四》全部解開了。妳若想學，我可以教妳啊。」說著，取過棋缽，將破局之法一步一步地演繹出來，「妳瞧，先走這兒，再走這兒……不就成了？」

自古棋兵相通，雙方對弈就如同行軍打仗，率師出征，得憑靠高遠的見識和運籌帷幄的智慧，才能險境求存，進而殲敵致勝。鈴雖沒學過棋，但在赤燕崖時曾和夔牛孫昊學過一些兵法策略，因此對背後的原理並不陌生。

透過夏雨雪細心的解說，她感覺自己彷彿置身在一座精奧的大陣當中，不禁對這名素未謀面的夏家莊主感到由衷的佩服。

第二夜，她故計重施，將一隻死去的黑鼬放到了會仙台的屋頂上。可這回，她並非隨意棄置，而是將黑子明確地下在了盤面「東五南九路」的相應位置。走了這步，等於抄斷了白子通往天元的去路，鐵面人絕不會坐視。

果不其然，半個時辰後，她就在附近的草叢裡發現了另隻白鼬，那裡正好是棋盤的東角。同時，這也代表著鐵面人已然接受了她的挑戰。

打該日起，鈴白天思考對策，夜間則和夜鼬殺手在會仙台的棋盤上展開對弈，遇到困局時，就跑去請教夏雨雪，如此你來我往的過了數日，直到某天晚上，黑子點角，終於壓過了白子一頭。

鈴剛下完這步棋，便聽見頭上傳來憤怒的咆哮，來不及回身，已被一人拿住背心，強行提起。

那鐵面人身法奇詭，手上提著人，腳下卻絲毫不緩，轉眼間已奔出數里，直到來到一座荒山的山頂，這才停下。

他劈手將鈴摔在崖邊一座大石上，喝道：「誰派妳來的？」

鈴的火氣也上來了。她沒想到對方行事竟如此偏激，簡直毫無顧忌，只冷冷道：「閣下的棋品未免也太差了！」

鐵面人聞言大怒，指上用力，鈴被他掐得雙眼發黑，昏了過去。等她再度睜眼，卻見崖前的巖石面居然被人用劍鑿出了一張棋盤！

凹洞代表黑子，圓圈則是白子，駢羅列布，赫然正是兩人之前交手的那盤棋。鐵面人將一柄劍塞到她手裡，喝令道：「再來！」

鈴還是頭一次遇見如此蠻不講理的人。她白眼一翻，心想：「氣氣他也好！」於是，兩人隔著石碑再次交鋒。

說實話，鐵面人的棋力著實不弱。若是光明正大的對弈，像鈴這樣的初學者必敗無疑。然而，夏空磊當初將此局推演過無數次，而鈴也早已將棋步背得滾瓜爛熟，因此，不出多久便將對手逼入絕境。

鐵面人見大勢已去，扔下劍道：「罷了，罷了！」

明明年紀一大把，賭起氣來卻跟小孩子沒兩樣。鈴簡直不知該說什麼好了。她指著盤面左邊的黑子，學起夏雨雪的口吻道：「你從開局便四處搧風點火，一心想引我出逃，卻不顧那些被你丟在邊角的幾塊薄棋。如此橫衝直闖，最後必定因小失大。所以，你不是敗給我，而是敗給了你自己。」

鐵面人聞言，仰頭大笑：「好一個『自敗自滅』！沒想到我荒山一隻鬼鑽研此局多年，卻落得滿盤皆輸的下場！」

「遊戲而已，何必執著？」

荒山一隻鬼彷彿沒有聽見鈴的話。他面具背後的目光狠狠攫住對方：「是誰派妳來的？是他，對不對？……肯定是他！」說著，陰慘一笑，「妳壞了我的局，我要把妳在這裡關上十年，讓妳也嚐嚐做荒山裡的一縷孤魂是什麼樣的滋味！」

「糟了！」鈴暗想。「此人心思難測，喜怒無常，若被逼急了，指不定真會做出什麼瘋狂之舉呢！」

她下意識退了兩步。但背後是斷崖，又能逃到哪去？事到如今，也只能硬著頭皮和對方周旋了。

她衝對方抱了個拳，說道：「擅自插手前輩的棋局，是我不對。但我還有一件事非做不可，能否行個方便，暫時放我離去。待心願了結，我自會回來，任憑前輩處置。」

「哼，別想誆我！一旦放妳走，屆時天涯海角，處處鼠洞，叫我上哪找人？」

「您一根指頭就能戳死我，我哪敢誆您啊？」鈴無奈道，「我只是好奇，您想下棋，何必如此大費周章？」

「妳懂什麼？」荒山一隻鬼怒道：「過去兩年間，我試遍了所有的方法，就是解不開此局。好不容易找到了一處好地方，想細細鑽研，誰知，又讓妳們這幫丫頭給攪黃了！」

「所以才裝神弄鬼想將我們嚇跑？」鈴真不知對方腦子裡到底都裝了些什麼，竟會生出如此荒唐的主意。

可就在兩人目光交會之際，她心底彷彿被什麼螫了一下。那一剎，她感覺面具後方的雙眸有股說不出的熟悉，掙扎著開了口，聲音沙啞，微微顫慄：「你……到底是誰？」

「這些年，我受人脅迫，猶如孤魂野鬼無處棲身。像我這樣的人，姓甚名誰又有何打緊？」

「我不信。以你的身手，天下間又有誰能脅迫你？」

荒山一隻鬼呸了聲：「我不是比武輸了，是打賭輸了！」

「打賭？」

「當年，我大哥遭人害死，我一門心思想為他報仇，可我另一個兄弟不同意。他逼我發誓，這輩子永遠不能去追究大哥的死因，更不能打聽仇家的下落……」

衝冠一怒，從此江湖埋名。鈴不由怔住了：「天底下居然有如此怪異的賭咒！」

「人活在世，信義為本，我絕不會毀棄當初的諾言。」男子道：「但倘若不能替大哥報仇，我活著又有什麼意思？又有何面目立於江湖？」說到激動處，忽然重重一拳砸向身旁的山石。

沉重的巖石登時從中崩裂。大大小小的石屑隨著鈴的雞皮疙瘩掉了滿地。

她終於想起來自己是在哪見過那雙眼睛了——只是，她不敢相信！

發洩完一通後，荒山一隻鬼的情緒似乎稍有平復。他擺了擺手。

「沒想到，除了我那兄弟外，天下間竟還有第二人能解開這盤棋局。罷了！我不和妳計較……趁我改變主意前，快走吧！」

但鈴已暗自下了決心。她的脾氣裡本就有幾分不達目的絕不罷休的倔性，如今熱血上頭，更是將一切危險全都拋諸腦後。

下一刻，她作勢要走，可實際上卻步步朝崖邊逼近。

斷崖深不見底，別說是她現在手無縛雞之力，就算放在從前，若不慎跌落，也勢必粉身碎骨。

細沙徐徐從她腳底瀉出，尖風縈繞耳邊，刮得她臉皮生疼。而就在男子目光掃來的同時，她縱身一躍，從崖邊跳了下去！

荒山一隻鬼以為她是玩真的，大吃一驚。

光影顛倒間，他大手一張，驚險地將鈴撈起。風在呼號，兩人的臉飛快向彼此接近，而就在這一剎，鈴右臂疾探，將對方的鐵面具揭下。

面具下方是一張她再熟悉也不過的臉龐。縱然雙頰清癯，滿眼風霜，卻依然是她記憶中的模樣。

鐵面具從鈴顫抖的指間滑落，墜入萬丈深淵。

陸

「凌斐青……你……」說到這，再吐不出半個字。

男子見鈴失魂落魄地望著自己，刀刻般的眉頭瞬間擰成一道結。

「妳剛剛說什麼？」

他這一問彷彿冷水澆頭，鈴頓時清醒過來。

——不對！眼前這個人不可能是凌斐青！凌斐青不過二十五、六歲，此人卻已年近半百，雖然容貌極為相似，但性格差距如此之大，怎麼可能是同一個人？

荒山一隻鬼見鈴愣怔出神，逼得更緊了。

「妳見過青兒？」

若論五官，眼前這人和凌斐青確實是用同個模子刻印出來的，但他身上卻找不到半點凌斐青那種閑雅灑脫的氣質。

他冷笑兩聲，炯炯的目光彷彿要將鈴拆皮煎骨：「那個臭小子，一年到頭就知道跟女人鬼混，連個影兒也沒有！下次回來，我非揭了他的皮不可！」

「不是……」

「妳不必替他遮掩！」鈴話到一半就被打斷，「那孽障就是來討債的！我將畢生武藝都傳予他，卻被他如此糟蹋！」

對方越罵越難聽，鈴終於忍不住道：「前輩，他回不來了……他已經不在人世了！」話出口的瞬間，她感覺自己心裡某塊地也跟著塌了。

想當初，她也曾抱著不切實際的幻想……期待那個人並非真的消失了，只是漂泊到了下個城鎮，隨時都可能再次出現，笑著喊她一聲：「鈴丫頭。」可如今，這點希望也被她親手埋葬了。

那人就像一陣狡猾的風，乘夜而來，乘夜而去，徒留一地花影凌亂。可笑亦可悲的是，直到太陽升起，曉露漸稀，她才發現，他的背影早已刻印心間，再也抹消不去。

荒山一隻鬼看著她臉上的淚水，神色微變：「妳說什麼！再說一遍！」

此時，鈴已然猜出眼前人的真實身分了。

他不僅是凌斐青的師父，更是韓君夜的結拜兄弟——當年令惡棍聞之喪膽，號稱「面如冠玉，運劍如風」的玉風俠長孫岳毅。

長孫岳毅如遭雷擊，只是不斷搖頭：「這不可能！青兒他還那麼年輕，他怎麼會死！誰害的他？」

鈴一咬牙：「鳴蛇幫火燒盤絲嶺，凌大哥為了救我，自己留在了山上。火勢猛烈，寸草不留……」

天下斷然沒有師徒外表一脈相承的道理。兩個人長得如此相似，解釋起來唯有一種可能……鈴聽著長孫岳毅半癲半狂的叫囂，感覺有把鈍刀狠狠地銼在自己心上，由痛漸至麻木。

「前輩，請聽我一言。凌大哥先前一直在調查朱松邈和鄭東烈兩人的死亡真相，這才遭到了鳴蛇幫的算計。」

她將自己如何結識的凌斐青、血鬼棺的祕密，以及鄭瑜卿設下的毒計從頭到尾說了一遍。

過程中，長孫岳毅一下指著天空飆罵，一下又坐在地上放聲哭泣，也不知聽進去了多少。直到鈴談及十多年前的往事，才又忽然插口。

「妳說，韓君夜是妳師父？」

「雖然司天台之變事發時我還很小。但師父的養育救命之恩，我至死也不會忘。」

「好……好……！如此才有出息，不愧是我的好兒媳！」

「你喊我什麼？」鈴眨動一對紅腫的眼睛，不可思議地抬頭。

只見長孫岳毅臉上的血色已褪得一乾二淨，表情微微扭曲，彷彿在極力隱忍著什麼似的。

「事到如今，告訴妳也無妨……我和青兒明面上是師徒，可許多年前，我曾與他母親交好。他雖不姓長孫，卻是我的親生骨肉……」

長孫岳毅和凌斐青的性格截然不同，從年輕起便醉心武學，感情方面卻始終十分青澀，遁出江湖後，更是多年不曾與女子接觸。如今，他對著一個小姑娘親口承認凌斐青是自己的私生子，羞得耳根通紅，殊不知，鈴在意的根本不是這個。

「我跟他不是那種關係！」

「唔……」長孫岳毅望著遠方的山巒，彷彿沉入了往事的洪流之中。

「青兒他從小就聰明過人，卻視禮法若無物，偏愛四處拈花惹草。未能教會他堂堂正正地做人，說到底還是我的過錯。我十五歲時便和妳師父結為異姓兄弟，妳和青兒也算門當戶對，若非老天無眼，我定會成全你們這段姻緣……」

「人都沒了，哪還有什麼緣？」鈴苦澀地想。可她不忍拿這些話刺對方，更怕勾起對方的傷心事，連忙拭乾眼淚。

世間最大的悲哀莫過於一個人的不幸無法抵消另一個人的不幸。長孫岳毅好不容易才從兄長過世的陰霾中走出，如今又被迫白髮人送黑髮人，這樣的打擊對一個人來說何其巨大！

但鈴曾答應師父，無論如何都不能將赤燕崖的祕密告訴旁人。因此，儘管長孫岳毅的遭遇令她看著揪心，有些話也只能默默藏在心底。

早在十七年前，韓君夜這個名字，以及它所代表的那個人就已經屍骨無存了，任誰也想不到，在諸多的謊言、爭鬥背後，曾經有一名純淨的女孩存在過……

她是塗山掌門崔玄微的愛徒，才華天縱，和所有少年人一樣，嚮往著長大後的自由自在。然而，所有的憧憬卻在一次的偶然中破滅了。

那日，韓君夜和青梅竹馬的師兄武正驊出遊歸來，正巧被師父崔玄微撞見。十一歲的韓君夜身著胡服，跨乘馬上，儼然一名颯沓流星的少年，崔玄微望著此幕，心底忽然生出一個奇異而振奮的念頭——他決定讓徒弟從此改以男子的身分活下去，從而規避女子不得出任掌門的舊習。

他這麼做，是因為愛惜對方的才氣。可殊不知，命運從來不會放過任何一個人，縱使機關算盡，仍逃不過登高跌重的結局。

長孫岳毅是個天生一條筋的人，即使淪落天涯，仍不改初心。因此，那個美好的世界才能永遠存在於他的記憶之中。

在夜風的苦吟裡，他又想起了杜鵑花開得最猖狂的那個夏天。

當時，一切風光如舊，幽謐的小徑香影交錯，整座天台山彷彿鋪了一層絢爛的雲錦。長孫岳毅踏著輕功在林間飛竄，陽光從葉間篩下，照亮他筆墨難描的爽朗笑容。

「你倆慢慢磨蹭吧！我先上去啦！」

話音剛落，紅綠交疊的樹叢間閃出兩道人影，正是他的好兄弟韓君夜和夏空磊。

韓君夜是塗山掌門的愛徒、夏空磊是夏家莊的世子，有了他們的照應，長孫岳毅無論上哪玩耍都無人敢攔阻。少年得意，莫過如此。

見同伴們追上來，他得意地拍了拍背上的酒罈：「這是我昨日去趙縣令家撈來的寶貝，滋味保證好！」

「嘖……光天化日闖入官員府第，你也不怕引火燒身！」夏空磊搖頭，「何況，就是再好的東西，你也品不出來啊。」

「你又不是第一天認識他。」韓君夜拍拍長孫岳毅笑道，「這小子就是唯恐天下不亂。」

他的身材比另外兩人稍矮了一截，身形也略為瘦削，一雙眸子卻湛若星辰：「不過，那位趙明府確實不是什麼好東西，給他個教訓也好。」

「就是啊！」長孫岳毅立刻附和，「還是阿夜懂我！夏兄啊，我瞧你整天關在房裡，不是看書就是擺弄那些稀奇古怪的玩意，人都憋得小氣了！」

夏空磊白了長孫岳毅一眼，說：「我是懶得對牛彈琴。」

「你才屬牛呢！動作慢吞吞！」

「少得意了。你的輕功還不是被那些小娘子們調教出來的？」

長孫岳毅一聽到「小娘子」三字，臉色直接唰地紅了：「……胡說！我才不怕她們呢！」

「要不要我找面鏡子，讓你看看自己現在的表情？」夏空磊這麼一問，長孫岳毅登時氣急了，一時無話可駁，跺了跺腳，轉身一溜煙就竄得沒影了。

三人來到靈禽峰，一個熟悉的身影已在山頂等候。夢悟和尚頂著一顆圓滾滾的大肚腩，禪杖上掛著兩隻剛烤好的獐子，蹄膀飽滿得要流出油來。

「小崽子們，怎麼才來？老衲等你們都等到破戒啦！」

少年們聞到香噴噴的肉味，肚裡的饞蟲都叫響了。長孫岳毅正打算先下手為強，說是遲那是快，夢悟杖頭遞出，「啪」地敲中他腦門。

「誰讓你拿了！真不懂規矩！」

「大師的意思是，先賭一局？」韓君夜笑嘻嘻問。

「還是阿夜懂事。」

「賭就賭！誰怕誰啊？」長孫岳毅立刻跳起來反擊。

「正好，我這裡有樣好東西。」夏空磊說著，從懷裡取出一個精緻的單耳紋銀瓷壺。

他朝長孫岳毅斜去一眼，眼底盡是狡黠之色：「你不是老愛吹噓自己的酒量？如何，敢不敢跟我一較高下？」

「有何不敢！」長孫岳毅轉身將酒甕往桌上一擺，撂下豪語，「條件儘管開，小爺我奉陪到底！」

「好！」夏空磊微微一笑：「那不如這樣……輸的一方須得答應贏的一方三件事，無論何時何地都必須做到，如何？」

「沒問題！」長孫岳毅爽快應戰，心想，以自己的實力，無論怎樣都不可能輸的。

可這回他的如意算盤卻打錯了。原來，夏空磊帶來的這只酒壺頗有玄機，正是從宮裡流出的祕寶：九曲鴛鴦壺。

這壺結構巧妙，壺嘴分為兩段，調動把手處的機關，即能倒出兩種不同的液體。夏空磊事先備了和酒同樣顏色的茶湯，因此，就算喝再多，也沒有迷茫的跡象。韓君夜和夢悟旁觀者清，早就心裡有數，唯有長孫岳毅愣是沒瞧出破綻。

酒體醇厚嗆辣，十杯下肚，就算是神仙，一樣走不直路。眼見大勢已去，長孫岳毅底氣盡洩，硬著頭皮問夏空磊要他辦何事。對方唇角一勾，回了句：「等我想到時再說。」

當晚，長孫岳毅抱著酒甕，四仰八叉地躺在茅屋外的草地上。半睡半醒間，耳邊忽地飄來其他三人的對話。

只聽韓君夜悠悠道：「端午一過，我就要回塗山了。上回放走了那個白骨精，給師父知道了，也不知要罰我思過多久。」

「你就是心腸太軟，對誰都手下容情。這樣下去，遲早要吃大虧！」夏空磊語帶責備，一旁的夢悟卻驀地插了進來，道：「非也！自古英雄好漢皆以俠義為先，舞刀弄劍不過是末節。你對他人雪中送炭，改日，對方也會對你施以援手。無論是人是妖都一樣，唯有相互信任，這個世道才會有光。」

「可並非人人都以俠義自詡啊。」夏空磊皺起眉，「誰都曉得，如今這世道看似太平，實際上卻危機四伏。司天台欽點六大門派為其效力，將江湖勢力盡收囊中，再這樣下去，人類和妖族的衝突只會越演越烈。」他認真地看了韓君夜一眼：「我知道你不贊成司天台的主張，但你是下一任塗山掌門，樹大招風，遲早會捲入這些是非。」

「是啊，歸順朝廷畢竟是大勢所趨，師父他老人家也已經答應了……」韓君夜語氣有些無奈，可隨後話鋒一轉，笑了：「躲不過，就讓他來吧。既知如此，我當然要趁現在多享清福啊。若和你一樣，事事操煩，肯定老得快。」

「不是……我哪裡老了？」夏空磊氣得嘴角抽搐，一旁的夢悟則笑著打了個酒嗝。

「阿磊說得也沒錯。就連岳毅那傻小子，今年也滿十五了，算半個大人啦。日後行走江湖，無論發生什麼事，你們三人彼此還得互相照應。」

「放心吧，我們理會得。」韓君夜道。

夢悟滿意地點頭：「依老衲看，你們三人既然志同道合，何不趁此時共拜天地，義結金蘭，也好讓老衲作個見證？」

長孫岳毅聞言，一個骨碌從地上滾起來，率先表示贊同。韓君夜和夏空磊也稱這個主意好，於是，那天夜裡，三名少年便在夢悟大師的見證下撮土為香，還摘下了幾片獐子的內臟，配酒吞下去，權當歃血為盟了。

什麼「有福同享、有難同當」的話，長孫岳毅並不特別放在心上。對他而言，兄弟就是他僅有的家人。儘管前路修遠，世事難測，他仍相信三人會並肩同行，直到暮雪白頭的那天。

磕過響頭後，夢悟問他將來有何計畫，他只驕傲地答道：「大哥、二哥他們做什麼，我就做什麼，反正鏟奸除惡這種大事，不能少了我一個！」

夢悟聽了大笑，說他質樸。

斯人已去，可往事仍舊歷歷在目，刺燙著長孫岳毅的心房。

他望著茫茫的夜色，聞著空氣中稀薄的花香，感覺時光彷彿凝在了過去。

那年夏天，三人對月盟誓，四周滿是盛開的杜鵑，泣血般的嫣紅綴滿了腳下的青草，成全了他一生中最美好的回憶。

接下來的幾年，韓君夜成為塗山掌門，夏空磊接掌春秋神莊，長孫岳毅則獨自闖蕩中原，憑著一腔熱血搏得了「玉風俠」的美名。三人在江湖上各展長才，可惜，卻再難回到從前那段自在逍遙的歲月。

有時，甚至很難相信，他們曾經那樣快活過。

越是接近權力中樞，就越容易生出各式各樣的煩惱，而事後證明，夏空磊的話，還真是切中要害。

韓君夜帶領塗山派縱橫江湖，一時風光無兩。可再了不起的英雄也不過是血肉凡軀，就算打遍四方無敵手，也扛不住小人背後的一捅。

司天台之變後，韓君夜遇害，夢悟大師離奇猝死，長孫岳毅像頭被觸怒的猛虎，發瘋似地到處尋找兇手。夏空磊擔心他胡亂攀咬，反落入敵人的圈套，逼他發誓不可繼續追查。長孫岳毅礙於舊約，一怒之下拂袖而去，從此音訊全無。

一晃眼，三十多年過去了，當初氣吞雲宵的少年英雄，如今鬢已星星也。

長孫岳毅想起往事，目光彷彿殘餘的冷灰：「我本就是半截入土之人，可青兒他不一樣……今生委屈他了，做了我的兒子……」

恍惚間，鈴又想起凌斐青最後的囑託。雖然那傢伙表面看似什麼都不在意，骨子裡卻很重情仗義。他這些年全力追查司天台之變，肯定也是為了幫助父親擺脫心魔。

「您不能放棄！」她抓住長孫岳毅的手，堅定道：「凌大哥的心願就是讓您好好活著！我一定會徹底查清十七年前的真相，絕不會讓他的辛苦白費！」

長孫岳毅聽她這番話，心下煞是寬慰，只有一點想不明白。

「看妳的筋骨，不像習武之人，難道都沒人教妳？」

鈴微微苦笑，將自己在盤絲嶺的遭遇說了一遍。長孫岳毅聽完後道：「這倒不必擔心。我雖不如我二哥智絕天下，但傳功續脈這點小事，還是難不倒我的。」

「真的？」見對方一副胸有成竹的模樣，鈴心中再次燃起了一線希望。

她盤膝坐地，讓長孫岳毅將真氣一點一點渡入自己體內。起初，新生的力量和陰毒兩相碰撞，猶如置身沸鼎之中。可到後來，此消彼長，黑血便從她的指尖緩緩滲出。又過兩個時辰，鈴感覺丹田氣息逆轉，通體舒暢，知道自己受阻的經脈已然打通，不由喜不自勝。

可儘管長孫岳毅浸淫江湖多年，也未曾有過這種感受。他隱隱察覺到一股冰寒之氣在對方體內流竄，如千絲萬縷的涓流散於氣海，與他熟知的武功路子截然不同。

此刻，長孫岳毅內心喜憂參半。喜的是，兄長的意志後繼有人，憂的是，江湖路途迢迢，險山惡水，若不懂得收斂鋒芒，一個不慎，便會步上凌斐青的後塵。

「妳今後有何打算？」他試探著問鈴。

「陳松九已死，鳴蛇幫那頭估計也問不出什麼了……」鈴沉吟道：「所以我想，還是得從六大門查起。唯有讓十七年前的真相大白於世，才能讓司天台徹底現出原形。」

「妳這是想對付司天台？」

長孫岳毅以為自己聽錯了，但鈴接下來的話更讓他大吃一驚。

「司天台顧名思義，就該上司天命，下濟蒼生。可他們不斷挑起人類與妖族之間的爭端，害得生靈塗炭，還妄圖透過六大門號令江湖，支配人們的思想——我絕對不會讓他們得逞的！」

長孫岳毅的內心震動了。他不禁又想起兒子——當年，凌斐青說話的語氣也是這般無所畏懼。

悲傷再次沒頂而來。他只得用苦哈哈的笑聲掩飾過去。

「哎！大哥從前老嫌我衝動，沒想到，調教出來的徒兒卻比我更衝動！還有大嫂……若她還在，見到妳，也不知會樂成什麼樣！」

「大嫂？」鈴思緒中斷，心裡打了個突。

「就是你師父的妻子，藍敏。」

長孫岳毅接下來又絮絮叨叨，說了許多不著邊際的話，但鈴半個字也沒聽進去。她腦中只剩下一個念頭——藍敏是誰？

須知，這些年來，韓君夜經常和徒弟分析時局，盤點天下英雄人物，連他們的武功、家世、性情也都一一介紹。因此，鈴雖久居深山，對江湖上的事也算瞭若指掌。可她卻是頭一回聽見「藍敏」這個名字！

就算瞞過了所有人的耳目，韓君夜終究是女兒身，終究無法娶妻生子。因此，鈴從沒想過，居然還有這麼一位「師娘」存在！

她努力壓抑著自己紊亂的情緒，愣了半天才再次開口，道：「師娘她……是個怎樣的人？」

長孫岳毅沒察覺到對方的異樣，只是看向天空，眼裡滿是懷念。

「這天底下，恐怕也只有大嫂能和大哥相匹配了……」他唏噓道：「她原是塗山派的一名侍女，雖不會武功，但性情溫淑，和妳師父相識多年，伉儷情深。」

「那後來她去哪了？」

「這就不得而知了。」長孫岳毅搖頭嘆息：「《白陵辭》的案子發生後，藍夫人忽然下落不明，就連塗山的其他人都不知她去了何處。坊間傳言，都說她殉夫了。依我看，十有八九恐是真的……否則，她一個孤弱無依的婦道人家，又能藏到哪去？」

鈴陷入沉默。

此女侍奉韓君夜多年，必然知曉對方的真實身分。但她和韓君夜是什麼關係？又為何會在司天台之變後消失無蹤？這些問題像陀螺般在她腦中不停打轉，弄得她頭疼。但她最介意的，並非藍敏這個人，而是多年來，師父竟從未透露過關於對方的隻字片語——這是為何？

柒

一個月的時光彈指而過。

鈴白天陪夏雨雪、李宛在練劍，傍晚則偷偷溜出去找長孫岳毅，跟著對方展開翻山越嶺的特訓。

由於身體還在復原，她剛開始總被對方遠遠拋在後頭。但透過日復一日的打坐行功，她也順利將長孫岳毅渡給自己的真氣化用。而隨著身體日漸輕盈，她終於能望見對方的項背了，甚至到後來，她還能追上去，與他比肩同行。

一朝忽聞道，勝讀十年書。長孫岳毅見鈴進步神速，半點也不遜色於當年的凌斐青，心中大悅，又傳授了她一套「珍瓏指」。

長孫岳毅遁隱山林後，一心鑽研棋道，幾乎到了如痴如狂的地步，還突發奇想，將對弈用的「尖、刺、打、拐、斷、搭、沖、關、碰」九種指法融會到了招式中，練到爐火純青時，摘花飛葉皆可制敵。

如此境界，多數人一輩子都無法企及，但對長孫岳毅來說，不過小菜一碟。在漂泊半世，閱盡滄桑後，他真正渴望的，無非就是個伴，能陪他下下棋、賞賞月，說幾句話……就像兒子小時候那樣。

因此，雖說兩人年紀相差了一大截，可鈴的出現，卻為他心靈帶來了莫大的慰藉。至此，「夜鼬殺手」引發的騷動也終於劃下句點。

這日，鈴回到會仙台，前腳才跨過門檻，突然眼前一黑，和對面人撞了個滿懷。衝出來的正是李宛在。但她非但沒道歉，反而一把抱住鈴，興奮地叫道：「我中了！」鈴心想：「這丫頭怕是中邪了吧。」可一轉念，旋即反應過來——天月論劍的參賽名單！

這下，連她自己也緊張起來，忙問：「雨雪呢？」

「雨雪也上啦！阿離，妳真是咱們的福星！」

李宛在一邊大肆嚷嚷，一邊抱著鈴轉圈，簡直比平時更加得意忘形了。若這副模樣被柳露禪看見了，估計會氣得當場反悔。

不過，也不只李宛在。比賽名單一出爐，整個會仙台都沸騰了。雖說幾家歡樂幾家愁，但畢竟是三年一度的盛事，什麼夜鼬殺手，山精野怪，全被拋諸腦後了。

另外，夏雨雪還說服了柳露禪讓鈴和玄月門眾人一起赴天道門觀看劍會，兩天後就要出發，連包袱都替她收拾好了。

這消息來得太過突然，倒教鈴有些措手不及。

她的意志被拆成了兩半，一方面高興，一方面忐忑。像天月論劍這樣的場合，對於搜羅情報、打探消息來說，絕對是難得的好機會。但想潛入茅山，風險同樣極大。

司天台之變後，天道門崛起，取代塗山派成為六大門之首。可這幅榮景背後，還隱藏著一段血腥的往事。

事情還得從二十年前講起。當時恰逢天道掌門去世，他的首徒楊元嘯由於忌憚師弟趙拓的才華，在對方的飲食裡投毒，致使其無法參加新任掌門的選拔比賽。可誰知，趙拓不僅大難不死，還逃到了西域，並在兩年後率領心腹部眾回到茅山，一舉殺死楊元嘯和他所有門下弟子，硬生生奪回了掌門寶座。

此事在當時震驚江湖。但趙拓也非省油之燈。亂後，他迅速整肅綱紀，籠絡人心，以雷厲風行之勢穩住了大局。而隨著天道門的實力一年一年蒸蒸日上，這段慘痛的歷史也漸漸無人敢再提起了。

午後，鈴以身體不適為藉口，關在房裡翻來覆去，直等到眾人都睡下了，才抱著躊躇的心情越出窗，來到平時和長孫岳毅約見的山崖。

然而，今夜迎接她的卻只有呼嘯的冷風……以及壁面上兩行歪歪斜斜的大字，宛如稚童學筆，老狗爬行。

鈴端詳了老半天才認出長孫岳毅寫的是：「棋局已殘，乖兒媳去抓壞胚子，要小心。」

她盯著這兩句話，目光有些氤氳了。

雖不知長孫岳毅是如何得知消息的，但對方顯然很支持她的決定。

匆匆一別，不知何日才能再會。

她站在風口上，回想過去這段日子的種種，心頭交雜著溫暖與悵然，一時說不清是什麼滋味。

然而，這一夜的風波還沒過去呢。

在返回會仙台的路上，前方忽然竄出一條人影，攔住了鈴的去路。

「站住！」

雖說還在七月，可空氣裡已飄起了初秋的颯然。周圍的竹林在涼涼月色中翻湧成一片銀浪。鈴望著昏暗中佇立的身影，眼神微微眯起。

「瀧兒？」

一別數月，少年不僅抽高了，也變瘦了，兩道濃眉間擰出深壑，冷冷的側臉在月光下越發稜角分明。若不是那條微微欹斜的左腿，還真教人認不出。

然而，瀧兒聽見叫喚，既沒有靠近，也沒有回應，只是咯緊牙關，一臉陰沉地盯著這個方向。

鈴先是一怔，緊接著，火氣便噌噌竄了上來。

須知，過去幾個月間，她可是一直記掛著徒弟的安危。內力恢復後，還讓雲琅四處奔波找人。可沒想到，兩人好不容易重逢，這隻白眼狼卻跟吃了炮仗似的。

——還「站住」呢！站你大爺！

她恨不得將對方拖過來暴打一頓。

然而，瀧兒比她更快，直接箭步踏上。

風動翡葉，月露侵衣。

事情發生得太快，直到兩人鼻尖快碰在一起了，鈴才發覺苗頭不對——可惜已經晚了。

下一刻，她的雙唇被瀧兒用嘴堵住，連聲音也被徹底吞掉了。青澀而濃烈的吻挾著欺風捲雪的力量，幾乎將她整個人帶離地面。想好的罵詞一下全飛走了，鈴的腦袋「唰」地空白了下來。也不知過了多久，一切才徹底結束。

安靜的月光下，瀧兒氣喘吁吁，抬手在嘴角一抹。沉重的空氣裡盡是兩人汗水交織的味道。

鈴錯愕地盯著對方，那表情好像在問：「你瘋了嗎？」

但瀧兒也不甘示弱，正面迎上她的視線，犬牙外露，悸動的的眸子裡彷彿有一整片的燎原烈火，怎麼也燒不光。兩人就這樣對視，直到鈴回過神，揚手一巴掌劈在徒弟臉上。

「你可知自己在幹嘛?」

瀧兒也惱了:「少拿這種話壓我!老子又不是三歲小孩!」

「那你就該曉得分寸!感情這種東西,就算付得出去,也強求不來!」

「那又如何?」瀧兒不顧臉上五道鮮紅的指印,咬牙反駁,「我樂意!」

聽見這幾個字,鈴心頭猛地一震。

然而,對方話還沒完呢。

「別以為妳比我虛長幾歲就了不起!」他繼續口沫橫飛地大吼:「明明答應要教我武功,出事時卻又只顧著自己逞能,是把我當成什麼了?我是妳徒弟,不是妳家裡供的一幅繡花枕頭!」

世上竟有如此理直氣壯的流氓……鈴氣得差點一佛出世,二佛升天,好不容易才從牙縫裡蹦出一句:「虧你還記得我是你師父!」

瀧兒呼吸猶如急促的鼓點,耳中盡是自己粗重的喘息。

熱血上湧間,他不禁又想起了多年前的那個深秋。

當時,青穹四劍率領除妖師圍攻青丘,激烈的屠殺整整持續了三天三夜。若非姥姥靈機一動,將他塞到大石頭的縫內,他一個幼崽根本不可能活下來。

當瀧兒從洞裡鑽出來時,整個青丘一片死寂,身後空蕩蕩的,只剩下濃郁的血腥,深深沁入骨髓，再也洗刷不去。

從那時起，他只要一想到那些陰暗狹窄的空間，便會忍不住渾身發抖——那日在盤絲嶺便是如此。

他本該和雲琅一起去營救鈴和淩斐青的，可到了蜘蛛洞口，卻突然嚇得拔腿逃跑。好不容易穩住情緒，打算回頭時，卻發現遠處正不斷冒出濃煙。整座山頭已被熊熊火海吞沒。

這幅畫面對瀧兒的心靈帶來了極大的衝擊。

雖說他平時總是一副冷若冰霜、鬼神不怕的模樣，但總歸還是個孩子，種種不近人情的表現，也不過都是為了掩飾孑然一身的落寞罷了。若非雲琅帶來了鈴平安無事的消息，他恐怕這輩子都走不出自責的陰霾。

幼時，瀧兒曾聽他那個早死的阿爺說過：妖活一場，最重要的莫過於知恩圖報。欠人的不能白欠，做錯了就要彌補。想得到的東西，更要不擇手段地搶過來——這就是狐妖社會的鐵律。

只可惜，瀧兒對「感情」二字的理解還遠遠不足。

他特地揀了個月黑風高的晚上，埋伏在夜路上等鈴，本來是真心誠意想祈求對方原諒的。但不知怎的，等著等著就失去了耐性，本該說出口的道歉也堵在了喉中。

他不像淩斐青懂得花言巧語討女孩子歡心，緊要關頭，只能採取最簡單粗暴的方法，讓對方徹底明白他的意思。可誰知，這招不但沒奏效，還害他被打得嘴角都出血了。

瀧兒既憤怒且茫然，悸動的眸子漸漸冷卻。

「教我！」

「什麼？」

「練妖術。只要想學，妳就教我！這可是妳自己說的！」

瞧瀧兒那副狠霸霸的樣子，半點也不像有求於人，倒像是上門討債。鈴忍不住氣結。然而，經這一提醒，她也想起來了。當初在路上，自己的確承諾過要教對方練妖術。

她深吸口氣，試圖讓自己冷靜下來。

雖不知這渾小子過去幾個月中到底經歷了什麼，但看樣子，確實是多了幾分覺悟。

「這可不是鬥隨隨便便的武功，」她凜起神色，一本正經地恐嚇對方。「一旦魂契成立，終身不得解脫，你到時可別後悔！」

「鬼才會後悔呢！」瀧兒揚起下巴，恨恨道。

鈴見他表情不像是開玩笑，才道：「那好吧……這可是你自找的。」說完，從袖底亮出雪魄。

練妖術雖號稱能夠「懾服天下，敕令百妖」，但背後的道理其實很簡單，就是將自己體內的元神剝離出去，交給另一個生靈掌管，又稱為締結魂契。然而，元神關係到一個人的心智，也就是俗稱的「三魂七魄」。過程中半點行差踏錯，都會導致走火入魔，心魂俱喪。

鈴用刀在地上畫出一道三角形，將自己和瀧兒圍在其中，又點燃黃符，將灰燼分別灑在角落。

但在割掌放血前，她腦中忽然躍出一個想法，抬頭注視對方。

「在這之前，你得答應我一件事。」

瀧兒擰起眉毛：「有屁快放！別婆婆媽媽的……」

鈴暗自磨了磨牙，說道：「你得答應，一旦魂契完成，就跟大鵬回北海去，不許再隨便亂跑。」

瀧兒繃緊的臉皮抽了一下，逼問：「那妳去哪？」

茅山乃是龍潭虎穴，鈴不願徒弟跟著自己一同涉險，唯今之計，也只有將自己的計畫暫時隱瞞了。她故意板起臉道：「問那麼多幹嘛？反正等你將這門功夫練熟了，就算是天涯海角也不會失散。」

瀧兒聽見這答案，終於閉上嘴，屁股乖乖坐了下去。

「聽好了。」鈴繼續交代：「接下來的六個時辰內，無論發生何事，都不能分神，否則就是殃及性命的禍事，知道嗎？」

瀧兒嘟囔了一聲「哦」。

鈴又瞅了對方一眼，深深懷疑自己這是在往火坑裡跳。然而，悔之已遲，只能一條路走到黑了。

她坐下，伸出雙手抵住瀧兒掌心，開始傳授他口訣。

練妖術的關鍵在彼此間必須擁有牢不可破的信任。接下來的幾個時辰中，鈴將全神貫注，將自己的元神注入瀧兒體內。

她自小修練功法，元神已經到了收放自如的地步，但瀧兒卻從沒吸食過活人的精魄。接觸力量的瞬間，他感覺一股強大的電流狠狠刺穿身軀，一口氣點燃了他全部的血液。

隨之而來的還有爆炸般的熱感，一波強過一波，直到瀧兒覺得自己的精神都快分崩離析了。此刻，他體內的妖靈宛如冬眠中覺醒的怪物，瘋狂地渴飲……若非他拼命克制，對方的元神早就被他徹底吸乾了。

短短一炷香的時間，他已大汗淋漓，暴長的指甲深深嵌入肉裡。

相比之下，鈴那廂倒是面色如常。雖說雙唇間少了點血色，但整個人靜止不動，看上去已穩穩入定。

每次與新的同伴締結魂契時，她總會想起師父和她講過的故事：據說，當初發明練妖術的是個不通半點武功的文弱書生，由於仕途不遂，這才淪落草莽。他憑著一截竹杖，一雙草鞋行遍天下，在窮山惡水中尋找胸臆中的大道。最後，雖沒有羽化登仙，卻在百鬼妖物的包圍下悟出了一套前無古人、後無來者的玄妙武學。

然而，正因為懂得這門內功的人少之又少，所以鈴在修練的過程中，也只能靠自己慢慢摸索。直到現在，她心中也還有許多難解的疑問。比如說：雲琅的出現和自己有何關連，又或者，自己為何能夠透過元神傳輸的過程，進入對方的神識空間……

她曾透過梅梅的靈魂看見繁花盛開的春景，又在大鵬的記憶深處目睹了一望無邊的北海，以及鯤鵬族一脈相承的古老意志。雲琅心靈反映出一片空白，就像是被人刻意抹去了一樣。而這回，瀧兒的意識則是輾轉將她帶到了青丘之國，那個傳說中由狐族建立的桃源。

青丘正如其名，草木葳蕤，青翠的山巒如波浪般此起彼伏。抬頭，只見雲淡風輕，柔和的陽光宛如金箔般灑落在每朵不知名的小花上，讓人忍不住想起一句話：「山中無甲子，寒盡不知年」。而幼年時期的瀧兒正跟在姥姥身後。那搖著尾巴，一蹦一跳的樣子和其他小狐狸毫無分別。鈴瞅見這一幕，不禁嘴角微揚。

「只要別開口說話，這傢伙其實也挺可愛的嘛……」她一邊暗想，一邊繞到對方身後。而此時的瀧兒也彷彿察覺到了什麼，忽然回過頭，將烏溜溜，圓汪汪的雙眼投向眼前的陌生人。

鈴每次潛入同伴的神識空間，都會留下一樣東西，作為彼此約定的信物，也好用來區分幻象與現實。可這次情況特殊，她什麼也沒準備，只好順手解下編髮用的頭繩，塞到對方手心裡。

「長大後，記得來揚州的胡祥樓找我。」她本來還想多說幾句的，可話到唇邊，腦中忽然又閃過先前竹林裡的那一幕，心情瞬間變得複雜起來，「……但也別長太大啦！」

她用指尖戳對方的額頭，若有似無的笑了一下，旋即轉身，留下小瀧兒一臉茫然地杵在原地。

當瀧兒迷迷糊糊醒轉時，天色已然大亮了。他不記得自己是何時睡著的，頓時驚出了一身冷汗。環顧左右之際，鈴的聲音冷不丁從背後響起：「別找了，在這呢！」

瀧兒見對方好端端地坐在幾步外的樹梢，一顆心才落地。然而，當他催動真氣，卻絲毫感覺不出身體有任何變化，心中登時又升起不祥的預感：「該不會失敗了吧？」

昨夜用功的兇險，他至今仍心有餘悸。元神傳輸的過程中，有好幾次他都以為自己要斷氣升天了，每一條經脈都繃到了極致，這才勉強駕馭住飢渴的妖靈，沒有造成妖力暴走。

他呆呆地看著鈴，心想：「這女人竟敢將元神託付給自己，怕是瘋了吧！」

愣怔間，鈴已縱身下地，輕輕撢了撢衣袖，問道：「怎麼，後悔了？」

「才沒有呢！」瀧兒耳根一紅，忙將視線撇開。

「這麼說，你能聽見我說話？」

「廢話……我又沒聾。」瀧兒隨口答道，但才說完，卻突然愣住了。

因為他發現自己壓根兒沒有張嘴。剛才兩人的對話，聲音都是從他腦子裡飄出來的！

這個發現使他徹底懵了。

鈴被他的表情逗樂了，說道：「別急，你沒瘋。我們這是在幻境裡……」

「妳是說，這一切都是假的？」

「先別打岔，聽我把話說完。」

鈴正了正色，開始跟瀧兒解釋練妖術的規則——如今，他倆元神相通，不僅能在戰鬥中感應到彼此的氣息，即使是分隔兩地，也能透過蛟香所編織出的幻境進行對話。

「你看到的雖是幻影，但你妖靈中有我的元神，意識會自動將夢境和現實重疊，形成所謂的託夢……」

然而，這些高深的道理，瀧兒也只是左耳進，右耳出。他眼下關心的問題唯有一個：

「所以妳現在到底在哪裡？」

這小孩也太會抓重點了吧……鈴臉都黑了，須臾才反問：「你不曉得？」

這一連串的試探搞得瀧兒煩躁不已。他抓耳撓腮了半天，好不容易才靜下心去想這個問題。而就在那剎那間，他腦中居然莫名其妙地躍出一個地名來。

「琴城？」

「嗯，不錯。」

原來，自武夷山出發，要到天道門所在的茅山，勢必會經過宣州，而那裡正好是張姑老家的所在地。玄月門一行人在送她回去的路上，決定順道進城，看看究竟是何方妖魔在此作祟。

鈴對瀧兒的猜想表示肯定，卻沒有進一步透露更多訊息，而是話鋒一轉，開始催促對方。

「你可是答應過我的，事成後，就要跟大鵬去北海修行。他這會兒已經在山下了，別讓人家久等。」

見對方準備打發自己，瀧兒有點發急。果然，一聲「惡婆娘」還沒來得及出口，夢境便畫下了句點。再睜眼時，他發現自己依舊躺在冰涼的地上，身旁滿是破碎的竹影。

語罷清宵盡，夢醒即天涯。回憶起這兩天發生的事，他胸口如同塞了一團亂麻。尤其想到，今後還得前往某個遙遠陌生的地方，不知何時才能再見到師父，一顆心更是不斷往下沉。

至於鈴，此刻的她正穿著玄月門的常服，跟著孫苡君等一眾女弟子行經琴城的一處十字街口。周圍百姓看見她們，紛紛停下腳步，駐足觀望。

但最讓鈴發怵的還是前方不遠處的一座小山。在那兒等著她的是一間孤零零的荒廟，以及一座青瓦粉牆，邪氣瀰漫的大宅院……

大唐赤夜歌：卷一・山鬼謠

作　　者　鹿　青

發 行 人　林敬彬
主　　編　楊安瑜
編　　輯　李睿薇、林佳伶
行銷經理　林子揚
行銷企劃　戴詠蕙、趙佑瑪
內頁編排　高雅婷
封面設計　蔡致傑
編輯協力　陳于雯、高家宏
出　　版　大旗出版社
發　　行　大都會文化事業有限公司
11051臺北市信義區基隆路一段432號4樓之9
讀者服務專線：(02)27235216
讀者服務傳真：(02)27235220
電子郵件信箱：metro@ms21.hinet.net
網　　址：www.metrobook.com.tw

郵政劃撥　14050529 大都會文化事業有限公司
出版日期　2023年01月初版一刷
定　　價　380元
ISBN　978-626-95985-7-1
書　　號　Story-37

First published in Taiwan in 2023 by Banner Publishing,
a division of Metropolitan Culture Enterprise Co., Ltd.

4F-9, Double Hero Bldg., 432, Keelung Rd., Sec. 1, Taipei 11051, Taiwan
Tel:+886-2-2723-5216 Fax:+886-2-2723-5220
Web-site: www.metrobook.com.tw
E-mail: metro@ms21.hinet.net

國家圖書館出版品預行編目（CIP）資料

大唐赤夜歌：卷一・山鬼謠/鹿青 著. -- 初版. -- 臺北市：大旗出版：大都會文化發行, 2023.01
432面；14.8×21公分. --（Story-37）
ISBN 978-626-95985-7-1（平裝）

863.57　　111009842

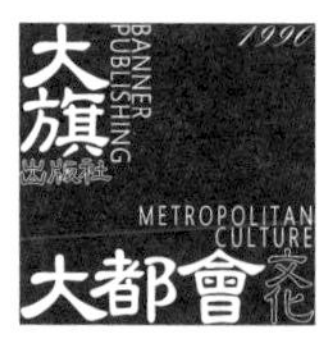